Le Sang des roses

Patrick Cauvin

Le Sang des roses

ROMAN

Albin Michel

COLLECTION « SPÉCIAL SUSPENSE »

22, rue Huyghens, 75014 Paris

www.albin-michel.fr

ISBN 2-226-13184-1
ISSN 0290-3326

« En fin de compte,
la mort n'est pas un racontar. »

Claude KLOTZ.

1

LONGTEMPS, les fleurs m'ont ennuyé.

Comme si leurs teintes avaient été retenues au fond des calices. Les roses de Bellevent étaient des prisons de couleurs. Et puis, avec les années, je me suis mis à aimer l'élégance sobre des pétales, crème et saumon, ils variaient avec le ciel, avec les reflets de la Loire proche… Elles grimpaient par massifs à l'assaut du manoir, pâle armée languide et mouillée.

Je suppose que cet amour tardif est l'œuvre d'Agnès et des années.

Agnès, parce qu'elle est la maîtresse du parc, les années, parce qu'elles m'ont apporté une patience… Il y a quelque chose d'oriental en elles, elles drainent un apaisement, une sérénité… Je peux à présent contempler une corolle blême sans me dire que ce temps est perdu. Je deviendrai peut-être un sage, un bouddha…

Plus de cigarettes.

Ça c'est quelque chose que je n'ai pas chassé de ma vie. J'ai ralenti, comme l'on dit, mais je ne me suis pas passé de la brûlure de la fumée dans ma bouche ni du geste du matin. Le premier grésillement du tabac dès l'aurore, lorsque le parc s'éclaire et que le soleil monte sur les tours de la demeure… Un petit bonheur incandescent. Mon paquet est vide.

Dix heures.

Zachman sera là à midi. Il y aura eu, une heure auparavant, son coup de téléphone. C'est inutile mais il y a dans toute routine une raison profonde.

Je sais que, sans moi, les courtiers achètent, les bateaux traversent les mers, les camions roulent, la marchandise se diffuse...

J'ai acheté la propriété de Bellevent il y a dix ans. J'y ai amené Agnès et elle a aimé les murs épais, l'enfilade de portiques donnant sur le fleuve, le charme des fontaines, la tonnelle, tout un bric-à-brac romantique qu'elle m'a révélé peu à peu. Le charme des statues s'apprend comme le reste, comme Marignan 1515 et les tables de multiplication. Nous y venons de plus en plus souvent, j'aime la senteur des herbes et des feuilles.

— Qu'est-ce que j'ai dans ma main droite ?

Elle a jailli derrière moi. Son tablier sent la menthe et la salade coupée. Au ras de mon œil droit la lame du sécateur étincelle, soleil tranché sur l'acier aiguisé. Avec les roses, elle m'a enseigné son rire dans l'été, au matin...

— Je suis une tueuse, dit-elle, on m'a payée pour te supprimer, apprête-toi à mourir.

Contralto. C'est une contralto, une voix de tripes, un feulement. Je le lui ai dit le premier jour de notre rencontre, elle avait ajouté :

— Je pourrais chanter *Carmen,* mais faux intégralement.

Sa main cachée cherche mes lèvres, glisse le filtre entre mes dents.

— Stuyvesant, dit-elle, avoue que tu aurais donné vingt ans de ta vie pour en avoir une.

— Toi en prime.

Elle bascule sur le dossier. Ses cheveux aussi sentent l'herbe.

— Tu sens la prairie, dis-je.

— C'est la prairie qui sent moi, je fais pulvériser chaque nuit du Chanel n°5 par hélicoptère.

— Cher, dis-je.

— Tu gagnes bien ta vie.

J'actionne le briquet. Bouffées. Il va faire chaud et elle est là. Rien ne me manque, donc. C'est une haute clarté de bonheur, la couleur exacte du ciel lorsqu'il apparaît immuable. Qui oserait changer ce bleu absolu ? Rien ne bougera jamais.

Agnès, le temps porte ton nom. J'ai sous ma main la taille de la femme que j'aime, ronde, souple et simple... Rien n'est plus évident que la beauté, le ciel file vers les sables des îles, les murailles de Bellevent se tartinent du beurre de septembre, l'on voit déjà dans les frondaisons la goutte mortelle qui dilue les verdures du tilleul dans le sang de l'automne : tout cela est la part naturelle, c'est le sourire du monde, sans détour, le cadeau.

Et puis, derrière la splendeur du masque, il y a ce que mes aimables confrères appellent l'Empire Reiner, l'entrelacs, les réseaux. Tout est lointain et embrouillé, une machine obscure dont chaque rouage doit fonctionner. Miracle des ajustements, il faut maintenir le système... Des ministres, vieux sages grimaçants, chefs de districts nés de tractations soudainement sanglantes, maîtres des villages, recruteurs tirant des ceintures de leurs sarongs des dollars tièdes, des roupies en liasses, imbibées de sueur, ils marchent dans les collines, frappent aux portes. Tout s'enchaîne, les papiers paraphés, tamponnés dans les ports anglais désaffectés portant encore, sur les murs rongés de salpêtre, la trace des tableaux des maîtres de l'Empire des Indes : Victoria, lord Mountbatten... Des petits hommes s'agitent, précis, méticuleux, entassant des fortunes, chefs de douanes, mouillés jusqu'à la gorge, sur les ponts de la mer d'Oman, des bouches de l'Indus, aux frontières d'Iran. Je connais les docks de Gwadar, les wharfs de Jiwani, les cargos rouillés, entassés dans des rades de vertige, chaque capitaine, chaque pavillon de complaisance, les maîtres d'équipages chiites, les militaires vieillissants partisans d'Ayyûb Khân, les exilés afghans. Un édifice périlleux dont aucune pierre n'a bougé depuis que je l'ai construit. Il faut dire que le ciment est à toute épreuve, jamais il n'a faibli car il est composé de deux éléments dont le mélange est indestructible : l'argent et la peur.

— A quoi penses-tu ?

Ses yeux reflètent le vallonnement des prairies, vallée minuscule et noyée dans l'eau du regard... Je m'y perdrai tout à l'heure, lorsque je me pencherai vers elle j'y retrouverai chaque rose naissante, chaque écorce d'arbre, chaque pierre de la maison, le ciel y sera aussi et les nervures de chaque feuille et tout le flamboiement d'ébène et de pourpre de chaque aile de papillon. Ses bras encerclent mon cou, il y a près de dix ans que je l'ai embrassée pour la première fois, c'était à Lahore, dans les jardins du tombeau de Djahanga. Nous avons fait l'amour contre un des piliers du fort moghol. Pourquoi ai-je l'impression en cet instant que nous n'avons jamais arrêté ?

— Viens.

Nous irons dans la chambre des louves, c'est dans la falaise éboulée, une pierre envahie par le chèvrefeuille et la vigne sauvage, les jardiniers l'ont découverte il y a peu de temps. Un bas-relief envahi par la moisissure lui donne son nom, quatre louves allaitent leur portée aux quatre angles. Le lit conserve les fraîcheurs de la nuit. Zachman attendra. L'univers attendra.

L'étoffe lourde du rideau retombe. Mon corps fond vers elle... Elle est à moi aussi sûrement que le soleil est au jour et la lune à la nuit. Ma certitude, la seule... Ses ongles sur mes épaules, ses lèvres montent, gonflent. Comment une femme peut-elle contenir tant de tendresse, de folies, de sourires et de plaisirs... Voici que commence le voyage, la côte s'éloigne, ce n'est déjà plus Bellevent, c'est le pays dont tu as le secret et où chaque fois tu m'entraînes. Les collines cambrées mènent aux montagnes, nous abordons au sommet du voyage. La sueur mouille tes cheveux... Agnès, ma fin de route, mon arrivée.

— Il y a eu un appel du *Chandra.*

Les paupières de Zachman se plissent, signe de réflexion.

Les trois quarts de sa famille ont disparu à Mauthausen et à Térézin. Son père fut du tournage du film que les SS achevèrent en 45 et qui montrait un camp modèle. Titre : *Le Führer offre une ville aux juifs.* Les concerts succédaient aux matchs de football, on y voyait des enfants jouer et sourire. Tous furent gazés dès la dernière prise de vues effectuée. Karl Zachman avait treize ans à l'époque, il était tellement blond et ses yeux si bleus que personne ne pouvait croire qu'il ne fût pas inscrit aux Jeunesses hitlériennes. Il aimait raconter qu'Arno Breker avait voulu le prendre comme modèle pour l'une de ses compositions monumentales intitulée *Jeune moisson* au grand Stadium de Nuremberg, mais Goebbels avait annulé la commande, les temps étaient à l'effort de guerre plus qu'à la propagande, cela avait évité au Troisième Reich de choisir, pour symbole d'aryanité, le descendant de l'une des plus anciennes tribus d'Israël que les hasards de la diaspora avaient fait naître à Potsdam.

Cinq ans que Karl travaille pour moi. Je le sens inquiet. Je connais le *Chandra*, ancien cargo mixte de huit mille tonneaux. Un tas de rouille ayant battu tous les pavillons du monde, le dernier en date est panaméen. Moteurs Heinkell à grande puissance. Capitaine cinghalais, spécialiste du détroit de Palk et de la côte de Coromandel, équipage comorien, le second est islandais, installé à Djibouti depuis 1974. Un bon chef de machine, jamais d'incident. Masawahi. Voilà le nom que je cherchais. Capitaine Masawahi, un Sri-Lankais. Il a eu une histoire avec les Tamouls. Ne boit pas. Femme et enfants à Trincomalee.

— Qu'est-ce qu'il a dit?

— Rien. Il veut vous parler, à vous seul.

— Quelle est la prochaine escale?

— Mascate, mais il peut l'éviter, il a suffisamment de combustible pour rejoindre Malé.

— Pourquoi les Maldives?

Zachman hausse les épaules. Il ne comprend pas. Son manque d'imagination est étonnant, incapable de construire le moindre scénario. Il peut y en avoir trois. Masawahi sait que le bateau sera intercepté par des gardes-côtes ou des pirates, ce sont souvent les mêmes. Il veut savoir si je paierai la taxe. C'est l'hypothèse la plus probable. Il peut aussi avoir découvert un trafic. Il suffit de dévisser quatre plaques de la cale pour y planquer cinquante kilos de poudre. Il attend mes instructions : prendre le risque ou pas. Je le comprends, dans ces parages le danger peut faire couper des têtes. Et puis, il peut y avoir un journaliste. Plus de quatre cents télévisions câblées dans le Sud-Est asiatique, certaines avec de gros moyens. Une des chaînes peut avoir introduit un observateur qui cherche à remonter la filière. Cela s'est vu. A Manille en particulier, un reportage de trente-cinq minutes diffusé en prime time dans les principaux réseaux européens et tout a craqué entre Philippines et Thaïlande.

Agnès entre. Elle s'est changée, robe indienne et sandales dorées. Elle embrasse Zachman, lui sourit, le contemple.

— Vous êtes fatigué, Karl, prenez des vacances, demandez à vous mettre en congé... Huit jours au soleil.

Karl secoue la tête.

— Je ne sais pas me reposer, de toute façon. Ce serait inutile...

C'est vrai, en croisière aux Bahamas en 92, il était revenu au bout de quatre jours, l'ennui le submergeait. Une femme lui avait couru après, il avait changé de cabine et était rentré. Karl n'aime pas trop les femmes, jolies ou non. Le sourire d'Agnès se dissipe lorsqu'elle croise son regard. Elle sent que quelque chose ne va pas.

Qu'est-ce qui peut inquiéter Masawahi au point de faire demi-tour ? Non, ce ne peut être les hommes du contrôle des marchandises d'exportation. Tout est légal et, en plus, ils sont arrosés au-delà du permissible. Quelque chose grippe, mais quoi ?

— Il y a des tomates farcies à déjeuner, Adriana les réussit parfaitement.

Adriana, la cuisinière du Bellevent. Les deux femmes ont rénové la pièce, déniché les carreaux, les faïences, dessiné les placards, entassé les bocaux, les réserves aux confitures, les vinaigres, tous les parfums des épices. Elles ont toutes deux gratté les poutres, repeint les fenêtres. Je la récupérais le soir en salopette, couverte d'enduit, les doigts tachés. Je les entendais rire du jardin. Elles s'adoraient. Elles s'adorent.

— A quelle heure je peux rentrer en contact avec le *Chandra* ?

Zachman dégage sa manchette, le cadran de la Rolex pétille dans le soleil.

— Dans cinquante-cinq minutes.

Je n'aime pas attendre. Je n'ai jamais aimé. Les glaçons tintent dans le verre qu'elle me tend. Gin tonic. Elle se souvient même des choses que j'oublie d'aimer.

Soleil par les portes-fenêtres, il éclaire, dressé contre le mur, l'unique tapis de la maison, c'est un kerman de soie à fils d'or du XVIIe siècle, toute l'abstraction chatoyante de la Perse. Comme les tapisseries de l'Apocalypse, le kerman ne possède ni envers ni endroit. On dit que les cent cinquante meilleurs tisserands d'Ispahan y travaillèrent quatre ans. Lorsque la pièce fut finie, on leur trancha, à tous, le poing droit pour qu'ils ne puissent la refaire. Tel allait le monde pour les princes descendant de Tamerlan... Je l'ai échangé à l'arrière-petit-fils de Mossadegh contre une vieille Jeep dont les amortisseurs étaient morts, il prétendait l'avoir volée la nuit dans une mosquée sassanide.

Ne pas fumer encore. Attendre, je m'impose cela lorsqu'un problème surgit. Je sens contre ma cuisse, dans la poche droite de mon pantalon, le poids léger du paquet. Ne pas délivrer la tension dans la fumée. Il faut que je marche. Je vais descendre par le jardin jusqu'à la berge.

Voici la rivière. Même sous le soleil, les îles se perdent dans les brumes, une poussière d'eau brouille les arbres et les bancs de sable.

J'aime la Loire car elle ne va nulle part. D'ici, elle semble toucher l'horizon, il y a quelque chose de russe dans ces méandres... Je viens souvent au belvédère. Une pierre d'angle, ronde et étroite, d'où le paysage s'étire. Le silence naît de ces eaux lourdes et figées.

Pourquoi ne pas m'arrêter ? Il suffit de décider, là, à l'instant. Je délègue tout à Zachman, une responsabilité provisoire, je désignerai plus tard un dauphin, je saurai éviter les guerres de succession. Je m'installerai ici, pour toujours, je m'occuperai aussi de ma villa en Toscane, je paierai des impôts, je serai un citoyen retiré des affaires. J'offrirai un voilier à Agnès, nous caboterons dans des îles de soleil et de fonds transparents. Allons, lâche la rampe, tu sais que tu peux la tenir longtemps encore, ce ne sera ni retraite ni défaite, une volonté simplement…

Je pourrais… Je devrais le faire… J'ai fait ma part et ce ne fut pas aisé. Des révoltes politiques jusqu'aux échoppes des villages des monts Sulaiman brûlés pendant les combats claniques du Pendjab. J'ai sué le sang pour acheter une flottille de trois barcasses prenant l'eau, j'ai rafistolé moi-même les coques pourrissantes, je me suis battu avec les voleurs venus des provinces de Chine et d'Himalaya, j'ai armé mes hommes avec des fusils yéménites se chargeant encore par la gueule… Et je suis arrivé. Je n'ai même plus, aujourd'hui, à offrir des Porsche Carrera aux fils des ministres des pays des Hauts Plateaux pour obtenir des sauf-conduits.

Agnès n'a jamais vu les filatures, je sais qu'elle n'accepterait pas. Elle a deviné que ce monde conservait ses esclaves, mais elle ne les a pas vu vivre et elle ignore que j'en suis le seigneur, roi lointain, présidant aux destinées des troupes sombres aux doigts rapides… Ils travaillent pour moi. Je les nourris, j'ai payé les familles, la tradition m'a aidé. Au pied des montagnes les plus hautes du monde, dans les grandes plaines herbeuses dévalant vers les mers, la vie va ainsi, les hommes s'accrochent aux villages perdus dans les vallées et les gosses usent leurs yeux dans les pénombres des maisons à discerner les fils de trame. Durant les saisons des pluies, le fracas des moussons surmonte à peine le cliquetis rapide des chaînettes. Dehors, la rue tourne en ruisseau. Qu'importe, ils ne sortiront pas, lorsque la nuit sera venue, ils dormiront dans les larmes et le coton.

A Khara, il y a deux ans, la flamme des torchères illuminant leurs yeux d'encre, l'un des chefs de rang a crié un ordre en bengali et ils se sont inclinés devant moi, la nuit s'est emplie soudain de leurs chevelures lourdes, je distinguais leurs nuques tendues. Qu'y avait-il dans leur tête ? Du respect ? De la haine ? Les deux, sans doute.

Six mois auparavant, j'avais demandé au chef du village de construire un dortoir derrière l'atelier, j'avais acheté toute la production de bambous du district pour les murs et les châlits mais les gosses préféraient dormir sous les machines, ils y jouaient aux dés, y fumaient tabac et opium, et mangeaient sur des feuilles larges et vernissées des piments et de la viande poivrée. J'avais parcouru l'allée centrale, les lits étaient vides, personne n'y avait jamais couché, certains avaient déjà disparu, vendus par les contremaîtres. Tayor Beyh avait raison, des plaines mongoles aux ultimes plages de l'Inde, le temps ne coulait pas, il stagnait. Ce que savaient ces gosses dont certains n'avaient pas six ans, et que j'ignorais, moi, venu d'un autre monde, c'est que l'humanité baignant dans un air mort, comme on dit une eau morte, il n'existait pas d'avenir, pas de progrès. Tous les grands hommes de l'Asie ont su tenir compte de cette donnée, de Gandhi à Buttho.

Lâche tout, Reiner, tu as l'âge qu'il faut pour jouir de la vie : tu as appris qu'il n'y a qu'elle, que les dieux sont une erreur, les idéologies une faute, et les morales une duperie.

— Masawahi ? Ici Reiner.

— Je suis honoré.

Malgré la distance, je sens de la tension dans sa voix, il dira peu de choses, la communication est écoutée, en cet instant, à Karachi et à l'Amirauté, dans tous les bureaux de police maritime.

— Expliquez-moi les raisons du déroutage.

— Une odeur, sir.

Je le connais, il attend mes questions. Il ne prendra pas le risque de susciter la curiosité des patrouilleurs.

— Dans la cale ?

— Oui, sir.

Le *Chandra* a subi des modifications, il a transporté du ciment, transformé en moutonnier puis en minéralier en 87. Il n'a pas de compartiments, c'est un hangar flottant.

— Vous êtes en pleine charge ?

— Oui, sir.

Cela veut dire quatre mille tapis. Une belle cargaison.

— Avez-vous identifié l'origine ?

— C'est impossible, sir.

Plein à ras bord, il faudrait effectuer un transbordement complet.

— Pensez-vous à des cadavres de rats ?

Il sait que les suppositions sont idiotes, des pulvérisations ont eu lieu et aucun voyage ne s'effectue sans que la précaution soit prise, il m'est arrivé une seule fois d'avoir une cargaison détériorée par les rats, c'était en 94, un lot de cent trente copies de Kashan, des tapis de prière, cela ne s'est plus jamais reproduit.

— Non, sir, je pense à un passager clandestin.

Possible, le type s'est caché lors du chargement, dissimulé entre deux tapis, et s'est trouvé étouffé sous l'entassement, le poids énorme de la laine tissée, l'air lourd, devenu irrespirable lorsque les écoutilles ont été refermées. Une sale mort. Il faut aller vite avant que la police ou les autorités sanitaires mettent leur nez là-dedans.

— Retournez à Gwadar, je vous rejoins dès que possible. Donnez votre position toutes les trois heures, elle me sera transmise. Terminé.

Derrière moi, Zachman n'a pas bronché. Par les

portes-fenêtres les parterres de roses dévalent vers les bassins. Ce soir, lorsque le jour baissera, viendront boire les colombes, elles sont quatre, je crois, le crépuscule rend leur nombre imprécis. Je les ai observées souvent et n'ai jamais pu surprendre leur départ. Les cercles mouvants de l'eau s'apaisent, il me semble apercevoir un reflet d'aile blanche sur les marches de marbre mais peut-être n'est-ce qu'une illusion. Elles ne sont plus là, la nuit sera immobile et claire sur les fontaines de Bellevent.

Il est midi.

2

JANNIH joue de la trompette avec ses doigts. Pendant ce temps, il se tape les fesses sur le banc pour faire le bruit du tambour sacré et imite le sitar avec sa langue. Jannih me fait mourir de rire, mais il faut faire attention car parfois il fume du chanvre. Alors, il devient fou, il faut lui prendre son couteau et même l'attacher. Il dit que c'est soudain rouge dans sa tête, qu'il pourrait travailler quinze jours d'affilée, qu'il pourrait courir sans effort jusqu'au quartier des bordels de Pasni, et là, toutes les femmes sont à lui… Il raconte alors ce qu'il leur fait et ce qu'elles lui font… Dans ces moments-là, on est tous autour de lui et nos larmes coulent tant notre rire est fort.

Jannih a dix ans. Il est né un an après moi, à peu près. Il travaille à Gwadar Kalat depuis quatre ans. Son père y a travaillé aussi et peut-être son grand-père avant lui, mais ce n'était pas au même endroit, l'atelier se trouvait près de l'ancien temple qui a été détruit pendant la guerre contre les Infidèles. Depuis, on voit encore les dieux sur les murs qui servent de garage, des dieux avec vingt bras et des têtes d'éléphant ou de tigre. On y attache les ânes les jours de marché et les mendiants y rôdent car on y découvre des écorces de pastèque et des fruits pourris. La fabrique est plus haut dans la montagne, l'hiver, lorsque le jour se lève, il y a tellement de vapeurs que l'on se dirait dans le creux d'une marmite bouillante. Il fait froid cependant mais tout est blanc partout, tout est voilé : les arbres, les cahutes, les paysans qui passent avec les charrettes. Il n'y a plus de couleur nulle part, même les saris des femmes ne chantent plus. Celui du Dianagha qui apporte la soupe est noir, pourtant je sais qu'il est rouge comme le sang. Je n'aime pas les temps froids, il faut tremper ses doigts dans des jattes d'eau tiède pour retrouver la souplesse, nos corps sont froids et nos mains chaudes, ce qui est bon pour notre travail. *Allah Akbar.*

Je ne sais pas si nous avons bien fait pour Sawendi.

Peut-être cela servira-t-il à quelque chose. Des gens vont être avertis. Je ne voudrais pas mourir comme lui, ça alors non.

Je ne suis plus le même depuis, j'ai toujours peur que les policiers viennent ici, il ne faut jamais rien leur dire, cela ne sert à rien, au contraire. Ils ne sauront peut-être jamais qui a fait cela.

Le bateau est parti.

Quatre fois la lune s'est levée depuis qu'il a quitté le quai. Quand le muezzin a chanté, j'ai vu l'eau trembler autour de la coque, les lumières bougeaient dans l'eau comme pour une danse. Cela voulait dire que les machines grondaient. Je ne pouvais pas les entendre, nous étions trop loin, couchés dans les bambous, mais lorsque la mer s'est creusée à l'avant et que des grues l'ont dissimulé, c'est comme si l'on m'avait enlevé des pierres qui m'écrasaient le cœur.

Jannih a commencé à faire sa musique, il pétaradait comme un fou et Rune lui a déjà claqué la tête parce qu'il avait peur que tout ce bruit ne réveille les chiens, ils se sont un peu battus et tout s'est calmé vite car ce n'était pas une vraie bataille, et puis Rune pouvait casser le bras de n'importe qui entre ses doigts, c'est le plus fort d'entre nous, moi je le suis un petit peu et Jannih pas du tout, ses jambes sont comme des branches sèches et il a une tête de fille, étroite et maigre. Lorsqu'on lui rase la tête, nous rions tous, il ressemble à un enfant en fil de fer avec une figue pour le crâne.

— Ils ne le trouveront pas, a dit Rune, ça ne sert à rien d'avoir fait ça.

J'ai dit que si mais je n'en suis pas sûr, c'est moi qui ai eu l'idée, comme toujours... Ça me vient comme ça, d'un coup, et je ne sais pas pourquoi, alors je commence à discuter avec les autres et il faut faire ci et il faut faire ça, je leur explique jusqu'à ce qu'ils soient d'accord et souvent ils sont d'accord, pas parce qu'ils sont d'accord mais parce qu'ils sont fatigués de m'entendre. J'ai toujours été comme ça, même avant d'être à Gwadar c'était la même chose, maman me courait après au milieu des poules, elle essayait de me frapper avec son torchon : « Tais-toi ! Est-ce que tu vas finir par te taire ! » Elle riait, au fond, je l'énervais mais elle finissait toujours par rire. Une fois, elle m'a mis un bâillon pour que je me taise. Je m'amusais bien avec elle et je n'ai pas aimé partir. En plus, j'avais ma sœur et je l'emmenais jusqu'aux remparts voir les caravanes des marchands, elle se faufilait entre les chameaux et se roulait dans les étoffes brodées qui venaient de pays d'après les montagnes. Elle n'avait jamais peur de rien et moi je parlais toujours.

Un jour, je suis parti avec deux autres enfants du village. Maman m'a dit : « Tu parles beaucoup, mais peut-être as-tu raison, certains ont leur force, d'autres leur intelligence, d'autres encore leur patience, chacun a une arme qu'Allah donne aux hommes pour lutter contre le malheur, toi, tu as les mots, ce sera avec eux que tu pourras te défendre. » Elle m'a embrassé avec des larmes et je ne suis jamais retourné.

Le voyage a duré cinq jours. J'ai dormi sur le plateau du camion qui sentait la laine de mouton et la pastèque. Au début je tentais de me souvenir de la route, de tout graver pour retrouver le chemin facilement, et puis je me suis endormi malgré les cahots qui me cassaient la nuque...

Je me souviens du fleuve et des temples, des ruines et des hautes maisons de béton à deux étages lorsque nous entrions dans les villes, les beuglements des buffles et les étincelles des tramways avec des milliers de gens accrochés aux marchepieds, sur les ponts des milliers de pieds couraient dans tous les sens, je me souviens des vélos, les roues pliaient sous la charge, les ballots posés en travers du cadre, la chaleur faisait fondre le goudron et l'on voyait la trace ronde, la glu épaisse laissée sur les routes par les pattes des buffles. J'étais petit, peut-être le plus petit de tous ceux qui partaient pour Gwadar Kalat. Je dormais presque tout le temps et j'étais trop bête pour avoir peur de ce qui allait venir. Je me souviens que nous avions tous la colique, les mangues que nous donnait le convoyeur étaient trop mûres et le camion s'arrêtait tout le temps, nous descendions tous et nos boyaux se vidaient en bordure des champs.

Le soleil frappait sur les tôles du camion et nous ne pouvions plus remonter tant la brûlure était grande, il fallait jeter l'eau des puits pour mouiller le métal. Mon ventre broyé par la douleur, je voulais maman, elle savait guérir ces maladies avec des étoffes serrées, des murmures et des pigeons morts, et là, sous le feu du ciel, je mourais, liquide, et je sentais ma vie sortir par mon cul, bouillie géante que rien ne pouvait arrêter. Voilà, je parle, je me parle sans arrêt, à l'intérieur de ma tête, et je mélange tout, ce qui s'est passé hier, aujourd'hui, il y a quatre ans, tout cela n'a pas de sens.

Le bateau s'appelle le *Chandra.* Un jour, je raconterai l'histoire de Sawendi.

C'est à mon arrivée que je l'ai vu la première fois, lorsque nous sommes descendus du camion. Les anciens sont arrivés et se sont mis autour de nous, et moi, j'étais tellement faible que je suis tombé par terre, il avait plu et mes genoux se sont enfoncés dans la boue. Jannih était là, au premier rang. Il faut toujours qu'il soit au premier rang parce qu'il est tellement minuscule que, derrière les autres, il ne peut rien voir. Il nous a regardés, ses narines se sont dilatées et il a hurlé :

— Ils sont pleins de merde !

Les autres ont éclaté de rire et reculé, j'en ai vu un qui commençait à ramasser les pierres pour nous les jeter et les convoyeurs sont arrivés avec des nerfs de bœuf, mais tout s'est calmé parce que Sawendi a dit :

— Si c'est le choléra, on va tous crever.

J'ai hurlé :

— C'est pas le choléra, c'est leur pourriture de mangues !

Au même moment, un de mes voisins s'est accroupi, cassé en deux, et a lancé un geyser dans un bruit de fontaine. Un costaud qui louchait a ramassé une poignée d'argile et tendu sa paume.

— Colle-toi ça dans le cul, reste au soleil et attends que ça sèche.

Les dents de Sawendi ont brillé tandis que ses copains se tordaient de rire. Il m'a entraîné dans le canal d'irrigation et je me suis plongé dedans. En séchant, mes déjections avaient dessiné une croûte sur l'intérieur de mes cuisses et j'ai commencé à pleurer. Sawendi m'a appuyé la tête sous l'eau, sur le moment j'ai cru que c'était un jeu idiot, même un crime pour me noyer, mais, longtemps après, j'ai compris que c'était pour que les autres ne voient pas mes larmes, car en ce monde celui qui pleure est vaincu et les vaincus servent d'esclaves à tous.

Lorsque j'ai émergé, le ciel était rouge sur les montagnes du Janzar, des brumes descendaient des vallées, c'étaient les premières du soir, les troupeaux de chèvres noires en sortaient comme des fantômes, le vent apportait les bêlements et le tintement des cloches. Je me suis senti bien soudain, propre et frais, comme un poisson du fleuve. Je me suis assis sur la margelle. Derrière moi, l'eau coulait en vague légère. Dans le couchant, très haut, les ailes de safran des vautours tournoyaient. Ils étaient trois assis dans les hautes herbes, j'ai frotté mon ventre creux.

— Une foutue chiasse, ai-je dit, mes intestins ont fondu.

Ils me regardaient. Il y avait Sawendi, Jannih et Rune, je ne savais pas encore leurs noms a cette époque, mais je crois que j'étais déjà assez futé pour savoir que nous serions amis et c'est ce qui s'est passé toutes ces longues années.

Je pense qu'eux aussi l'ont su.

Dès que je me suis retrouvé parmi eux, je me suis souvenu de ce que m'avait dit ma mère et j'ai commencé à les saouler de mon bavardage. A un moment, Rune s'est assis sur ma tête pour me faire taire et on s'est bagarrés pour rire. En remontant vers la fabrique, Sawendi m'a montré le long bâtiment où le torchis avait sauté par plaques.

— Regarde bien ces murs et dis-toi qu'un jour tu penseras qu'il vaut mieux être mort que de vivre là-dedans.

L'ombre commençait à recouvrir les toits, à droite commençaient les entreponts. J'ai secoué la tête.

— Je ne penserai jamais ça.

— Pourquoi ?

— Parce qu'il vaut toujours mieux être vivant.

Sawendi a souri encore.

— Tu es un vrai petit con, a-t-il dit.

J'ai été vraiment content, après quelques heures à peine, j'avais déjà un copain. Je ne sais plus où j'en suis. Cela n'a pas d'importance, de toute façon cela m'arrive toujours. Une histoire en amène une autre...

C'était le début. C'est lui qui m'a appris à nouer les fils. Il avait un coup à lui que je n'ai jamais réussi à imiter, une magie.

— Regarde bien, tu le prends contre le pouce, avec le doigt du milieu tu noues, hop.

On ne voyait rien, c'était un éclair, un coup de fouet minuscule et c'était fini. Jamais je n'y suis arrivé, j'allais vite pourtant et je ne me trompais pas, mais personne n'était aussi rapide que Sawendi. Ballu en était fier, chaque fois qu'il y avait une visite, c'était Sawendi qu'il montrait. C'était pourtant un vieux, Ballu, il en avait vu des gosses. Surtout dans les briqueteries. C'est le pire, les briqueteries, avec les carrières de pierre. Quand il boit, il raconte son histoire et c'est terrible, il a surveillé les mines du désert de Thar et de l'Uttar Pradesh, il avait un revolver, à l'époque, parce qu'il y avait des évasions, parfois quand il est en colère, il le dit : c'est des roses les tapis, si vous m'emmerdez, je vous envoie casser les cailloux à Khojak Pass. Il ne le fera pas, il dit ça pour nous faire peur car, de toute manière, c'est le patron de Gwadar Kalat qui nous a achetés, il ne peut pas nous renvoyer.

Jannih a pris beaucoup de calottes parce qu'il se trompait tout le temps, dans les couleurs, dans le tissage, Rune et moi, quelquefois, Sawendi jamais, et les années ont passé.

Il y a deux ans, ma mère est venue, j'étais content mais je n'aime pas parler de cette journée parce que, même aujourd'hui, les larmes me viennent.

Elle m'a raconté ce qui était arrivé à tous ceux que j'avais connus au village, mais je ne me souvenais même plus d'eux, je ne voyais plus leur visage, c'était trop loin, trop usé.

Ma sœur était rentrée chez le secrétaire d'un préfet à Lahore, elle travaillait aux cuisines et elle disait qu'elle pensait souvent à moi.

C'est compliqué d'expliquer pourquoi maman nous a vendus, il y a eu une histoire de dettes mais, de toute façon, il n'y avait pas à manger pour tous et moi je crois que lorsqu'elle a accepté l'argent du recruteur, elle nous a sauvé la vie et la sienne avec.

J'ai retrouvé l'odeur du village dans sa robe. Ça sentait comme ça les matins quand j'étais très petit.

Elle a dit que tous les zébus étaient morts. Elle vendait des œufs sur les marchés, et puis il y avait l'argent de ma sœur. Très bien.

Maintenant, il faut que je raconte ce qui est arrivé il y a trois jours.

En septembre, Sawendi est parti. C'était fini pour lui, il avait fait son temps de servitude pour dettes, il était libre.

Il a acheté du haschich et de l'alcool à Ballu et on a fêté son départ, on s'est rappelé mon arrivée des années auparavant, couvert d'excréments. Jannih a fait la trompette et Rune comme d'habitude n'a presque rien dit. J'étais triste. Je n'aurais pas voulu qu'il parte. Il m'a défendu dans les débuts et puis il y a eu les moments de crème de lune...

C'est lui qui me les a appris.

Je devais avoir douze ans, à ce moment-là. Un soir, il avait fumé avec Jannih et ses yeux semblaient plus grands. Il a défait mon pagne et il s'est arrêté quand il m'a senti trembler.

— N'aie pas peur... C'est mieux à deux que tout seul.

Ça devait être vrai, mais je n'en étais pas encore là. J'avais dit :

— Je ne me touche pas.

C'était vrai. J'avais essayé une ou deux fois, mais ça ne marchait pas. Rien à voir avec Rune qui se le tripotait à deux mains, dès qu'il avait trois minutes devant lui. Moi je ne ressentais rien, ça restait tout petit, tout mollasson, une vraie honte. Je me penchais avec tristesse dessus. Sawendi avait hoché la tête, la lune passait à travers les lattes de bois illuminant les châssis des métiers et les fils de trame. Une araignée géante avait envahi le hangar, j'étais pris dans la toile d'argent.

— C'est vrai qu'elle n'est pas grosse, avait-il dit, mais elle grandira, c'est toujours comme ça. Aide-moi...

Il guidait ma main jusqu'à ce qu'elle s'inonde, c'était cela la crème de lune, le lait des hommes, éblouissant et amer. Cela s'était passé pour moi aussi, plus tard, une bourrasque paisible, venue de si loin, comme une marée...

Le monde avait basculé, je devais être ce qu'on appelle un homme en cet instant-là et je ne m'étais jamais senti aussi enfant. J'avais serré sa tête sur mon ventre pour qu'à l'intérieur il sente comme il était empli d'amour. Le sperme dans les rayons de la nuit claire avait la couleur triste des linceuls, il était pourtant le début de la vie, la mienne partait là sous la caresse d'un garçon, je m'en foutais, je savais bien que j'aimerais les filles.

Et Sawendi partit.

Ballu avait dit qu'il avait trouvé un travail près de Lahore. Les papiers avaient été difficiles à obtenir. C'était dans un bar, il gagnerait de l'argent. Parfait.

Il est revenu il y a sept jours.

Il n'a pas voulu raconter. Ça ne sortait pas, j'ai compris qu'il avait fui. Il avait été enfermé dans une chambre et il s'était fait esquinter pas mal de toutes les façons. Au début, je ne l'avais pas reconnu parce qu'il n'avait plus de dents du haut, c'était un type qui lui avait écrasé la mâchoire. Il avait été brûlé aussi, alors il s'était enfui et, pour se payer le voyage, il avait travaillé à son compte dans les aéroports et les halls d'hôtels mais c'était interdit de se vendre et il fallait courir vite. Il y avait la police mais, surtout, les milices des bordels. Et puis il avait peur d'autre chose, je l'ai senti, il a parlé de montagne, il y avait un endroit dans le Nord où il ne fallait pas aller. Il a dit le nom : Malakali.

— Ils veulent ma peau.

— Pourquoi ?

— Ils ont peur que je parle, que j'aille à la télévision ou dans un journal.

On s'était retrouvés comme autrefois tous les quatre, au bord du fleuve, dans les bambous.

— Tu crois qu'ils vont te retrouver ?

Sawendi a haussé les épaules.

— L'Inde est grande, le Pakistan aussi.

Il m'a regardé et j'ai revu son sourire du fond de l'œil. Je me souviens des soirs de lune douce et je savais qu'il s'en souviendrait aussi, tout ce qu'il avait vécu depuis ne devait pas y ressembler du tout, ce devait même être l'inverse.

— Qu'est-ce que tu vas faire ?

Il a levé sa main droite, ses doigts écartés étaient noirs contre la peau sombre du ciel.

— A Sanghar, je connais un contremaître dans une fabrique.

Je me suis demandé pourquoi il était repassé par ici. Je n'ai pas encore découvert la vraie raison. Je crois que c'est parce qu'il n'avait pas d'autre endroit sous les étoiles pour raconter, et qu'il avait envie de me revoir avant la mort. Peut-être voulait-il que je parte avec lui, que nous filions tous les deux à la rencontre des nuits d'été comme autrefois.

— Je reviendrai demain au même endroit. A la même heure.

On l'a revu avant.

Ils l'ont attrapé au matin, peut-être dans la nuit, c'est Ballu qui a découvert le corps. Ils l'avaient suspendu aux branches du plus gros des figuiers de la cour. Nous sommes en été et on ne l'aurait pas vu s'ils n'avaient pas accroché sa tête par les cheveux au milieu du tronc. Les flics sont venus. Deux étaient saouls et ont ronflé dans l'herbe jusqu'à ce qu'un des gradés les réveille à coups de pied. Ils ont pris des mesures avec un mètre dépliant, ils ont regardé l'herbe, fumé des cigarettes et marché de long en large, puis ils sont repartis.

— S'ils arrêtent les assassins, a dit Rune, je suce Ballu.

Jannih a ricané et c'est là que j'ai eu l'idée, elle m'est venue d'un coup. Si j'avais su écrire, pas de problème, j'aurais raconté par lettre, mais il fallait trouver autre chose et c'était pas difficile à inventer : pour parler de Sawendi, j'avais Sawendi, enfin ce qu'il en restait, si je m'y prenais bien, ça devait suffire.

Dans l'après-midi, Ballu a dit :

— Il faut l'enterrer. Qui est volontaire ?

J'ai levé la main et Rune et Jannih ont suivi, comme toujours, ils font tout ce que je fais.

On est partis tous les trois vers le cimetière.

On s'est noué des chiffons sur la bouche et le nez parce que les mouches étaient venues et Rune a porté le corps en travers de ses épaules, moi j'ai pris la tête et on a creusé.

Sur un des murets, Ballu buvait de la bière et nous regardait. C'était lui qui avait donné l'adresse à Sawendi, est-ce qu'il savait ce qui se passait dans cet endroit ? Lorsqu'on a couché le corps dans le trou, il a roté et il a demandé :

— Qui connaît des prières ?

Aucun de nous trois. On n'est pas nombreux à croire en Dieu ici, ou alors avec les poumons bourrés de poussière de laine, lorsqu'il fait cinquante degrés dans la cahute, que les yeux se brouillent, il y en a toujours un de nous, qui demande d'arrêter, pitié Seigneur, si tu es le maître du monde fais tomber la pluie, crève le ciel de plomb et fais que cette putain de journée meure enfin.

— Allez, recouvrez-le et grouillez-vous.

Rune a empoigné la pelle le premier et a hésité. On s'est regardé : il faut toujours dire quelque chose aux morts avant de les enfouir, mais cette fois je ne trouvais rien. Peut-être si j'avais été seul, j'aurais pu lui parler, lui rappeler le crépuscule et les amours de la nuit, mais devant les deux autres, ce n'était pas possible. C'est Jannih qui a trouvé la solution. Il s'est accroupi et, tout d'un coup, il a commencé à se taper les fesses par terre et à claquer des doigts, un numéro terrible, celui-là, il louchait en plus sous l'effort, Rune s'y est mis en imitant les cris du fond de gorge des femmes du Pendjab, ils faisaient l'orchestre tous les deux, moi j'ai fait le tambour, faisant trembler mes lèvres, ran tan plan, un grand défilé, comme si on était une armée.

Salut, Sawendi, belle entrée au paradis des bons garçons, tu tisseras les tapis des étoiles, le coup de poignet magique, clac, le fil noué et déjà un autre pris dans la trame, les murs du ciel seront couverts de tes travaux, merci pour ne m'avoir jamais frappé, merci pour m'avoir appris comment naissait le jus joyeux et profond de nos corps, ranran rantanplan, entre en chanson dans les jardins d'Allah, nous sommes tes musiciens, tes serviteurs, toutes les têtes se tournent vers toi, le nouvel arrivant, dis-leur qui tu es : je suis le prince Sawendi de Gwadar Kalat, la région qui touche aux frontières de Perse, et voici mes amis qui m'accompagnent, j'ai quitté le monde des hommes, car par méchanceté et luxure, ils ont fini par me couper la tête, mais pour les siècles et les siècles à venir, tous ceux qui comme moi appartiennent au royaume des morts pourront contempler mon sourire.

Jannih a craqué le premier, il s'est écroulé hors d'haleine et on a commencé à balancer la terre sur le cadavre.

— Il a été con de revenir, a dit Rune, les types l'ont retrouvé facilement.

C'était vrai, mais où serait-il allé ?

Il venait de la région du Kirthar, mais sa famille avait disparu et son village aussi, les pluies avaient racorni le sol, les cultures ne donnaient plus rien et les paysans étaient partis.

Je me suis retourné vers le muret et j'ai vu que Ballu dormait, les trois bouteilles entre ses jambes étaient vides.

— On revient ce soir, ai-je dit.

Les yeux de Jannih se sont arrondis.

— Pourquoi ?

Les entrepôts n'étaient qu'à trente mètres, ce serait facile.

— Attention, a dit Rune, je tiens pas à ce qu'ils m'arrachent la tête à moi aussi.

— On ne risque rien, je vous assure qu'on ne risque rien.

Je n'en étais pas sûr mais il fallait mentir, sinon on n'arrive à rien, c'est la loi. Et puis, si on se faisait piquer, ils ne nous tueraient pas, pas trois d'un coup, les patrons du syndicat des fabricants ne le voudraient pas parce qu'il faudrait nous remplacer, qu'il y aurait des enquêtes et qu'ils n'aiment pas que ça bouge... Il faut produire et on est nécessaires.

— Et qu'est-ce qu'on va faire ce soir ? a dit Jannih.

Il a vraiment une tête marrante, cela fait longtemps

que je le connais et il suffit que je le regarde encore pour me marrer. J'ai montré du menton la tombe de Sawendi.

— Ce soir, on le déterre.

Au fait, mon nom est Ram.

3

C'ÉTAIT irrespirable.

La cale était imbibée de l'odeur sèche du coprah, elle était ancienne, le cargo en avait transporté longtemps, il s'y rajoutait celle de la laine, plus grasse, et, noyant le tout, l'acidité pestilentielle de la pourriture.

Reiner contempla la cargaison à la lueur des torches. Au-dessus de sa tête, accroché à l'échelle métallique, Masawahi se penchait, un chiffon graisseux contre ses narines. L'eau clapotait contre la coque du *Chandra*. La grotte sombre de métal rougeoyait.

Les têtes des rivets que les ombres prolongeaient en dômes sombres et protubérants faisaient penser à une peau malade, une irruption de boutons, une vérole soulevant la chair du vieux bateau.

Les trois hommes travaillaient en contrebas, la sueur ruisselait sur les dorsaux, c'étaient des Birmans, des débardeurs des usines de Rangoon, engagés depuis l'enfance sur les docks de tous les ports brûlés entre Pasni et le tropique du Cancer. Ils avaient déjà déplacé le tiers du chargement, chaque ballot représentant cinq tapis.

Reiner colla une Stuyvesant entre ses lèvres, l'odeur blonde du tabac atténuerait la puanteur.

Le roulis imperceptible suffisait à déplacer les ombres et il sentit soudain la fatigue.

Soixante-douze heures qu'il n'avait pas dormi, il avait fermé les yeux quelques instants à Téhéran où l'avion avait fait une escale pour une histoire de réacteur et, depuis, le sommeil l'avait fui.

La route jusqu'à Gwadar était défoncée par les pluies récentes et les roues de la Chrysler Voyager s'étaient embourbées à quatre reprises. Il était arrivé à la nuit. Le *Chandra* brillait sous la lune dans un bassin désaffecté, on distinguait une loupiote rougeoyante dans le poste d'équipage, cette lumière rouillée était le seul signe de présence dans la masse du rafiot.

L'appel du Birman monta du fond de la cale. C'était le plus vieux mais le plus rapide. Reiner leva les yeux vers le capitaine.

— Qu'est-ce qu'il a dit ?

Masawahi grimaça, il suait à grosses gouttes.

— La charge est plus lourde.

Reiner descendit les dernières marches et se dirigea vers le docker.

Il avait posé le ballot devant lui et attendait. Dans la danse lente des lumières, le visage tournait au masque. Reiner tendit la main vers lui et montra le long poignard à lame courbée glissé dans la corde de la ceinture. L'homme le lui tendit.

Le fer brilla et, affûté en rasoir, coupa les cordes épaisses. Reiner bloqua sa respiration, s'accroupit et déroula un tapis.

La tête apparut la première. Le Birman recula de deux pas. Du haut de l'échelle le capitaine du *Chandra* avala sa salive avec un bruit de clapet.

— Où avez-vous opéré le chargement ?

— Ici.

— Quand ?

— Il y a quatre jours.

Le corps apparut. La décomposition était avancée. Un gamin. Un adolescent. Les dents cassées. Qui avait fait cela ? Pourquoi ? Le plus étrange était que les tueurs aient déposé le corps dans le bateau. Le plus sûr moyen de se faire prendre. S'ils avaient voulu le faire disparaître, il suffisait de l'enterrer dans la rocaille ou de le balancer à la mer avec un bloc de ciment à chaque pied.

— Il faut appeler la police ?

Reiner ne répondit pas. Quatorze ans, quinze peut-être. Il n'arrivait pas à détacher ses yeux de la fossette qui creusait la joue. Le garçon avait dû rire, souvent, c'était saugrenu, cette marque joyeuse sur ce corps martyrisé.

La victime pouvait venir de l'un de ses ateliers, c'était possible, et ce serait grave. Il pouvait s'agir d'un avertissement : chez les fabricants de tapis, les tiraillements avaient été nombreux à une époque, cela tournait à la guerre des gangs, il avait pacifié tout ça, mais les choses étaient fragiles, toujours. Il était jalousé évidemment, parmi les membres du consortium. Jatari pouvait avoir déterré les fusils, c'est le propre des rois : les princes veulent leur place. Ce cadavre était peut-être le premier signe de la révolte.

— Il y a un frigorifique sur les docks ?

— Je ne sais pas, sir.

— Trouvez-en un. Vous y placerez le corps et vous lèverez l'ancre dans une heure. Forcez les machines, vous ne rattraperez pas le temps perdu, mais je veux le moins de retard possible.

— Bien, sir.

Lui resterait ici, sa décision était prise : ne pas laisser la police sur l'affaire ; il les connaissait, les flics ne marchaient qu'au bakchich, lui seul mènerait l'enquête.

Quelle heure était-il à Bellevent ? L'heure du soleil sur les roses.

Envie d'alcool bien sûr, comme chaque fois qu'il était seul, mais c'était une vieille histoire, la plus ancienne.

Il avait bu de tout suivant les latitudes, de la tequila à la vodka, en passant par les slavovice, la chicha des Andes et le mezcal, mais il s'en était sorti plutôt bien parce qu'il n'y aurait pas eu de pardon, il aurait fini dans un caniveau de Bombay ou de Djakarta. Pas de whisky ce soir, d'ailleurs dans quelques heures ce serait le matin, et la recherche commencerait, il faudrait aller vite, ne pas laisser le jeu prendre.

De sa chambre, il devina sur le trottoir des enfants entassés, les mendiants de l'aube. Dans le coin, près de la porte, un homme dormait sur une paillasse, peut-être un des marins du port. Il croisa les mains sous sa nuque et, par les interstices de la toiture, regarda le jour se lever.

Bientôt les femmes sortiraient des cahutes qui bordaient les rivières et les voies ferrées, elles iraient puiser l'eau du matin et toutes les lumières sembleraient naître de leurs saris, les brumes de chaleur tamiseraient l'écarlate et le saphir des étoffes, quelques minutes encore et tout se napperait d'or.

Il sortit sur la véranda. Derrière les grues écroulées, des zébus au ventre blanc broutaient sur les décharges les cartons d'emballage. Un cargo ensablé était couché sur le flanc à l'entrée de la passe. La rouille semblait l'avoir soudé aux pierres du quai.

La voix du muezzin monta, rattrapa les cormorans tournoyant autour du minaret et les corps couchés sur les wharfs bougèrent.

Reiner vit l'un des hommes se lever, puis un autre. De l'endroit où il se trouvait, il pouvait distinguer les silhouettes décharnées des deux flics accroupis dans la guérite Il commencerait par eux. La journée serait pleine de palabres et de mensonges, mais les dollars étaient de son côté. Il pouvait donc espérer atteindre la vérité

C'était à croire qu'ils s'étaient fait la tête de Saddam Hussein. Les deux flics ruisselaient dans leur uniforme. Le commissaire avait décidé d'avaler sa moustache avec sa lèvre inférieure et fixait avec obstination les grains du chapelet d'ambre roulant entre ses doigts. Une demi-heure que Reiner était là.

Sur la table en contreplaqué, l'orangeade était chaude et le cendrier plein. L'odeur d'urine, violente. Les murs kaki étaient duveteux de salpêtre.

— Vous savez qui je suis, dit Reiner, nous n'allons donc pas continuer à perdre notre temps. Vous parlez et je vous paie, vous vous taisez et je vous fais virer.

Le commissaire Awda Shamiga enleva son béret avec précaution et vérifia l'ordonnance de sa chevelure à la coupe réglementaire.

— Il n'y a eu aucun meurtre, sir, aucun en tout cas dont nous ayons été informés.

— Un garçon, seize ans à tout casser, on l'a décapité.

Le policier hocha la tête avec componction.

— Il faudrait que nous examinions le corps, savez-vous où il se trouve ?

— Oui.

Le raidissement de Shamiga avait été imperceptible.

— Pourriez-vous nous indiquer, au profit de l'enquête...

— Non.

Reiner se pencha et sourit.

— Vous jouez au con, Shamiga. On a embarqué ce cadavre sur un de mes bateaux et je veux savoir qui. Il y a deux solutions : ou vous ne vous êtes aperçus de rien ou on vous paie pour la boucler, dans les deux cas vous avez perdu.

Derrière le commissaire, Ahmed Selim ondula vers un classeur métallique.

— On peut vérifier les procès-verbaux de ces dernières semaines, dit-il.

Reiner ne lâcha pas le commissaire des yeux. De la semelle de ses rangers, le policier bloqua l'avance de son subordonné.

— C'est inutile, dit-il, il ne s'est rien passé d'important dans le secteur dont je suis responsable, et surtout pas d'assassinat de ce genre.

Reiner alluma une cigarette. Neuf heures du matin et il en était au moins à sa quinzième.

— Cinq cents dollars, dit-il. C'est le prix du secret professionnel.

Shamiga remit soigneusement son béret et recommença à suçoter sa moustache.

— Désolé, monsieur Reiner, j'aurais voulu vous être utile.

Le gros morceau, pensa Reiner. Si ce genre de personnage recule devant cinq cents dollars, c'est que ceux qui l'empêchent de parler disposent de gros moyens. Shamiga crevait de trouille, c'était visible.

— Très bien, dit Reiner, je vous aurai laissé votre chance jusqu'au bout.

Il se leva et sortit sans un regard. Il n'avait aucun doute : dans moins de deux heures Ahmed Selim viendrait lui manger dans la main. Il dirait tout, et plus encore.

Il regagna sa chambre, sommeilla quatre-vingt-dix minutes et sortit.

Sur les quais, l'herbe avait poussé entre les rails désaffectés, l'enchevêtrement des voies se perdait entre les racines des banyans. Le port avait dû être prospère autrefois, cela devait dater de longtemps, du temps des Anglais, bien avant que ne naisse le Pakistan, bien avant l'indépendance de l'Inde.

Il faisait chaud, à présent. Reiner dépassa les charrettes à bœuf emplies de sacs de poivrons et de tomates vertes. Les femmes se dirigeaient vers le marché. Il y était venu quelques années auparavant et se souvenait des hautes portes du temple de pierre rose. Les statues avaient été mutilées, fracassées à coups de masse de fer. On avait tiré au canon sur les bas-reliefs de Shiva, lors des massacres de 1947. Tout ce qui portait la marque de l'hindouisme avait été détruit.

Au pied des ruines et des colonnes étoilées, dans l'ombre des fontaines déferlait la marée des fruits éclatés dont le sang coulait dans les rigoles vertes de mouches.

Il pénétra dans la foule et laissa ses narines s'emplir de l'odeur qui coulait des montagnes de pastèques et de grenades.

Des branches basses, les singes enchaînés épluchaient avec dextérité les graines de melon et de cacahouètes. Sur des étals de viande aux reflets d'améthyste, près des marmites profondes où bouillaient des abats, des fillettes chassaient les chiens errants à coups de pierres.

Par l'échancrure de la muraille, Reiner devina un boyau d'ombres : le souk. Il entra et la fraîcheur le frappa aussitôt, des cotonnades mouillées tendues sur des bambous formaient une voûte. C'était le domaine des artisans : ferblantiers, teinturiers, tailleurs, réparateurs de vélos. Les hommes vivaient pliés en deux, dans des niches étroites avec des hardes rafistolées dix mille fois, ils cousaient de l'aurore au crépuscule les chemises qui envahissaient l'autre partie du monde : l'occidentale.

Suivi. Lorsqu'il s'était arrêté, il y avait eu un mouvement derrière lui. Un homme s'était dissimulé derrière l'un des piliers. Sa main droite se porta d'elle-même à son aisselle gauche, réflexe inutile : il n'était pas armé.

Le fracas des perroquets était assourdissant, entassés dans des cages à claire-voie, leurs becs citron mordaient les lattes de bois, leur plumage vert acide rappela à Reiner les nénuphars des étangs de Boromir. Il tourna à droite vers les cordeliers, reprit à gauche, pénétra dans une échoppe d'épices. Il salua le vieillard qui trônait derrière les sacs et balança entre les pieds décharnés une poignée de roupies.

— Tu ne m'as pas vu. Ne dis rien.

Il glissa sous la toile de jute qui fermait la réserve. Derrière lui, les sacs s'amoncelaient. Malgré la pénombre, il discernait les silhouettes qui passaient dehors. Cannelle, gingembre, girofle, sésame, la valse tournoyante lui brûlait les narines.

Il vit l'homme. L'un des pans du turban flottait sur la nuque. Il écarta le rideau.

— Vous me cherchez, Ahmed Selim ?

Le suiveur pivota. La moustache retombait sur la lèvre, il y avait sous l'épaisseur des poils une ligne étroite, un bec-de-lièvre ou la cicatrice d'un coup de rasoir.

— Je peux vous aider...

L'envie traversa Reiner quelques secondes : au lieu de sortir les dollars, l'attraper à la gorge et lui faire cracher la vérité.

Il avait appris à faire parler les plus durs, une affaire de pouce et de carotide, mais il y avait la fatigue, les années et trop de risques.

La liasse de dollars se froissa entre ses doigts. Selim s'assit en tailleur au pied d'un sac de vanille.

— Apporte du thé, dit-il.

Le vieux marchand disparut. Reiner s'assit sur les talons. Ne pas oublier que Selim était un flic. Il devait être armé, peut-être avait-il déjà vendu sa gâchette aux commanditaires qui avaient coupé la tête du garçon à fossette.

— Vous avez cinq minutes pour devenir riche, dit Reiner, ne les perdez pas.

— Le mort s'appelle Sawendi Ojah, dit Selim. Le corps a été découvert au matin du 6 juin devant la fabrique de tapis. Le gosse y a travaillé neuf ans. Libéré de ses obligations, il est parti, et revenu au bout de quelques mois.

— Pourquoi l'a-t-on tué ?

— L'enquête n'a pas abouti. Nous l'ignorons.

— Où ce Sawendi a-t-il passé ces derniers mois après son départ d'ici ?

— Personne ne le sait.

— Des parents ?

— Aucun.

Reiner lança le paquet de dollars, Selim l'attrapa au vol.

— Comment le corps s'est-il trouvé dans le bateau ?

— Nous l'ignorons. Ordre avait été donné de l'enterrer dans le cimetière situé derrière les entrepôts. Le corps a dû être volé.

Dépêche-toi, Reiner, dépêche-toi, c'est une course de vitesse et tu traînes avec ce policier véreux. Il faut que tu te bouges, que tu secoues tes années, elles te pèsent, elles sont un manteau trop lourd pour la douceur du jour.

Dans une tasse de fer étamé, le thé lourd stagnait.

— A qui l'enquête a-t-elle attribué ce meurtre ?

— Un rôdeur.

— Le mobile ?

— Sexuel.

Selim but le breuvage d'un trait et, du fond de sa tasse, traça trois cercles dans la poussière de la boutique.

— Des signes indiquent que la victime se livrait à la prostitution.

Reiner regarda Selim. Vide. Il ne savait plus rien et le temps passait. Il se dressa. Vertige. Cela se produisait depuis quelque temps lorsqu'il se levait trop brusquement, une oscillation générale du monde, rapide et légère. Pas mal d'hypothèses possibles, l'hypertension, une compression des centres d'équilibre... Il verrait plus tard. Pour l'instant, il fallait tourner le dos à la ville, à la mer et grimper en direction des collines.

Les sons des flûtes des dresseurs de cobras montaient dans l'air chaud. Ils venaient d'au-delà des frontières, à travers les hautes vallées népalaises, jusqu'aux plaines inondées du Cachemire, ils sillonnaient les routes jusqu'à Karachi, jusqu'au rebord du monde et repartaient.

Reiner sentit la sueur couler dans son dos et décida de prendre un rickshaw. Il en trouva un à la porte de Ramadar. Les genoux collés aux oreilles, les orteils écartés sur les dalles de grès, son conducteur attendait dans une langue d'ombre qui tombait des murailles.

Lorsque l'homme démarra, la foule s'écarta devant lui et Reiner alluma une cigarette. Il cesserait de fumer lorsque tout serait réglé.

Neuf années de filature, Sawendi part, il revient au bout de quelques mois. Il y a une raison et elle est simple : il a voulu revoir quelqu'un... Ses compagnons. C'est là qu'il trouverait. A Gwadar Kalat.

Il y a un moment où tout s'accélère, le cauchemar monte... La cadence s'accroît, devient folle... Le peigne en fer de Jannih danse entre les doigts d'ombre et Ram regarde ses mains voler. Seules ses mains existent. Elles ne se trompent jamais, il ne faut rien leur commander, surtout pas.

Deux filles sont arrivées ce matin. Ballu ne veut pas les mélanger avec les garçons, il croit que les garçons vont les violer.

Ram n'arrive pas à voir leur visage parce qu'elles mordent le voile entre leurs dents. Elles ne sont pas nouvelles parce qu'elles ont trouvé la position tout de suite. Il a aperçu le dessous des pieds de la plus grande, il est plein de corne, c'est le frottement du socle de bois. L'autre est petite, elle n'a pas dix ans, la grande a son âge. Ram va s'astiquer encore plus que d'habitude. Ils en parleront ce soir, la journée finie.

La lame accroche, elle est mauvaise, c'est la teinture qui fait cela, selon les couleurs ça glisse mal et les nœuds ne sont pas assez serrés.

Pas de blessure, surtout pas de blessure.

Au début, ce sont les épaules qui durcissent, la nuque broyée de fatigue.

Ram se souvient des premières semaines, lorsque venait la fin de la journée et qu'il croyait que ses genoux ne se débloqueraient plus, qu'il resterait plié comme les malformés des quartiers des mendiants, les rampants qui hantent les abords de la mosquée et qui se traînent, araignées humaines, en tendant leurs mains. La charité, par Allah, la charité...

Un quart de seconde, Ram tourne la tête... La sueur colle le tissu sur le front de la fillette. La chaleur est montée très vite, dans le ciel, sur les cours. Pourquoi ont-ils amené ces filles ici ? D'ordinaire, elles travaillent dans l'autre atelier. Il n'a pas pu la voir, il aimerait... Comment est-elle ? Plusieurs lui ont plu déjà, il a rêvé qu'il avait une histoire avec l'une d'entre elles, qu'ils se sauvaient ensemble, qu'elle était reprise, enchaînée et battue, comme Rune à la dernière mousson. Lui arrivait alors, tirait sur le gardien et la délivrait, ils sortaient du camp dans une charrette à âne, sous les sacs d'aubergines et de poivrons. Ils quittaient les remparts et, durant leur nuit de liberté, il retrouvait avec elle les gestes de Sawendi, il ouvrait la robe de toile, le torse en émergeait, blanc de lune, si différent, si… Il fallait qu'il se calme.

— Ram !

Le cri de Jannih stoppa net la large lame recourbée en cimeterre mais trop tard, le fil taillé en rasoir avait coupé la chair du majeur à la deuxième phalange.

Ram regarda le sang sourdre instantanément et cerner son doigt d'une bague écarlate, cela s'était déjà produit au début de l'apprentissage, le couteau à tapis étant trop lourd pour lui, et l'intérieur de ses paumes portait la trace livide de quatre estafilades aux cicatrices boursouflées.

Il ne sentit aucune douleur.

Ne pas se faire prendre, d'abord.

D'un coup de dents, l'enfant cisaille un chiffon caché dans sa ceinture et entortille la toile autour de son doigt, serrant pour arrêter l'hémorragie.

C'était ce qu'il craignait le plus évidemment et c'était ce qui était arrivé. La coupure.

Tout cela parce qu'il avait pensé à cette fille. Cela lui apprendrait, les femmes étaient la cause de la perte des hommes. En plus, cette fille devait être moche… Quel crétin il était de rêvasser.

Jannih le regarda, inquiet. D'une seule main, Ram passa le fil bleu autour de la corde de trame et tenta le nœud.

— Attention, voilà Ballu.

L'épaisseur du pansement bloqua le passage entre les fils tendus. Le tissu imbibé laissa échapper une goutte qui fila entre les doigts, descendit en direction du poignet.

La tête de Ram, projetée sur la droite, entraîna le corps qui s'affala.

— Qu'est-ce que tu as foutu ?

Le coup l'avait pris à l'oreille et le tympan sonnait si fort qu'il n'entendit pas la question. La poigne du gardien souleva le garçon.

— Je te demande ce que tu as foutu.

Il leva le bras et manœuvra le manche de bois brut qui resserra le système de tension des fils de chaîne sous sa paume. Au fil des années, le bois s'était poli sous le double jeu de sa main et des cordes. Ce tapis n'en finissait pas, le modèle était difficile et, surtout, il devait changer le système des nœuds. Il avait l'habitude du nœud turc, symétrique, le premier liant les deux chaînes d'une étreinte totale, le second en laissant une libre. Depuis le début de la matinée, il s'était trompé deux fois. Au-dessus des têtes, les blocs de laine se balançaient. Et puis, il ne connaissait pas encore bien le modèle. Entre ses pieds, il devait consulter souvent le *talim*, le papier où les nœuds des motifs étaient dessinés avec des symboles pour indiquer les couleurs. C'était un motif boukhara, nouveau. A sa place, Sawendi aurait eu fini depuis longtemps... Voilà encore un nœud terminé. Décidément, il n'arrivait pas à voir le visage de la fillette.

— Ram !

Ram serra les dents. Il devina qu'à l'autre bout de la rangée des métiers, la fille regardait la scène, les mains immobiles sur le fil. Il ne fallait pas qu'elle fasse cela, si l'un des surveillants l'apercevait elle prendrait une trempe.

— Le couteau a glissé.

L'oreille de Ram sonna à nouveau. Ballu avait frappé du revers de la main et les jointures avaient claqué sur la tempe. La douleur irradia, faisant jaillir les larmes.

— On ne te paie pas pour qu'il glisse, petit con.

L'amende. Elle allait tomber comme les quatre premières fois, des centaines de roupies... Comme il en gagnait six par jour, cela lui ferait une sacrée prolongation.

— Amène-toi, je vais te soigner.

Ram sauta sur ses pieds. Ça, il ne fallait pas, il savait ce qui allait suivre et il ne fallait pas. La main du gardien crocha dans le pagne et tira, Ram hurla... Il vit en un éclair l'œil de Rune derrière Ballu, le poing de son copain serrant la lame de l'outil, et Ram eut l'impression qu'il allait planter le fer dans le dos du vieil homme.

Fais-le, tue-le et qu'Allah nous protège.

Ballu souleva le gosse et le jeta contre sa hanche comme font les montagnards pour porter leur fagot de branches mortes. En deux enjambées il fut dans la cour où les poules s'envolèrent, soulevant poussière et détritus.

— Pas l'huile, souffla Ram, je te donnerai de l'argent.

— Tu n'en as pas.

— Si, j'en ai planqué.

Ballu se mit à rire. Ils disaient tous cela avant la punition, cela l'amusait, où auraient-ils caché des roupies ? Celui-là était un malin, mais même lui ne serait pas arrivé à garder des billets.

Ballu franchit une barrière à demi écroulée et, toujours portant son fardeau humain, traversa le ruisseau qui coupait le centre de la ruelle, un égout à ciel ouvert, l'odeur de cette partie de la fabrique était pestilentielle. Les femmes qui travaillaient aux cuisines les regardèrent passer. Ballu poussa une porte du pied et Ram vit le réchaud à gaz. Il lui restait deux minutes, ce temps passé, l'huile serait chaude et il aurait beau se débattre...

— Tu es un vrai petit con, dit Ballu, tu sais que si tu fais attention, ça n'arrive pas... A quoi tu pensais ? Pas à ton travail, bien sûr !

Ram ferma les yeux. Les larmes ruisselaient, silencieuses. S'il se laissait aller, ça ferait peut-être moins mal que les autres fois, il fallait arriver à penser que son doigt ne lui appartenait pas, que cette partie de son corps était indépendante, un bout de chair ajoutée. Il ne pouvait pas souffrir. Il fallait qu'il arrive avec son esprit à détacher cette partie de son corps.

— C'est pour ton bien, dit Ballu, je te l'ai déjà expliqué la dernière fois.

Ram tenta de maîtriser les soubresauts de sa poitrine. Sous ses paupières fermées la lueur bleue du gaz tremblait, tache blafarde. L'odeur d'huile chaude commença à monter.

Allah n'existait pas, seul ce monde de terreur était réel, il devait y avoir partout ces parpaings, ces monceaux de laine, ces machines et ces hommes aux ventres lourds, aux moustaches épaisses et aux yeux morts qui, parfois, frappaient jusqu'à ce que se brisent les espoirs et le rire des âmes, c'était cela l'univers, pas autre chose.

La main du surveillant ne l'avait pas lâché. Ram se laissa aller, moins ses nerfs seraient tendus, moins il sentirait la douleur. Ballu tira sur le bras de son prisonnier, entre ses doigts épais le poignet de l'enfant sembla étonnamment fluet, une branche d'arbre cassante. Le cœur de Ram gonfla. Quelques secondes encore. Il ouvrit les yeux et, malgré la pluie de désespoir qui noyait ses pupilles, il vit la surface du récipient se peupler de bulles minuscules, l'huile bouillait. Malgré lui ses dents se desserrèrent et sa tête plongea, mordant l'avant-bras du tortionnaire. Ballu jura, empoigna la chevelure de sa main libre et tira. Ne pas lâcher, même si on le tuait il ne lâcherait pas. Tenir jusqu'au bout, comme un cobra, comme le tigre enragé des légendes. Etre un chien, rien qu'un chien.

Ballu lâcha la tignasse et tâtonna derrière lui.

Sur l'établi se trouvait la réserve de brosses métalliques avec lesquelles les gosses serraient les fibres, leurs dents recourbées évoquaient celles des fauves. Il en prit une, resserra sa prise autour du manche et leva l'outil. S'il frappait à la tête, il tuerait l'enfant d'un coup. Cela pouvait faire des problèmes, mais tout en ce bas monde s'arrangeait et la morsure le rendait fou.

Avec un grondement de buffle, il leva l'arme qui effleura le plafond bas.

— Lâche-le.

Ballu se retourna, la masse de fer dressée au bout de son bras tendu. Un Blanc. Pas jeune. Il l'avait déjà vu. Difficile de dire où... Sans desserrer l'étau, Ram risqua un œil. Le plus frappant était le calme de cet homme. Ni colère, ni exaltation.

Allah existait. Il allait s'en sortir. Ballu reposa la brosse au moment où Ram, la bouche amère de la sueur du bras du gardien, abandonna et, d'un coup de reins serpentin, disparut sous une table. Ballu se redressa et tira sur sa tunique, son ventre passait pardessus la ceinture de toile.

— Qui êtes-vous ?

Le nouvel arrivant marcha lentement vers le récipient en cuivre. A présent, l'huile semblait sur le point de déborder. Sans répondre à la question, il leva le pied et frappa.

La bassine décrivit dans l'espace un arc tendu et alla se fracasser contre le mur. Ballu, stupéfait, recula d'un pas. Une giclée d'huile chaude griffa le mur et se mit à fumer.

— Je m'appelle Maximilien Reiner, dit l'homme, et c'est toi que je cherche.

Oumad Khan Ballu regarda son bras. A travers les planches disjointes le soleil frappa sa peau tannée, la morsure dessinait une demi-lune parfaite et violacée. Il fallait réfléchir vite. Des hommes comme celui-là étaient déjà venus avec des caméras, des appareils photo... Il fallait faire attention, ne pas trop parler. Tawad Bassi, le directeur de la fabrique, lui avait expliqué la conduite à tenir : s'approcher d'un enfant, sourire et poser sa main sur son épaule... Etre un père... C'était vrai d'ailleurs, quelquefois, lorsque les mômes chahutaient, cela lui était arrivé de les laisser faire, Jannih et quelques autres le faisaient toujours rire et quand il versait la ration de riz dans les écuelles et le thé vert dans les tasses en terre, il forçait la dose pour ses préférés. Mais souvent il fallait punir, sinon Tawad Bassi compterait les tapis et, si leur nombre n'était pas suffisant, lui, Oumad Khan Ballu, regagnerait les montagnes du Pendjab d'où il était venu et ne trouverait même pas un travail de chevrier. Vieux, que ferait-il alors? Il serait mendiant ou voleur et mourrait sous les pluies chaudes d'automne, recroquevillé sur une décharge dans les faubourgs d'Islamabad et, comme pour son père, le carton d'emballage qui lui servait de couverture deviendrait son linceul.

— Tu es le gardien de l'atelier trois?

Ballu hocha la tête.

— Tu travailles là depuis longtemps?

Il ne comptait plus les années. Lorsqu'il avait franchi la porte de la manufacture, Oumad Khan Ballu avait le ventre plat et la moustache noire, il pouvait alors passer toutes ses nuits auprès des femmes du quartier réservé de Khara.

— Très longtemps.

— Tu as connu un garçon qui s'appelait Sawendi?

— Je ne sais pas leur nom à tous.

Le réflexe jouait. Tawad Bassi avait insisté là-dessus : dès que les questions devenaient précises, la mémoire devait flancher. Ballu massait toujours sa blessure. Il n'aimait pas le regard de cet homme, il semblait penser à autre chose mais il aurait pu tuer en gardant ce même air d'indifférence.

— Il est resté neuf ans, rappelle-toi.

La lumière de l'entrée disparut. Les milliards de poussières en suspension qui flottaient dans les faisceaux de soleil continuèrent leur danse dans l'ombre. Tawad Bassi venait d'entrer.

— Il pose des questions, dit Ballu dans sa langue natale. Qu'est-ce que je fais ?

Reiner chercha une cigarette dans sa poche de poitrine.

— On peut continuer la conversation en ourdou, dit-il, ça ne me gêne pas.

Tawad Bassi agita ses mains onctueuses, derrière les lunettes cerclées de fer son regard exprimait la plus extrême bienveillance. Son titre de directeur lui avait conféré une grande componction.

— N'en veuillez pas à ce vieil employé, dit-il, nous avons beaucoup de fouineurs depuis quelque temps et les intentions de certains ne sont pas bienveillantes. Les Occidentaux ne comprennent pas toujours que les enfants qui nous sont confiés doivent fournir un certain travail en échange duquel...

— Sawendi, coupa Reiner, ça te dit quelque chose ?

— Moi, je sais.

Reiner se tourna en direction de la voix. Le gosse était sorti de sous l'établi, il se terrait, accroupi, le menton sur les genoux, serrant toujours sa main blessée.

— Qu'est-ce que tu sais ?

Leurs yeux se croisèrent. A cette seconde précise, Ram paria.

Il avait parié sans réfléchir, sans le moindre calcul. L'homme l'avait sauvé de la punition et il était le chef de Tawad Bassi. Le maître de la fabrique avait peur de lui, cela se voyait. Ballu avait reculé tout à l'heure, rien ne résistait au Blanc, il fallait être avec lui, entièrement, corps et âme. Il n'y avait plus rien à perdre, si quelqu'un pouvait le sortir de là c'était lui.

— Je sais tout sur Sawendi.

La fumée brouilla un instant le visage de l'homme. Il fit deux enjambées et s'assit en tailleur face au gamin. Il retira la cigarette de ses lèvres et la tint entre ses doigts. L'odeur de tabac chaud parvint aux narines de Ram.

— Sortez, dit-il. Attendez-moi au bureau.

Tawad Bassi s'inclina. Ballu laissa passer son supérieur et le suivit.

— Montre.

Ram tendit la main. La coupure était couverte d'une croûte noire de sang déjà coagulé.

— Il y a un dispensaire dans le village ?

— Oui.

— Tu iras.

— Mais je...

— Je t'y mènerai. Comment t'appelles-tu ?

— Ram.

— Ram, raconte-moi tout. Depuis le début, depuis le moment où tu as rencontré Sawendi.

L'enfant commença son récit. Il faisait chaud et, dans les cylindres de lumière qui tombaient du toit éventré, les flocons de laine flottaient lentement, neige silencieuse et tiède, un hiver de fournaise. Reiner écoutait, immobile.

Lorsque Ram eut fini, il avait aligné devant lui cinq mégots, cinq filtres dorés qu'il regarda longuement avant de les balancer d'un revers de main.

Le gosse allait mourir. Certain. Dès qu'il aurait le dos tourné, Ballu ou l'un des sbires de Tawad le tuerait. Ce n'était pas difficile de trouver dans la région un type qui, pour cinq cents roupies, assassinait une famille entière. Reiner soupira.

— Très bien, dit-il. Tu es certain de ne pas t'être trompé et de ne rien avoir inventé ?

— Je n'ai pas menti... Je t'ai tout dit.

L'homme se leva.

— Alors nous partons.

Ram hésita.

— Moi aussi ?

Qu'est-ce qu'il allait faire de ce gosse ? Il avait une petite tête marrante et donnait l'impression d'être à la fois fragile et infatigable.

— Toi aussi.

La vie basculait. Il y avait eu cette fille voilée, l'accident, Ballu qu'il avait mordu et, avec le surgissement de cet homme, la liberté était là, peut-être... Derrière les murs, c'étaient toujours les mêmes sons. Les caquetages des poules, quelques voix de femmes, le meuglement lointain des buffles, le ruissellement des eaux dans les arrière-cours, le vrombissement des mouches... Tout ce qu'il avait toujours connu, peut-être était-ce la dernière fois qu'il l'entendait.

Pourquoi avait-il cette impression soudaine qu'un pan de sa vie tombait ? Pourquoi son cœur continuait-il ce gong sourd, cette musique martelée qui scandait une aurore inconnue...

Il avait parlé. Il avait révélé à son sauveur que Ballu avait donné l'adresse à Sawendi, celle dont il s'était enfui, celle où les hommes venaient chaque heure dans la chambre... Cela ne lui serait pas pardonné mais l'homme blanc était puissant, et tant qu'il serait sous sa protection, rien ne lui arriverait, seulement du bien. Si cet homme le voulait, lui, Ram, ferait la cuisine, il saurait laver, balayer, il pouvait tout faire, tout, rien ne l'arrêterait, peut-être même un jour oublierait-il l'odeur âcre des tapis et ses yeux cesseraient-ils de voir les stries verticales des plis de haute lice, les bois des cadres et des châssis qui avaient quadrillé son horizon… Il quitterait ce monde et, qui sait, il lui arriverait alors la chose la plus étonnante qui soit : il aurait le temps d'être un enfant.

Jannih !

Il allait l'abandonner. Rune aussi et tous les autres de l'atelier trois, la petite fille aux traits invisibles sous le voile, la troupe harassée des journées finies, les copains fatigués du soir tombant, les jumeaux avec qui il jouait aux osselets, deux Infidèles, des chrétiens que leur gardien enchaînait chaque soir parce qu'ils se sauvaient toutes les nuits… Lui s'en sortirait, Ram, le fils d'Awendi Puyendi. Allah était grand.

Ils sortirent. La ruelle était vide. Une vache plongeait son mufle rose dans le purin, ses cils blancs d'albinos sertis d'un écrin de mouches mordorées.

— Tu es de quel village ?

Ram accentua son trottinement pour venir à la hauteur de Reiner.

— Près de Sulaiman. C'est dans la région des tribus, dans la vallée.

— Tu as des parents ?

— Ma mère.

Reiner pensa qu'il ne fallait pas le ramener chez lui. Pas encore. Les tueurs qui s'étaient occupés de Sawendi pouvaient partir à sa recherche.

Lorsqu'ils sortirent du dédale des sentes par la porte des Singes, Tawad Bassi les attendait, les mains croisées sur l'estomac. Ses lunettes brillaient dans le soleil, rendant ses yeux invisibles.

— Il me faut une voiture, dit Reiner, avec le plein.

Le gros homme s'inclina.

— J'espère que vous partagerez un repas avec moi.

— J'emmène le gosse, dit Reiner.

Tawad Bassi eut un nouveau signe d'assentiment.

— Nous le remplacerons, dit-il, ce ne sera pas facile mais nous trouverons.

— C'est pour cela que je vous paye, dit Reiner. Va chercher tes affaires. Je t'attends dehors.

Ram tourna les talons et se mit à courir. Il avait rangé sous le métier à tisser, contre le bât-flanc où il dormait, un pantalon de coton rapiécé, des babouches, cinq osselets qu'il avait lui-même polis entre deux pierres et un illustré américain que Sawendi lui avait donné deux ans auparavant. Il le connaissait par cœur, l'histoire du type masqué en culotte léopard était sa préférée, malheureusement il manquait la dernière page... Il ne connaîtrait jamais la fin, il avait passé de longues heures à en inventer différentes mais ce n'était pas la même chose. Il arriva hors d'haleine.

— Je m'en vais, annonça-t-il.

Jannih resta pétrifié. Dans les yeux sombres, Ram lut l'envie.

— Je reviendrai, dit-il.

Rune rampa jusqu'à eux.

— Où tu vas ?

— Je ne sais pas, c'est l'homme blanc qui m'emmène.

— Ballu t'a brûlé ?

— Non, le Blanc l'a empêché.

— Bon Dieu, souffla Rune, fais gaffe, il va te tuer.

— Alors tu t'en vas, répéta Jannih.

Manifestement, il n'avait pas pris conscience de la nouvelle. Ram noua les deux pans de sa chemise et jeta le baluchon sur son épaule.

— Salut, dit-il.

Ram se tourna vers la fillette, elle travaillait très vite et ne s'était pas tournée une seule fois vers lui. C'en était fait à présent, il ne saurait jamais qui elle était, si elle avait un visage fait pour le rêve comme celui des filles sur son magazine ou si elle était laide comme la femme de Ballu. Pourquoi aurait-il tant aimé le savoir ?

C'était drôle, soudain, ce regret qui lui venait,

comme s'il avait été heureux ici, dans ce recoin où il avait vécu plié en deux, dans la sueur et la poussière, dans les chaleurs moites d'étés successifs... comme si, soudain, le désir de partir le fuyait, tout cela parce qu'il connaissait chaque centimètre du plancher de bois, chaque millimètre du mur de parpaing contre lequel il avait dormi et la lumière rouge du soir sous la porte dessinant toujours ce même rectangle, et la lueur du matin desserrant les formes ligotées par la nuit, noyant les fils de laine dans le mauve léger des lilas qui poussaient sur les collines de l'aube.

Il défit son baluchon et tendit les osselets à Jannih, leur corne usée brillant dans le creux de sa paume. C'étaient les plus beaux de l'atelier. Il hésita un peu et sa main libre se referma sur le magazine. Décidément, il ne saurait jamais comment finissait l'histoire de l'homme masqué dans la jungle. Il y en avait une autre qu'il aimait bien, celle de la femme très belle et très blonde que des hommes à plumes poursuivaient de leurs chevaux lancés dans l'espace. Rune le prit. Il méritait bien le cadeau. Il avait failli tuer Ballu tout à l'heure.

— Dieu te garde, dit Jannih.

Il fit sa grimace mais Ram, pour la première fois, n'eut pas envie de rire.

— Vole un couteau, dit Rune, dès que tu peux, et planque-le sur toi : c'est plus sûr que la garde des dieux.

Ram reprit son fardeau allégé et sortit sans se retourner, la gorge douloureuse. Cette fois, il était vraiment parti.

Lorsque le soleil fut au plus haut, les trois vautours qui attendaient à quelques mètres de là tressaillirent, leurs ailes semblaient bouger d'elles-mêmes, les plumes grasses se déplièrent comme des membranes et, lorsque l'Oldsmobile s'engagea sur la place, ils partirent d'un vol lourd et bruyant, dégageant l'odeur forte des charognards… Ils montèrent au-dessus des toits et se mirent à tournoyer, croix piquées sur un ciel de fer étamé.

Reiner était au volant.

La bourre des sièges sortait par toutes les coutures, il n'y avait plus ni phare ni rétroviseur, et la peinture vert d'eau pelait par plaques, le bas de caisse n'était plus qu'une dentelle de rouille. Les pneus, lisses comme des miroirs, patinèrent sur les morceaux d'asphalte de la chaussée éventrée.

Reiner, le pied sur l'embrayage, actionna le levier de vitesse. La seconde ne passait pas. Rabattue par le vent, la poussière sableuse soulevée par les roues avant s'insinua par les portières mal jointes, ils sentirent dès les premiers mètres les grains crisser sous leurs dents.

— Tu habites où ? demanda Ram.

Reiner écrasa la pédale mais les cylindres grippés n'augmentèrent pas le régime.

— De l'autre côté de la Terre.

Ram hocha la tête. Ça devait faire loin.

— Ça s'appelle comment ?

— La France.

Du coin de l'œil, Reiner vit le gosse bouger les lèvres, il répétait le nom qu'il venait d'entendre.

Après les docks, commençaient les bidonvilles. Sur les toits de zinc et de fibrociment des cahutes verticales, le soleil cognait comme un sourd. A travers les haies à claire-voie, on devinait les silhouettes des femmes dans l'ombre des auvents de toile, les marmites fumaient sur les feux de bois, dans l'air chaud les plaines étaient invisibles, seule la vibration de l'air trahissait leur présence. L'amoncellement des cabanes grimpait la colline en suivant la mer. Plus haut, la végétation dense indiquait la rivière, la Makran.

Ils suivraient la piste qui bordait le rivage jusqu'à Karachi, puis ils trouveraient la route qui remontait plein nord vers le Karakoram. Ils s'arrêteraient avant dans la capitale. Ils y arriveraient dans une demi-douzaine d'heures, si tout allait bien. La banquette arrière avait été retirée et les bidons pleins d'essence tintaient les uns contre les autres. A la fois rassurant et inquiétant : ils avaient de la réserve mais, à la moindre flammèche, la voiture se transformerait en bombe.

— On fabrique des tapis, en France ?

— On en achète surtout.

Les sourcils de Ram s'incurvèrent.

— Les miens ?

— Les tiens aussi.

Ram s'abîma dans ses réflexions. Il n'avait jamais supposé que le produit de son travail voyage si loin.

— Tu en as acheté toi aussi ?

— Quelques-uns.

Il y avait donc des tapis à l'autre bout de la Terre. La Terre était couverte de tapis, partout.

Reiner braqua, contre-braqua et dérapa le long d'une rangée de bambous, il redressa de justesse, évitant une chèvre plantée au milieu de la piste. A l'entrée des villages traversés, des chiens hurlaient en courant le long des portières.

— Je ne comprends pas, dit Ram.

— Qu'est-ce que tu ne comprends pas ?

— S'il faut tellement de tapis dans le monde entier, pourquoi est-ce que ce sont les enfants qui les fabriquent ?

Reiner lâcha le volant de la main gauche et eut un geste pour prendre le paquet de cigarettes vibrant sur le tableau de bord au hasard des cahots. Non, pas encore, il avait trop fumé depuis ce matin. Ce gosse était marrant

— On vous paie moins, on vous nourrit moins, vous travaillez plus, vous ne râlez pas et, si vous râlez, on vous flanque une volée. Pourquoi est-ce qu'on embaucherait quelqu'un d'autre ?

Ram eut un rire tremblé. Il était si léger qu'à chaque embardée ses fesses décollaient du siège et rebondissaient. Il savait tout cela, il l'avait compris depuis longtemps mais personne ne le lui avait dit. Le Blanc avait bien répondu.

— Et toi, dit-il, tu es d'accord avec ça ?

— Complètement.

— C'est pas vrai, dit Ram.

Devant le capot, s'ouvrait une portion de ligne droite, les dunes filaient à l'horizon et la mer miroitait, aveuglante. Reiner essuya la sueur qui dévalait ses tempes.

— Pourquoi dis-tu cela ?

— Si tu étais d'accord, tu aurais laissé Ballu me battre et tu ne chercherais pas à savoir qui a tué Sawendi.

Reiner débraya et passa la quatrième. L'aiguille frémit jusqu'à cent dix kilomètres à l'heure.

— Tu es un petit malin, dit-il.

— Oui, dit Ram.

Reiner sourit et regarda sa montre.

— Tu as faim ?

Ram écarta les mains en une mimique d'évidence.

— Toujours, dit-il.

Le tronc de l'arbre au bord de la route avait crevé la pierre et le toit d'une ancienne ferme. L'écorce grise rappelait la peau des vieux éléphants aux rides douloureuses, il se dégageait du géant une souffrance végétale. C'était peut-être l'encerclement des racines soulevant l'asphalte et les pierres qui créait cela, comme si le banyan luttait pour ramener du fond de la terre une substance improbable et cependant nécessaire. Desséché, il tournait au minéral, dans quelques décennies il serait un arbre de fer, un entrelacs de branches monstrueuses et métalliques.

A l'ombre du feuillage, l'Indien éventait les braises sous les pierres chaudes, sur lesquelles cuisaient des galettes plates. Reiner s'arrêta, détacha la corde qui maintenait le capot à la calandre et souleva. Le moteur fumait. Tous les niveaux étaient au plus bas. Il sortit un paquet de roupies et les tendit à l'enfant.

— Achète ce que tu veux.

— Tu as faim aussi ?

— Non.

Deux types avaient déjà surgi. C'était un phénomène que Reiner connaissait bien : le Pakistan était un garage... Au cœur des hautes montagnes du Nord, dans la passe de Khyber, perdu dans les plateaux du Cachemire, à la moindre crevaison, la moindre panne, des hommes apparaissaient, sortis de derrière des cailloux, nés de la neige. Avec un canif, un morceau de fil de fer ou un bout de corde extirpés de leurs poches, ils réparaient des camions de trente tonnes. C'était un monde de bricolage et d'inventions.

— Trouvez-moi de l'huile et de l'eau, dit Reiner. Cette bagnole doit tenir encore deux cents kilomètres.

L'un des hommes eut un coup d'œil rapide sur la courroie rafistolée, son pouce caressa la pompe à eau comme si elle était en or massif. Il avait la peau très sombre des Indiens de la côte et ses sourcils se rejoignaient à la racine du nez en formant une barre horizontale. Son compagnon revenait déjà avec une jarre d'eau et, utilisant un pan de sa tunique pour ne pas se brûler, il dévissa le bouchon du radiateur. Reiner fit un pas de côté et prit une cigarette. Sur l'un des doigts de la main gauche du Pakistanais, il vit la marque d'une bague récemment enlevée. La peau dessinait un cercle plus clair. Si les hommes de la région portaient souvent des bijoux en or, ce n'était pas le cas des vagabonds comme celui-là.

— Tu veux une cigarette ?

L'homme aux sourcils épais acquiesça. Sur son torse nu, il portait une veste d'Occidental. A l'endroit de la ceinture, Reiner devina la boursouflure d'une arme : manche de poignard ou crosse de revolver. Il sortit son Zippo et chercha Ram des yeux.

Le gosse avait empilé quatre *chapatis* au creux de son bras et attendait sa monnaie. L'odeur des *naans* parvint à ses narines.

Reiner souleva le couvercle du briquet et actionna la molette. C'était maintenant ou jamais.

D'un revers du bras, il frappa la tringle de métal qui retenait le capot et du même élan écrasa la flamme sur le visage de l'homme au veston. La lourde plaque de tôle heurta la nuque de l'homme penché sur le radiateur qui fléchit sur les genoux mais ne tomba pas. Il plongea la main dans sa chemise, cherchant le colt à canon court.

Reiner eut le temps de frapper deux fois. Sonné à la tempe, le tueur trébucha et alla s'effondrer contre le tronc du banyan. Le kandjar brandi tomba, la lame large brilla dans le soleil. Lorsque Reiner se retourna, l'autre avait le revolver en main et le déclic du chien armé sonna dans le silence. Un 45. L'arme était imprécise mais, à trois mètres, le tireur n'avait aucune chance de manquer sa cible.

— Fous le camp, Ram.

Il fallait que le gosse s'en sorte... Au moins lui.

4

IL est rare que si tard sonnent les cloches.

Je ne sais pas d'où viennent celles-là, peut-être de l'abbaye sur l'autre rive. Peut-être de plus loin, le vent est trompeur, il tourne sur le fleuve et il est possible que ce soit simplement celles du village.

J'aime ce son. Il est en accord avec l'air du soir, une tristesse et un appel, une harmonie avec les champs, les arbres. Les cloches sont faites pour un vieil univers immuable, elles sont la musique de la nostalgie...

Chaque religion choisit un instrument, voix, tambours ou trompettes sacrées. Ceux des chrétiens ont un tintement monotone, chaque note y meurt dans une autre, les sons s'appellent et le dernier est lent à mourir. Cela doit convenir à la prière du dieu glorifié : regret et espoir.

Pas la forme, ce soir. Je me suis traînée dans le parc, j'ai résisté à l'envie de cracher dans l'eau des fontaines pour faire des ronds, j'ai finalement réussi à me persuader que cela n'avait pas d'importance et ne dérangeait personne, j'ai donc fini par cracher, ce qui ne m'a procuré qu'une joie relative, disons même médiocre. Cela me plaisait pourtant énormément autrefois. Une fillette aux jambes nues penchée entre les pierres d'une source bleue. J'ai passé de longues heures à regarder les cercles mourir sur le granit noir de la cuve géante. Des oiseaux venaient y boire. A quoi rêvais-je à l'époque ? A être dentiste, je crois. Oui, c'était mon époque dentiste, j'avais vu un documentaire sur des paysans chinois, ils étaient tous édentés, leurs sourires plissés laissaient apparaître de tristes chicots épars, j'avais donc décidé de leur apporter des dentiers, j'aurais loué deux ânes, un pour moi, l'autre pour mes prothèses, et en avant pour les montagnes du Yang-tsé, j'aurais redonné ses dents à l'Empire du Milieu.

Cette idée me surprend aujourd'hui, quelle enfant étais-je pour rêver à repeupler des bouches chinoises ? J'en avais parlé à la sœur qui m'avait paru la plus propre à apprécier les hautes perspectives qui étaient les miennes concernant une humanité dont le dénuement en canines m'attristait profondément. Je dois dire que son indifférence à ce problème essentiel me choqua profondément, de la part d'une religieuse dont il me semblait que le souci permanent aurait dû être l'apitoiement sur la misère du monde et la volonté d'y porter remède. La remarque que je m'attirai : « Vous feriez mieux d'apprendre vos déclinaisons » résonne encore.

Je me souviens aussi d'avoir, à la même époque, été amoureuse de Quentin Durward. Plus exactement de l'image de Quentin Durward telle qu'elle figurait sur la couverture de l'édition anglaise de la bibliothèque de l'Institution. On le voyait sourire vaillamment dressé sur un destrier cabré et vêtu d'une armure passée au Miror, à en juger par les reflets du soleil sur son torse. Il était blond et ses dents calibrées n'avaient rien à voir avec celles des vieux paysans chinois des documentaires. J'avais décidé, donc, de n'épouser qu'un homme qui viendrait me chercher en armure, ce qui, pour une fillette née dans la dernière moitié du XXe siècle, correspondait à une volonté de se fabriquer des difficultés sentimentales majeures. Elles ont d'ailleurs eu lieu pour d'autres raisons dans lesquelles mon blondinet de Quentin Durward ne jouait aucun rôle. Mais les armures des hommes que j'ai rencontrés étaient souvent plus épaisses que celle du héros de Walter Scott, si épaisses que je n'ai parfois pas vu leur cœur.

Il est minuit au Pakistan.

Pas faim. Adriana se croit obligée de cuisiner des montagnes de spaghettis bolognaise. Elle est la seule au monde à les réussir aussi parfaitement mais est-il vraiment nécessaire de me le prouver deux fois par semaine ? Elle cherche à me faire grossir, depuis toujours, mais c'est elle qui prend les kilos. Injustice flagrante des tempéraments. Je serai mince jusqu'à ma mort.

Je n'aime pas ce voyage. Je n'aime pas qu'il me quitte, mais jamais il n'a été moins bavard sur les raisons de son départ. Zachman est évidemment une tombe, il suit les ordres du seigneur. Et moi, je suis là, comme une imbécile, à cracher dans les bassins. Je lis, bien sûr, mais je suis de celles pour qui, je le confesse, la lecture est la marque de l'ennui. Pourtant la journée avait bien commencé, mais elle s'est usée très vite et elle me laisse seule dans un grand pan de vide, livrée à moi-même au point que je rappelle cette grande et maigrichonne sauterelle qui travaillait dans le cloître de Sainte-Hélène en rêvant de cavaliers dorés et de voyages chinois... Je peux remonter le temps, la regarder grandir, se dandiner dans les reflets des vitres du couloir pour voir s'affiner encore sa taille et saillir sa poitrine, vite, vite que le diplôme arrive, que je quitte les blancs dortoirs, les réfectoires aux bancs d'ébène et aux échos multipliés, je porte la jupe grise et le fichu croisé des grandes. Je connais si peu de choses du monde, les coupoles d'or des églises pragoises, des routes de forêt, une ville au bord de la mer entre Menton et Bordighera, quelle drôle de tête a l'univers à cette époque...

Vacances italiennes au goût de vin râpeux que tu renifleras sur les lèvres de l'hercule qui, depuis des mois, retape le mur de la propriété, tu as juré de ne pas revenir vierge de la Riviera mais lorsqu'il te plaque comme une crêpe contre la porte des dépendances en poussant un couinement de sanglier, tu récupères avec justesse le slip de dentelle volé pour la circonstance à ta mère et tu cavales à perdre haleine entre les cyprès et les pieds de basilic. L'hercule ne te poursuivra pas, il est ta première et indubitable expérience d'éjaculation précoce.

Lorsque la chaleur s'enfuira, je prendrai la bicyclette. J'aime les routes à travers les tournesols et les maïs, les arrondis, les vallonnements se déploient, les champs s'étirent, c'est un pays de moulins et de clochers vrillés.

Je ne m'ennuyais pas autrefois, jamais, j'avais le travail, la musique, les couleurs écrasées sur la palette, huiles et pigments, j'aimais fabriquer moi-même mes couleurs, je peignais des jours entiers. Il m'est arrivé de tenir douze jours sur une toile avec une caisse d'Evian, des biscottes, des saucisses de Francfort surgelées et de la confiture d'abricots. Formidable, la peinture, trois ans d'angoisse, des expos à New York, à Singapour, à Berlin, et six ans d'analyse.

Et un soir, Maximilien Reiner.

Je l'ai rencontré dans un café comme devaient en fréquenter les vieux coloniaux anglais à moustache en brosse et whisky. Il m'avait expliqué que les psychanalystes avaient tous la même particularité : ils étaient sourds. Ce qui expliquait qu'ils vous laissaient parler. En fait, ils n'entendaient pas ce que débitait leur patient. Parfois, pour faire croire qu'ils suivaient, ils posaient une question tout à trac. Vous étiez en train de relater votre amour immodéré pour les sardines à l'huile et les chaussures vertes lorsqu'il lâchait : « Lorsque votre mère est morte, vous êtes-vous sentie soulagée ? » Tout s'éclairait alors, chaussures vertes et sardines prenaient leur réelle signification.

Il m'avait sorti à grand fracas du groupe de tarés déjantés dont je faisais partie et nous avions marché dans les ruelles rousses de la nuit. Une partie de ma vie s'achevait, une autre commençait avec un homme qui m'était déjà nécessaire.

Tout, cette nuit, s'est volatilisé : tubes et pinceaux, psys en tout genre, crétins prétentieux hantant dans les deux hémisphères les lieux où l'art se dilue en parlotes et cocktails compliqués, j'en avais fini avec les excentriques pantragiques dissertant sur le tantra, la poudre d'ange ou Andy Wharol.

Ces batifolages compassés me furent insupportables dès qu'il posa les yeux sur moi. Jamais affaire ne m'apparut plus évidente : qu'il le veuille ou non, je serais la compagne de Reiner jusqu'à la fin de mes jours.

Les choses étaient très claires : si un jour il me chassait, je reviendrais, j'achèterais d'autres fringues, me ferais refaire le nez, changerais de parfum, me teindrais en rousse, mais je reviendrais, par la porte ou la fenêtre.

Il ne m'a jamais chassée. Et les années ont passé.

Que de douceurs, que de tornades... Je les sens sur les roses tièdes du soleil, ton amour est dans ma vie comme cette maison sur la colline, si sûre, si blanche, si inévitable, elle est faite de pierres et de parfums, des feuillages changeants et des saisons aux successions immuables... L'hiver, lorsque la terre et les eaux s'engoncent dans le silence, lorsque les corbeaux et les corneilles quittent les rives, je te retrouve dans la lueur que les flammes des bûches confient aux hommes un peu las que de vieilles laines protègent... Je te ferai un thé tout à l'heure, tu rechargeras le feu et le temps passera, nous voici deux à tout jamais sous les balcons du soir qui vient.

Je n'ai plus revu personne, une ou deux amies d'enfance qui ont appelé et puis les coups de fil se sont espacés... Il reste Anna, la dernière, c'est elle qui a posé la question lorsque j'ai vendu l'appartement de l'avenue d'Iéna.

— Et qu'est-ce qu'il fait, cet incomparable Reiner ?

Je partageais sa vie depuis déjà près d'une année et je n'avais su que répondre. Le plus bizarre était que je n'en fusse pas étonnée. Je ne savais pas... Il était un homme de voyages, l'argent coulait. Au cours des promenades, il m'offrait des bijoux au hasard des vitrines, rue de la Paix, place Vendôme, un jour des saphirs, un bracelet topaze, diamants et calcédoines... Je ne lui ai posé la question que plus tard.

Sept heures déjà.

La nuit va venir. Il est une heure à Karachi.

Plus tard, Reiner m'a expliqué. Il dirige un réseau, il a ouvert des marchés, racheté des fabriques, installé des lignes de transports maritimes et routiers. Je n'aime pas cette idée d'enfants travaillant dans des filatures, mais supprimer le mal n'est pas créer le remède. Si les ateliers ferment demain, si une loi est appliquée, que deviendront-ils ? Je sais que rien n'est facile, que ce raisonnement ne tient pas dans l'absolu, mais ce monde est si loin... Curieuse est notre civilisation : après avoir tenté d'être hégémonique, elle a choisi aujourd'hui le laisser-faire sous prétexte de différence : ces gosses crèvent à la tâche ? Gardons-nous d'intervenir. Ce serait une nouvelle fois retomber dans une erreur quasi héréditaire : celle qui consisterait à imposer des lois à un monde qui n'en a cure. Les valeurs étroites de l'Occident... Reiner navigue avec bonheur dans ces eaux contradictoires où se mêlent les relents nauséabonds de l'affairisme et les fonds purs des philosophies orientales. Miasmes et clarté...

Je n'aimais pas le voir dans le hall des hôtels de Singapour avec ces hommes impavides aux regards étroits qui s'inclinaient devant lui. Quels étaient ces ordres? Quel parfum avait l'argent? Ces perles offertes chez les plus grands bijoutiers de Londres ou d'Anvers n'étaient-elles que la sueur condensée des gosses rivés aux machines? Sueurs et larmes des fillettes et des gamins exténués...

Qui s'en souciait? Surtout pas moi, je n'étais plus qu'une femme amoureuse, oublieuse, la roue tournait, follement, j'étais au sommet des planètes et ma course était sans fin... Nous fumions, la lune éclairait son dos nu tandis qu'il cherchait sur les tapis la flûte de champagne renversée. Il en resterait peut-être un fond dans la bouteille. Oh! Reiner, comme elles furent douces ces années, elles contenaient plus d'étés que je ne saurais dire. Il y avait tant de lumière, de passions, tout était si parfait, si plein de vie, une vie comme un œuf, sans une place pour l'ennui, l'attente ou le malheur.

Mais je voudrais savoir... s'il y a crime ou non. Des enfants, des esclaves, des trafics, des tapis... que caches-tu? Qui es-tu? Cela me paraît trop simple de te déclarer coupable, peut-être parce qu'au long des jours de notre vie j'ai senti ta fragilité, tes enthousiasmes, tes générosités. J'ai peur de connaître le secret de l'Empire Reiner. Quel est l'homme qui a fait de ma vie un rêve inoubliable?

J'ai failli reprendre un pinceau cet après-midi, une envie d'écraser la pâte sur la toile, de tenter des mélanges, ce fut un élan rapide, violent, qui m'a fait saliver, mais tout a disparu aussi vite que cela était venu, allons, je ne suis pas une artiste.

Certains matins nous sommes descendus sur le sable, Reiner m'apprenait à tirer à l'automatique sur des boîtes de bière. Il m'avait offert un Herstall léger à canon demi-court. Il en a limé la détente pour que je puisse l'actionner sans me casser l'index. Professeur impitoyable, il n'a eu de cesse que j'atteigne cinq cibles sur cinq en tir réflexe. Que craignait-il ?

Que craint-il sans doute encore ? Que peut-il arriver sous ce ciel qui s'endort ? Les toits me protègent, les murs aux pierres blanches que masquent le chèvrefeuille et la vigne vierge sont des remparts que nul ne peut franchir. Je lirai quelques lignes avant de m'endormir. J'ai toujours eu cette capacité de sommeil même au cours des drames qui ont traversé ma vie, mes proches se sont toujours étonnés qu'au cœur des tourments et des désolations, mes yeux se ferment dès que minuit sonne... Cela a dû me sauver quelquefois. Mais Reiner a fait de moi une nocturne. Demain j'entendrai derrière le volet crisser les graviers de l'allée, ce sera sa voiture. Il en descendra et je le verrai marcher vers moi sous les frondaisons des châtaigners et des tilleuls. Je remarquerai au fléchissement infime des épaules la marque de la fatigue, je retrouverai alors le vieux roman d'autrefois, le cavalier galopant de mon livre...

5

RIEN ne peut être plus large que le canon d'une arme. Quelques millimètres circulaires et obscurs qui renferment le monde, un cercle infini où tout se tient : l'enfance, les paysages, les visages, toutes les aurores et les amours, les larmes et les bonheurs, jusqu'à ce qu'éclate la rouge folie de l'explosion. Tout s'arrêtera par la simple et stupide pression d'un doigt sur la détente, un peu de métal effleuré...

Reiner recula. Il allait mourir. L'assassin ne se pressait pas, c'était inutile. Il tuerait l'homme d'abord, l'enfant ensuite. Il serait payé cent dollars pour les deux. Une affaire sans grand risque. Il avait failli se faire avoir mais il gagnait. Son bras se tendit davantage pour assurer le tir.

La pierre sonna sur sa joue. Le caillou lancé à la volée manqua le crâne mais l'arête coupante heurta la peau de plein fouet. Instinctivement, ses yeux quittèrent la ligne de mire, cherchant l'origine du coup.

Reiner plongea en rugbyman.

Lorsqu'il percuta le corps du tireur, il avait ramassé le kandjar au passage et il frappa dans l'élan. La lame courte creva l'espace entre deux côtes et pénétra jusqu'au cœur. Avant de retomber sur lui, il savait que son agresseur était mort.

Il se releva, les yeux brûlés de sueur, et se rua sur le revolver de son adversaire. Il eut l'impression que ses poumons explosaient. Sa cheville droite céda. Une douleur franche comme un trait de scie. Le deuxième homme avait fui. Ce n'était pas avec sa patte folle qu'il le rattraperait. Ça n'aurait pas été pire s'il avait couru vingt kilomètres à pied.

Reiner s'installa en face de Ram.

— Bravo pour le lancer de caillou.

L'enfant prit l'air modeste.

— C'est toi qui as fait le plus important. Tu en as tué un.

Reiner tâta sa cheville. Les chairs étaient gonflées et douloureuses. Un vrai voyage d'agrément en pleine route déserte avec une voiture pourrie, une entorse, un gosse de douze ans et des tueurs à chaque carrefour.

— On s'en va, dit-il, aide-moi à me lever.

Il s'installa à nouveau au volant. Sur la pédale d'accélérateur, son pied était mort.

— Ecoute, dit-il, tu vois ce truc en bas, contre la tige ?

— Oui.

— Pour que la voiture marche, il faut appuyer. Plus fort tu appuies, plus ça va vite. Tu vas poser ton pied dessus et faire tout ce que je te dis.

— D'accord.

Reiner le regarda. Ils n'y arriveraient jamais. Deux cents kilomètres encore, ça ne serait pas possible, mais le gosse avait l'air serein.

— Au fait, tu m'as sauvé la vie. Merci.

Ram sourit.

— On est des amis, maintenant.

— OK, dit Reiner, on démarre.

Inutile de fouiller le cadavre, on ne partait pas exécuter un contrat avec des pièces d'identité.

Pour actionner l'accélérateur, le garçon devait se tenir debout, devant le siège passager. Reiner passa la première.

— Les vautours vont être contents.

Reiner débraya.

— Vas-y, appuie doucement au début, puis plus fort.

Les orteils se crispèrent sur la pédale. L'Oldsmobile s'ébroua doucement, les pneus avant oscillèrent sur les racines et s'engagèrent sur la piste.

— Ça y est, s'exclama Ram, je conduis, ça marche.

Reiner posa la main sur le levier de vitesse.

— Quand je manœuvre ce truc-là, tu soulèves le pied, lorsque je le lâche, tu remets ça, d'accord?

— D'accord.

— Tu as oublié d'être idiot.

— Parfois, je me le rappelle.

Reiner sentit la confiance lui revenir. Les battements de son cœur s'apaisaient. Ce n'était tout de même pas normal, ces accélérations. Il faudrait qu'il consulte un cardiologue. Agnès le tannait depuis quelques mois, il avait refusé jusqu'à aujourd'hui mais il faudrait bien y passer. Le temps, lent saboteur... Sans doute, il faudrait fumer moins. Peut-être plus du tout. Il prit une cigarette dans sa poche de poitrine. Malgré la protection du papier, elle lui sembla humide et tiède, la sueur avait humecté le tabac.

— Tu peux m'en donner une?

— A ton âge, on ne fume pas.

— Alors je l'allume. Juste une bouffée.

Merde, pensa Reiner, le briquet. Il l'avait laissé là-bas, près du banyan, après avoir collé la flamme sur le visage du type. Evidemment, l'allume-cigare de la voiture avait disparu depuis longtemps. Autre coup dur. L'ampleur de sa déception l'étonna. Il ne se savait pas intoxiqué à ce point. Il pouvait tout de même tenir quelques heures sans fumer. Le Zippo scintilla entre les doigts du gamin.

— Je l'ai ramassé, dit-il, Tawad Bassi avait le même pour ses cigares.

Reiner alluma la Stuyvesant, aspira largement, ferma quelques secondes les yeux et tendit la cigarette à son compagnon.

— Pas plus de trois bouffées, dit-il.

Il observa le gosse lorsqu'il mordit dans le filtre. Il fumait avec avidité, en vieux briscard, il faudrait lui faire passer cette manie. Cette pensée le surprit. Bizarre qu'il ait eu ce souci soudain. Qu'est-ce que ça pouvait bien lui faire? Le môme mènerait sa vie comme il avait mené la sienne, si à vingt ans il se retrouvait bourré de nicotine jusqu'à la gorge, en quoi cela le regardait-il?

La piste montait, s'éloignant du rivage.

Sur une pancarte faite de quatre planches sur un piquet, il lut les indications : ils allaient franchir un col. Le moteur surchauffé se mit à hurler. Sans qu'il ait eu besoin de le lui demander, Ram leva le pied. Reiner récupéra la cigarette et tenta de réfléchir. Ballu avait téléphoné, peut-être avec Tawad Bassi. Ils avaient signalé leur départ et décrit la voiture. Rien de plus simple. Il n'y avait pas trente-six routes et les Oldsmobile vert d'eau ne foisonnaient pas dans le pays. Immédiatement, des tueurs avaient été envoyés après eux. Par qui? Par ceux qui avaient tué Sawendi. Jusque-là, tout se tenait mais quelque chose le surprenait. Il sentait derrière tout cela une organisation puissante, efficace... Même la police était mouillée, il l'avait bien vu à Gwadar.

Il rétrograda. La voiture chassait sur les cailloux. Ils grimpaient toujours. Le paysage se déchiquetait à chaque tour de roues. Des roches s'effondraient et les parois de la montagne dessinaient des forteresses de vertige. L'endroit idéal pour un guet-apens. Un des tueurs s'était enfui. Peut-être avait-il prévenu. A la hauteur de la ceinture, contre ses reins, Reiner sentit le canon du colt. Il ne tiendrait pas longtemps avec s'il y avait une embuscade mais c'était mieux que rien.

Ses épaules devenaient de plus en plus douloureuses. Contre ses paumes, la bakélite du volant était brûlante. Il fallait arriver au sommet.

Si la voiture tenait.

De nouveau, une vapeur sortait du capot. Une vibration se propageait contre sa cuisse. Il baissa les yeux : la jambe tendue du gamin tremblait de fatigue. A trente mètres, il vit une anfractuosité dans la montagne. Il quitta la route, oscilla, un violent roulis les jeta l'un contre l'autre.

— Lève le pied.

Il freina dans un hurlement de ferraille martyrisée, pila et coupa le moteur. Ram s'écroula sur le siège. Silence total. C'était incroyable, après le vacarme du voyage. Reiner se pencha et toucha sa cheville. Le gonflement s'était stabilisé, les ligaments étaient moins tendus. Ram posa sa nuque sur le dossier et ferma les yeux. Sa jambe gauche était encore agitée de trémulations infimes.

Lorsqu'il s'extirpa du siège, la chemise de Reiner se décolla avec un bruit de déchirure. Il boitilla vers l'ombre d'un promontoire et s'assit en grimaçant. Autour d'eux, l'immobilité des pierres, un monde arrêté, bloqué dans son élan ou sa fuite. Une puissance instantanée avait figé toutes choses. Un imperceptible sifflement se fit entendre. Impossible à localiser. Il s'enfla et Reiner vit sur l'un des sommets une fumée de sable ondoyer. Le vent. Il semblait venir de l'autre bout de la Terre. Rien autant que ce souffle courant sur les rochers ne pouvait procurer une telle impression d'éternité.

Il serait là, il avait toujours été là, depuis les origines de l'univers. La même plainte douloureuse et invincible murmurait à l'oreille du voyageur une chanson cosmique, la musique du monde d'avant l'homme... l'opéra des montagnes, des déserts et des forêts. Il s'apaisait parfois pour revenir, inlassable, triomphant ou brisé.

Agnès. Il devenait vieux puisqu'il aurait voulu qu'elle fût là, en cet instant... Autrefois, il savait se battre seul et se sortait toujours des passes difficiles. La solitude avait été une sécurité, une arme. Et voilà qu'aujourd'hui il aurait aimé écouter avec elle ce murmure venu du fond des âges et de l'espace, et qui racontait l'aventure des mers et des nuages.

Au-dessus de sa tête, la paroi montait, c'était le pays des rapaces... Des faucons planaient au-dessus des sommets à la couleur de sang. Délicatement, il fit plier la jointure de son pied. La douleur fuyait. Il pourrait conduire. Il écouta encore un long moment le cri lent renvoyé en écho dans les gorges, une rafale roulait, percutant les parois colossales. Il se leva. Il ne fallait pas trop s'appuyer sur la jambe gauche. Il avait cinq kilos de trop et des réflexes de sac de ciment. Lorsqu'il avait plaqué le type au revolver, il avait eu l'impression de mettre trois quarts d'heure à démarrer. Des années d'ankylose.

Il s'approcha de la portière et se pencha. Les bras en croix, l'enfant dormait. Reiner calcula : il avait tenu plus de trois heures debout sur cette pédale, le corps en porte-à-faux cahoté dans tous les sens. De quoi être épuisé.

Il le regarda. C'était vraiment un enfant. Il y avait dans sa bouche quelque chose de naïf et d'abandonné. Ce pouvait être un as de la débrouille et de la survie, lâché dans un bain de sommeil qui avait dissous ses défenses et abattu ses frontières il ne restait que lui-même, cédant à un abandon que plus rien ne protégeait.

Lui n'avait pas eu d'enfant... Pas la vie propice. Avec Agnès, il était déjà trop tard.

Il ouvrit la portière arrière et souleva le jerrican. L'eau était tiède et sentait le métal. Il but quelques gorgées et cracha. Il fallait repartir. Il s'installa au volant, repoussa doucement la tête de l'enfant qui avait glissé contre le levier de vitesse et démarra.

— Tu peux conduire ?

Reiner se tourna vers Ram.

— Je croyais que tu dormais.

Le gosse bâilla.

— C'est fini. Tu as faim ?

— Il faut attendre les faubourgs de la ville pour manger, dit Reiner, on y sera dans une heure.

— On peut manger avant. Regarde.

Il brandit quatre galettes saupoudrées de sésame.

— Bon Dieu, tu ne vas pas me dire que tu as pensé à les emporter après la bagarre ?

Ram sortit des piécettes de sa ceinture.

— J'ai ramassé la monnaie, aussi.

La pâte était molle, salée, agréablement caoutchouteuse. Du pouce, Reiner toqua sur l'indicateur d'essence. L'aiguille était bloquée. Avec la réserve, il y arriverait. Il y avait de plus longues portions d'asphalte, les plats-bords étaient crevassés, mais en tenant le milieu de la route il parvint à plafonner à soixante-dix kilomètres à l'heure.

— Qu'est-ce que tu voudrais faire plus tard dans la vie ?

— Pas des tapis.

Reiner se souvint d'articles parus, il y avait quelque temps, dans la presse américaine et européenne. Des journalistes avaient interrogé des gosses travaillant dans des fabriques, il ressortait de leurs réponses qu'ils voulaient faire des études, occuper de hautes fonctions, être avocat, leader politique, ainsi ils défendraient plus tard la cause de leurs semblables.

— Tu voudrais aller à l'école ?

— Surtout pas. Je préfère encore la fabrique.

— Tu ne sauras jamais lire.

— Je sais déjà compter. Je veux être marchand.

— Marchand de quoi ?

— De tout.

— Lire est important, dit Reiner, si tu ne sais pas lire, tu ne pourras pas signer des contrats, tu te feras avoir.

Ram réfléchit et tendit à son compagnon une deuxième galette.

— Alors j'apprendrai, dit-il, mais tout seul, on doit y arriver.

— C'est possible, reconnut Reiner, plus difficile mais possible.

— Tu pourras m'aider ?

— Pas sûr que j'aie le temps.

Ne pas tirer de traites sur l'avenir, ne pas lui donner d'espoir. Suivant comment les choses tourneraient, dans quelques jours, quelques heures, il faudrait qu'il se sépare de lui. Il devina dans le silence du garçon une rétractation étonnée, celle du boxeur surpris par un coup qu'il n'a pas vu venir. Il fallait le sortir de là, enchaîner vite.

— Et si tu ne peux pas devenir marchand, qu'est-ce que tu feras ?

— Indien, dit Ram.

Reiner se mit à rire.

— Tu l'es déjà.

— Non, en Amérique. Avec des plumes et des chevaux.

— Où tu as appris ça ?

— J'avais un journal avec des dessins, je l'ai donné.

— Pourquoi ?
— Comme ça. Tu veux que je te raconte l'histoire ?
— Laquelle ?
— Celle des Indiens du journal.
— Vas-y.
Ram passa sa langue sur ses lèvres, prit son élan et démarra avec enthousiasme. Les tournants s'élargissaient sous les roues. Le soleil avait baissé et les ombres violettes doublaient les reliefs. Ils franchirent une dernière éminence et la montagne disparut d'un coup. Devant la calandre de la berline ferraillante, les plaines s'étendaient sans limite, au sud on devinait les premiers rouleaux de l'océan frangeant l'immensité des plages d'or. Au centre du paysage, dans une cuvette, une masse indistincte fumait dans la chaleur. Reiner posa le bras sur celui de son compagnon qui s'arrêta de parler.
— Regarde…
— Qu'est-ce que c'est ?
Reiner relança le moteur, les yeux toujours fixés sur la ville lointaine.
— Karachi, dit-il.

De ses paumes, Ram lissa la toile rêche du jean, se tortilla devant le miroir ébréché accroché à une poutrelle de l'échoppe.
— Je peux le garder ?
Reiner reposa la tasse sur le tabouret.
— Il est à toi.
Le garçon ne quittait pas des yeux son reflet. Le tee-shirt l'hypnotisait autant que le jean. Sur la poitrine, un Sioux emplumé brandissait une Winchester tout en galopant à crû sur un mustang. Sur les omoplates, un troupeau de bisons chargeait à travers la prairie. Il n'avait pas hésité une seule seconde pour le choisir.

Reiner jeta un coup d'œil sur les pieds nus. Seuls les orteils dépassaient des jambes du pantalon.

— Tu as des espadrilles ?

Le marchand disparut dans l'arrière-boutique. C'était dans le Buhri Bazaar, à côté du quartier des marteleurs de cuivre, un couloir entre deux piliers noirs de crasse qui soutenaient la voûte basse. Les marchandises s'entassaient jusqu'au faîte. Un homme avait juste la place de se faufiler entre les stocks. Tout ce que l'Asie pouvait fabriquer lorsqu'elle imitait l'Occident se trouvait là : blousons coréens, bottes western venant de Chine, chemises imprimées de Taiwan et des Indes.

— Je crois que c'est sa taille.

Ram s'assit et enfila les espadrilles. Manifestement, à le voir s'y prendre, il n'avait guère eu l'occasion d'emprisonner ainsi ses pieds.

— Elles te vont ?

Ram leva les yeux.

— Oui.

Reiner tendit les billets et sortit de la boutique. Il faisait très sombre dans cet endroit du souk et la foule était dense. Des charrettes passaient, il y avait moins de vingt centimètres entre leurs roues et les marchandises débordant des couvertures.

— Donne-moi la main, dit Reiner, on risque de se perdre.

Depuis leur arrivée dans la ville, il avait senti l'affolement chez l'enfant, les klaxons des camions, le rush des taxis, des mobylettes, l'enfilade des avenues. Seul, il ne retrouverait jamais son chemin.

— Attends.

Ram se baissa, retira ses espadrilles, les fourra sous son bras et continua pieds nus. Il mit sa main dans celle de Reiner.

— N'aie pas peur, lorsqu'elles seront usées, tu en

auras d'autres, mets celles-là, il y a du verre brisé sur les trottoirs et de la merde de chien.

Ils longeaient des montagnes de lunettes d'occasion, de radios cassées. La musique était permanente, différente devant chaque étal, une cacophonie montait vers les plafonds.

— Viens voir, très très vieux, ça provient d'un naufrage, un bateau enfoui depuis des siècles, je plonge et je ramène...

Reiner écarta le plateau en laiton que lui tendait le marchand, une allure de Bédouin bourré de malice. Ils émergèrent dans l'éblouissement de la lumière reflétée sur l'asphalte. Le goudron fondait et, dans l'enchevêtrement infini des chantiers qui trouaient la ville, l'air tremblait en une vibration continue, une danse fiévreuse et maladive. A gauche, commençait Korengi, l'enfer des quartiers pauvres.

Ils avaient quitté Jannih Road et se trouvaient devant le mausolée de Quad I Azan, là reposent les corps des fondateurs du pays, marbre blanc, bronze et argent... A quelques mètres, commençaient les gravats, les échafaudages effondrés que les femmes venaient voler pour cuire les soupes odorantes de la nuit. Le vacarme les cernait de toutes parts, les klaxons des carrosseries percutant dans le braiment des ânes et les sonnettes des scooters-taxis.

— Ne me lâche pas.

Frôlant les calandres brûlantes, ils traversaient Victoria Road, la circulation était bloquée jusqu'à l'horizon, les hommes dans les camions conservaient un visage impassible et ruisselant. Emergeant dans le brouillard de poussière de brique qui recouvre la ville, des chameaux, serrés par des automobiles pliant sur les essieux, promenaient leur regard désœuvré et dédaigneux appris sur les pistes du désert.

— Tu aimes la ville ?

— Les camions, dit Ram.

C'était, dans Karachi, la cité née des marécages, la seule fête de couleurs, pas un millimètre de tôle qui ne fût pas peint, orné de dessins criards, naïfs, lions, tigres bondissants, paysages de rêve, mosquées mogholes, poissons, guerriers maniant bazookas et kandjars, oiseaux et fleurs, une cacophonie brinquebalante, comme si la dernière trace de la surcharge et du baroque indien s'était réfugiée dans les poids-lourds. Ram tournait la tête en tous sens, hypnotisé par le ferraillant chatoiement des peintures. Il marcha sur la patte d'un chien qui couina, se baissa pour le caresser. La charrette déboucha d'une ruelle, attelée de deux chevaux au galop, elle dérapa sur une plaque de fibrociment et bascula. Reiner vit la roue cerclée de fer escalader la borne et retomber au ras de la tête du garçon, Reiner se baissa d'instinct et rejeta le gosse en arrière d'une poussée... Le conducteur lâcha une bordée de jurons et, instantanément, la plaque de tôle ondulée qui fermait un terrain vague où les matériaux de délabrement croulaient sur les trottoirs sonna contre l'oreille de Reiner. C'était un bruit que tout homme, l'ayant entendu une fois dans sa vie, n'oublie jamais : un fusil d'assaut.

Décidément un contrat était lancé contre lui et, manifestement, les amateurs pour l'exécuter ne manquaient pas. Ram chercha à se relever mais son compagnon le maintint au sol.

— Tu sais courir ?

— Oui.

— Alors tu restes courbé et tu fonces vers le building là-bas, tu zigzagues entre les voitures.

— Pourquoi ?

— Pour ne pas mourir. On nous tire dessus. Fais ce que je te dis.

Le gosse partit comme une flèche. Durant quelques

instants Reiner put suivre des yeux la longue chevelure ondoyante, la silhouette minuscule se faufilant le long des portières. Il se releva lentement. Le tireur devait se tenir sous le porche de l'un des immeubles de Jehangui Road. Inutile de le chercher dans la foule des coursiers, des vélos qui emplissaient la chaussée défoncée. A l'oreille, le tueur avait dû se servir d'un pistolet israélien Uzi.

Reiner traversa à son tour. Bizarrement, il se surprit à penser qu'avant toute chose il fallait conduire son protégé chez le coiffeur, il revoyait les boucles noires... Les autres gosses portaient la nuque rasée, les cheveux tondus ou courts. Arrivé sur l'autre trottoir, Reiner se retourna, la foule était dense, un groupe stationnait devant un marchand de *pakorans*, les boulettes de pâte de pois chiches rissolant dans l'huile. Des gosses, les mains gluantes de bonbons gras, dévoraient les *habshi halva*, leurs dents éclatantes broyaient les pistaches et les amandes noyées dans le caramel. Un ours dansait, la chaîne qui le retenait à son maître cliquetait sur le trottoir, l'odeur dégagée par la bête était suffocante.

Il récupéra Ram. Le gosse montra le ciel d'un doigt.

— Regarde.

Reiner suivit la direction. Là-haut, au-dessus des terrasses et des minarets qui surplombaient la ville indigène, des cerfs-volants tournoyaient dans l'éclatement éblouissant du jour.

Une main décharnée effleura la cheville de Reiner qui baissa les yeux. C'était un *hakin*, un guérisseur. Dans une boîte à chaussures, les fioles s'entassaient, multicolores, toutes contenaient à dose infime le poison des raies pastenagues. Mélangé à des herbes séchées, il avait la réputation de guérir l'impuissance, le typhus, les glaucomes, tout ce qui pouvait s'abattre sur une population sous-alimentée confrontée à tous les miasmes de l'Asie.

— Qu'est-ce que tu veux ?

Le vieux ne lâchait pas, tirant sur le pantalon. C'était un Pathan, il devait venir de l'une de ces tribus vivant de rapine sur les flancs de l'Afghanistan, razziant les paysans des plaines. Reiner s'inclina vers lui sans perdre de vue sa main libre.

— Prends l'une de ces bouteilles. La verte.

Reiner saisit l'objet, le liquide oscillait, graisseux, à travers le verre épais. Des graines en suspension surnageaient. A travers la couche de crasse recouvrant l'étiquette, il put déchiffrer le nom : Manghopi.

Un sanctuaire au bord de la mer. Reiner y avait déjà eu un rendez-vous. Il glissa les roupies dans la main sèche. Le vieux était borgne. La paupière droite recouvrait une orbite vide. Un coup de yatagan, la cicatrice filait à travers la pommette jusqu'à la lèvre supérieure. La vie du vieux marchand avait dû être assez mouvementée.

— Qu'Allah te garde.

Reiner se souleva en grimaçant.

— J'en ai besoin.

Manghopi était à une trentaine de kilomètres en remontant l'Indus.

Il y avait toujours des taxis en attente devant le Sind Club, tout ce que Karachi pouvait compter d'hommes d'affaires venait y parader dans les fauteuils et les chromes de l'Occident en y buvant des eaux minérales et du jus de mangue. La file des voitures était plus fluide, dans ce côté de la ville les artères étaient plus larges. Les chauffeurs en attente, accroupis devant la façade des buildings, cherchaient l'ombre. Reiner ouvrit la portière de la première, une Mercedes d'un très ancien modèle dont les sièges, à l'exception de celui du conducteur, avaient été remplacés par des poufs. Il n'y avait ni compteur ni tableau de bord. Le chauffeur bondit.

— Manghopi, dit Reiner.
— Cent cinquante dollars.
Reiner sourit.
— Vingt-cinq.
— Non.
— Adieu.
Reiner fit demi-tour, entraînant Ram avec lui.
Le chauffeur s'épongea la moustache avec le chiffon blanc entortillé autour de sa tignasse et courut derrière.
— Cinquante. Ma parole, c'est impossible moins.
Reiner ne ralentit pas.
— OK, vingt-cinq.
Ram lâcha soudain :
— Dix.
— Il a dit vingt-cinq, dit le chauffeur, qu'est-ce que tu viens te foutre au milieu ?
— C'est un étranger, dit Ram, il ne sait pas.
— Il te paie pour ça ?
Reiner alluma une cigarette et s'écarta, laissant le gosse discuter. Trois minutes plus tard, ils s'installèrent sur les poufs.
— Paye, dit Ram, il est d'accord pour quinze dollars.
— Tu es un génie des affaires, dit Reiner.
La voiture prit la direction du port. Ils longeaient le marché aux poissons. Ram, le nez à la vitre, regardait au-delà des amoncellements de crabes, de requins et de langoustes. Sur les coques et les proues des bateaux aux lourdes voiles latines, on apercevait les décorations guerrières, hélicoptères et avions de combat, héritage du conflit afghan.

Derrière le port, des mâts se dessinaient. La digue de Napier, les marches sacrées où les Hindous venaient autrefois au crépuscule rendre hommage aux dieux de la mer. Le long des plages, des femmes derrière des étals de planches vendaient des pétales de roses et tendaient leurs bras, effleurant le pare-brise de guirlandes de jasmin.

Dans moins d'une heure, ils arriveraient. C'est là que les choses deviendraient ou très difficiles ou très simples. Simples comme la trahison et comme la mort. Reiner regarda la succession de caps et d'anses. Il se pencha vers Ram.

— Tu vois le pied de la falaise ? Quand la mousson souffle, les tortues géantes viennent pondre au ras des vagues.

Le chauffeur se retourna.

— Tu connais le pays... Tu aurais dû me le dire, on n'aurait pas discuté. Tu as une cigarette ?

Reiner lui tendit le paquet. C'était la dernière.

— Autrefois, dit le chauffeur, lorsque j'étais enfant, je venais ici avec mon père. On voyait les camions de la citadelle, il y avait eu des combats très anciens, des batailles entre les princes, c'est ici que les khans ont gagné...

La route filait, les maisons s'étaient espacées et ils croisaient de temps en temps une masure délabrée où des fillettes gardaient des chameaux entravés à des piquets plantés dans le sable de dunes géantes.

Ram prit soudain la main de Reiner et l'embrassa.

— Pourquoi fais-tu cela ?

Le garçon haussa les épaules.

— Ça m'a pris comme ça...

Il n'y avait pas d'explications, c'était parce que la mer brillait dans le soleil, parce que le ciel était large, les odeurs violentes et que le sourire des enfants qui couraient contre les flancs de la voiture était plein de vie... Allons, rien de mal ne pouvait surgir dans ce paysage, tout, des montagnes de neige jusqu'aux îles brûlantes, n'était que joie et plénitude. Pour la première fois depuis des années, une journée s'était écoulée sans qu'il se soit trouvé devant les fils de chaîne, sans que ses doigts cherchent les dessins des motifs à nouer, tapis turkmènes de Marv et Khiva, simples kilims du Caucase... Tout cela avait disparu d'un coup, les rouleaux lourds enroulant les prières tissées... Il ne restait qu'une musique, une symphonie si forte que ses yeux s'embuèrent. C'était étrange, magique et douloureux, quelque chose qui devait pouvoir s'appeler la liberté et valait davantage qu'un baiser sur une main amie.

6

Il y avait eu un temps où elle aimait faire tourner les serveurs en bourrique. Un jeu ? Un jeu idiot évidemment, comme tous ceux auxquels elle avait joué à l'époque mondaine. Une écervelée cernée de brillants ricaneurs prêts à sourire de ses moindres frasques... Elle faisait retourner les plats trois fois de suite, estimant le poisson trop cuit ou pas assez. Au Fairmont de San Francisco, elle avait trouvé les bulles d'un champagne français trop rapides dans leur montée. Elle leur avait expliqué qu'elles devaient naître lentement du centre de la flûte et éclore en douceur à la surface du verre. Elle avait même prétendu que marques et millésimes se reconnaissaient au bruit, qu'en collant le cristal contre son oreille elle pouvait différencier un ruinart, plus aigu, d'un veuve-clicquot au pétillement plus ronflant, plus grave... Tout cela était stupide.

— Et vous ? Vous ne me parlez jamais de vous ?

Anna Goetz eut un quart de sourire.

— C'est par déformation professionnelle... Et puis, que vous dirais-je ? Que j'ai de plus en plus de clients ? Qu'il m'arrive de passer des week-ends seule à Vienne pour y dévorer des gâteaux crémeux et me balader entre des tombeaux d'archiducs et que j'ai du mal, certains soirs, à retrouver mon lit tant j'ai bu de vin italien ?

Agnès se pencha vers elle. Dans la lueur des candélabres, la psychanalyste lui parut d'une tristesse maîtrisée, la plus attendrissante.

— Bon Dieu, Anna, ne me dites pas que vous ne vous envoyez pas en l'air avec un mâle fou de vous !

Anna se mit à rire.

— Je retrouve parfois un vieil ami espagnol, ex-attaché d'ambassade à Bonn, nous devisons toute la nuit sur la politique et, au petit matin, il me possède avec autant de savoir-faire que d'inefficacité. Grâce à lui, je vais depuis dix ans de catastrophes sexuelles en marasmes libidineux.

Agnès fit rouler le pied du verre entre pouce et index. Le saint-émilion lança des notes pourpres et cuivrées. Les portes de bronze du paradis, pensa-t-elle.

— Trouvez-vous un costaud, Anna, et cessez d'être intimidante, votre problème est que vous avez l'air tellement intelligente que la plupart des hommes hésitent à vous baiser.

— Je peux prendre l'air idiot, dit Anna. Regardez...

Agnès rit à son tour. Elle aimait cette fille. A une époque, elle lui avait rendu sans le savoir un immense service, elle avait refusé de la considérer comme une malade, ce qui lui avait évité de l'être.

— En tout cas, vous avez eu une sacrée bonne idée de m'appeler... Ça va nous permettre de nous saouler ensemble.

Agnès leva la tête vers le plafond à caissons. Malgré la chaleur qui avait régné tout le jour et débordait sur la nuit, on avait fait du feu dans la cheminée monumentale. C'était le restaurant huppé classique, celui où l'on n'échappait pas aux plats alambiqués et où aucune carotte n'aurait pu figurer dans une assiette sans avoir été préalablement découpée en polygones artistiques, le genre d'endroit où l'on avait l'impression que, si l'on demandait un éléphant rôti, on vous l'apporterait dans les dix secondes en s'excusant de vous avoir fait attendre.

— Comment va Reiner ?

— Au loin, dit Agnès, très au loin mais cela ne saurait durer. Nous sommes ce soir deux célibataires. Profitons-en.

Le téléphone avait retenti en fin d'après-midi, Agnès n'avait pas reconnu la voix tout de suite, elle semblait émerger d'une onde calme et lointaine, un pays ancien et disparu, puis le correspondant avait pris un visage... Anna Goetz. Elle finissait un périple dans le Val de Loire, il y avait eu un congrès de psychanalystes en Touraine auquel elle avait participé. Elle avait la soirée de libre, si par hasard... Agnès lui avait donné rendez-vous au Prieuré. L'établissement surplombait un village aux murs de beurre clair, le blanc passé du tuffeau, fragile et seigneurial. A quelques kilomètres commençaient les châteaux des rois. Elles s'étaient embrassées avec une vraie joie.

— Et la peinture ?

— Plus jamais. J'ai brisé mes pinceaux.

Anna repoussa son assiette. Le cercle d'or qui entourait la porcelaine étincela, raflant au passage les lumières multicolores des bougies.

— Même brisés, ils sont là, dit-elle. Au cas où le bonheur finirait, ils sont là.

— Le bonheur ne finira pas, dit Agnès. Je hais les psychanalystes, ils ont toujours des difficultés à ne pas envisager le pire.

— C'était une remarque purement intéressée, en fait j'aurais aimé que vous deveniez encore plus célèbre que vous l'avez été, la toile que j'ai de vous aurait pris de la valeur.

Agnès sursauta.

— Vous avez une toile de moi ?

— Je ne vous l'ai jamais dit, j'en ai acheté une chez Klington... il y a cinq ans.

— Que le diable vous emporte, j'espère que vous l'avez accrochée derrière une porte.

Flattée, c'était indubitable. Elle avait pourtant raccroché depuis longtemps, et voici qu'elle éprouvait ce sentiment qu'elle avait cru oublié, une fleur de vanité s'ouvrait, minuscule et veloutée, agréable.

— Prenons une autre bouteille, dit-elle, c'est totalement idiot mais vous venez de me faire plaisir.

— Il faut que je vous ramène, dit Anna Goetz, la Mercedes ne marchera pas toute seule.

— Je conduirai, il y a entre l'alcool, les voitures et moi une triple et ancienne histoire d'amour. Il doit bien en rester quelque chose.

La nuit était à présent complètement tombée. A travers les frondaisons du parc, les lumières de la rue étaient invisibles. La vitre de la baie contre laquelle se trouvait leur table ne reflétait plus que l'intérieur de la pièce et leur silhouette.

— Nous sommes splendides, constata Agnès, regardez-nous, deux superbes créatures venues du fond des âges de l'humanité pour personnifier la femme en ce début du XXIe siècle.

Anna Goetz appuya ses omoplates contre le dossier et laissa le bien-être l'envahir. Le parfum du vin était complexe, les saveurs se détachaient l'une de l'autre comme les branches d'un espalier. Elle jeta un coup d'œil sur les garçons alignés dans le fond de la salle.

— Pensez-vous que ces braves gens aient du château-margaux ?

— Plein la cave, dit Agnès.

Andrew Maklo descendit de la Clio et claqua la portière. Il avait possédé longtemps une Zim. Il en avait beaucoup souffert, non pas qu'elle ne marchât pas bien, elle était assez confortable et il avait eu à effectuer dessus peu de réparations, contrairement à la légende qui voulait que tout ce qui venait d'au-delà de l'ancien Rideau de fer était lamentable, non, le malaise venait du fait qu'elle était trop grande pour lui… Il n'v avait pas que les voitures : les vêtements, les hommes, les meubles et, surtout, les femmes. Il avait entendu parler d'opérations possibles, de greffes de tibias sur une chaîne de télé à Kiev l'année dernière… mais cela devait entraîner trop de douleurs, d'échecs, d'univers carrelés, de médecins à masques verts.

Il n'était pas un nain.

Loin de là. Un mètre cinquante-sept. Et puis, c'était trop tard. Un vieux monsieur à présent : cinquante-six ans. Il avait pris beaucoup de médicaments, sans y croire d'ailleurs… Mais beaucoup.

L'un des charlatans qui entouraient Ceaucescu était même arrivé à lui refiler une potion, une mixture pour activer la sécrétion d'hormones de développement… Il avait la quarantaine et dirigeait, à l'époque, une équipe de trois cents hommes du service de renseignements de la province Nord. Ç'avait été plus fort que lui : l'espoir l'avait envahi durant quelques semaines. Il se relevait la nuit et se mesurait au chambranle de la porte. A la lueur de la lampe électrique, il avait constaté une augmentation de sa taille, presque un demi-centimètre, sans doute une question d'éclairage. Il avait fini par jeter la boîte, Dieu sait ce que pouvaient contenir les pilules qui lui brûlaient l'estomac.

Belle nuit.

Il respira l'odeur d'herbe. Il y avait une sonnette contre le pilier de la grille. Superbe grille, d'allure impressionnante. Commande automatique. Une lumière brillait au bout de l'allée entre les arbres, celle de la fenêtre de la cuisine.

Maklo sonna.

— Qu'est-ce que c'est?

— Mon nom est Andrew Maklo, je suis un ami de Reiner et je désirerais parler à...

— A cette heure-ci?

Maklo écarta les bras dans un geste d'impuissance.

— Je suis désolé, j'arrive de Paris, et...

Le claquement d'ouverture de la serrure l'interrompit.

Il trottina jusqu'à la Clio, remit la voiture en route et pénétra dans Bellevent. Adriana sortit sur le perron et regarda le petit homme descendre. Il était parfaitement ridicule. Derrière les lunettes, les yeux nageaient, immenses et sombres poissons dans un double aquarium.

— Vous avez un message pour Agnès Béjarta?

— Exactement, c'est de la part de...

— Entrez.

Il hocha la tête. Cette femme ne manquait pas à l'habitude, la plupart des gens auxquels il s'adressait ne lui laissaient jamais finir ses phrases. La lumière violente lui fit plisser les paupières. C'était une belle cuisine, grande, pleine de bocaux et de cuivres, il ne se souvenait pas d'en avoir vu d'aussi belle, même à Bucarest.

— Elle est sortie, mais elle va revenir...

— Je peux l'attendre?

Pourquoi avait-il toujours cette impression de gêner?

— Vous avez faim?

Il avait faim.

— Pas du tout, vraiment c'est très gentil mais j'ai mangé avant de partir et...

Elle avait déjà posé une assiette sur la table.

— Des spaghettis, dit-elle, vous aimez ?

— Enormément mais…

— Alors installez-vous.

Il avait depuis longtemps perdu l'habitude de résister, cela ne servait à rien, personne n'avait jamais tenu compte de sa moindre protestation, et puis, peut-être les spaghettis de cette belle Italienne étaient-ils délicieux. En fait, il n'aimait guère les pâtes, mais il avait voulu être poli. Il s'assit sur la chaise. La pointe de ses pieds touchait le carrelage. D'un index précautionneux, il lissa la mèche étroite qui joignait sa tempe droite à la gauche et soupira. Rien ne lui avait été épargné : il était petit, chauve, hypermétrope, laid et il se mettait à devenir vieux. Allons, il n'aurait pas eu une belle vie.

La dame s'affairait près de la cuisinière. Il aurait voulu lui faire un peu la conversation mais comme toujour il ne trouvait rien à dire. Le silence était gênant, les mots ne venaient pas… Difficile univers.

— Goûtez-moi ça.

Elle revint vers lui avec un plat fumant. Il lui sourit. Elle avait dû être une très jolie femme. Dans l'esprit d'Andrew, une ruelle surgit, du linge aux fenêtres, des ombres sèches sur la chaux des murs… Naples ou Catane, une fillette courait en jupe d'été.

— Vous allez vous régaler.

— J'en suis sûr.

Il sortit les mains de sous la table et tira trois fois. Le canon du pocket Mauser 7,65 fumait encore lorsqu'il le remit dans le holster de ceinture. Il se sentit mieux. Il se sentait toujours mieux lorsqu'il était seul. Il enjamba le corps de la cuisinière et ferma les lumières. La lueur qui venait des fenêtres était suffisante pour qu'il s'oriente dans la pièce. Il se rassit et commença à manger les spaghettis. Ils étaient excellents.

Manghopi.

L'eau cernait le sanctuaire lorsqu'ils passèrent sur le pont de bois. Reiner montra à Ram l'eau morte qui léchait les douves.

— Regarde.

Ram ne vit tout d'abord rien. Il se pencha davantage, scrutant les reflets en contrebas, et il lui sembla que l'eau se soulevait. Une masse boueuse venait d'affleurer, créant des remous qui se perdaient sur la berge. Il vit la peau épaisse jouer dans la lumière diagonale du soir. La bête se déplaça et s'arrêta instantanément, la gueule à demi enterrée dans la boue.

— Des crocodiles, dit Reiner. Ce sont les meilleurs gardiens du monde, ils ne connaissent même pas leurs maîtres. Viens.

Ils entrèrent par la porte ouest. L'édifice était cerné de bassins alimentés par des sources chaudes. Dans le hall, deux hommes saluèrent les visiteurs à l'indienne.

— Tu vas rester là, dit Reiner. Là où je dois me rendre, les enfants ne peuvent pas entrer, je connais ces hommes, avec eux tu ne risques rien, ils te donneront à manger.

Ram baissa la tête. Il craignait quelque chose.

— Tu n'as pas à avoir peur, ajouta Reiner, je peux te l'affirmer.

— Qu'est-ce que tu vas faire ?

— Savoir qui a tué Sawendi. Et pourquoi. Ce n'est pas ce que tu veux ? C'est toi qui as déclenché toute l'affaire...

Ram regarda les deux montagnes humaines qui allaient lui servir de gardes du corps, ce n'était peut-être pas ce qu'il avait fait de plus prudent depuis sa naissance.

— D'accord, dit-il. Tu reviens me chercher ?

— Avant la nuit.

Reiner le regarda disparaître. Entre les deux hommes, deux Sindhis de haute taille, le gosse ne lui avait jamais paru si minuscule.

Au-dessus de sa tête, s'élevait le dôme de mosaïque bleue vernie. Aucune ouverture. L'éclairage unique était celui de quatre flambeaux accrochés aux murs. Il était déjà venu ici. C'était le lieu de réunion. Il n'était utilisé que pour les raisons majeures. Les choses allaient plus vite que prévu.

Il s'approcha de la vasque située au centre de la pièce circulaire, à la verticale de la pointe du dôme, une simple coupe de marbre contenant de l'eau claire. Il y avait eu une époque où il avait aimé cette sobriété, c'était cela l'islam véritable. Le Pakistan, cerné entre les affèteries de la Perse et les contorsions baroques des sculpteurs hindous, avait gardé un art de rigueur. A peine si, sur les murs des palais et des mosquées, passait un oiseau presque abstrait ou se dressait une fleur parfaite dans sa gracile géométrie. Un art de seigneur négligent qui n'avait nul besoin de s'encombrer de volutes et de surcharges.

Il porta la main à sa ceinture et déposa le pistolet sur les dalles de marbre. Le lieu avait été sain, autrefois. La pièce présentait un renfoncement, le *mihrab*, là où le prêtre invoque le nom du Prophète à l'heure des prières et même si, depuis longtemps, aucun culte n'avait été célébré, on ne pénétrait pas armé dans un lieu où l'âme des hommes s'était approchée de celle de Dieu. Telle était la loi.

— Si vous voulez venir…

Reiner suivit l'homme. C'était un Mohapir, un musulman dont les parents avaient été chassés des territoires indiens depuis la Partition. Ils passèrent sous les arcades où une calligraphie à la peinture d'or recouvrait les murs comme une fresque.

Le guide ouvrit une porte basse. Reiner entra. Il boitillait encore, une gêne subsistait. Demain, il n'y paraîtrait plus. Les quatre hommes se levèrent à son entrée et s'inclinèrent. L'un était en costume occidental de coupe anglaise, ses chaussures vernies étincelaient dans la lumière diffuse. Les trois autres portaient le costume traditionnel, seules leurs coiffures différaient, l'un avait la toque sindhie, le bonnet brodé de fils d'or, l'autre le long turban de soie tissé des princes moghols, le troisième avait conservé le casque empanaché et lamé d'argent des officiers de cavalerie de l'armée pakistanaise. Reiner leur rendit leur salut et s'installa à la place d'honneur qui lui était réservée. Les quatre autres attendirent qu'il leur fît signe pour s'asseoir.

Leurs noms étaient longs. Reiner les connaissait. Il nomma chacun, commençant par le plus âgé. A présent, la réunion pouvait débuter. Il avait devant lui les chefs des quatre grandes provinces. Ils se partageaient le monde des tapis du Pendjab au Baluchistan. Le Pathan régnait sur les ethnies afghanes, l'homme en costume européen était le maître des ateliers des plaines du Sud...

— L'art pictural se résume à quatre tableaux, proclama Agnès doctoralement, quatre, pas un de plus et je vais vous les citer. Avez-vous remarqué comme l'alcool me rend péremptoire ?

Anna rit. Les phares de la voiture balayèrent la façade et dévoilèrent une petite voiture garée devant le perron. L'idée qu'Adriana pouvait avoir un amant accentua la bonne humeur d'Agnès. Elle l'interrogerait demain, dès que le cachet d'aspirine aurait diminué la migraine qu'elle ne manquerait pas d'avoir. Elle continua à rouler et prit l'allée qui menait au garage.

Elle coucherait Anna dans la chambre verte. Elle chercha sur le tableau de bord la boîte de commande électronique.

— Toujours le foutoir, dans cette voiture... Ah, voilà.

Anna se sentait bien... un peu béate. Le château-margaux était un édredon moelleux qui arrêtait les âpretés du monde, toutes les agressivités y venaient mourir, et ne pénétraient que des effets amortis, lents et doux impacts s'écrasant au rebord des consciences. Il faudrait écrire une thèse un jour... alcools et analyse... Les portes du garage glissaient devant le capot, Agnès boxa le volant avec force et leva un index professoral.

— Le premier figure au musée de Zagreb, il date du XVIe siècle, c'est un petit maître flamand totalement inconnu qui l'a peint, il n'a jamais été reproduit dans le moindre catalogue et il est placé de telle façon que vous ne pouvez l'admirer qu'à condition de vous briser la nuque. Dernière précision : il est situé en fin de parcours, de sorte que lorsqu'ils arrivent devant, les visiteurs ont deux bonnes heures de déambulation, cela veut dire qu'ils sont alors aveugles.

Agnès repassa la première et la voiture pénétra dans le garage avec l'infinie douceur des berlines de prix. Elle coupa le contact et éprouva le besoin d'une cigarette, cela faisait des années qu'elle ne fumait plus mais, en cet instant, ce serait agréable... Elle en gardait toujours au salon pour Reiner. Tout à l'heure elle en prendrait une ou alors... elle se satisferait simplement de la possibilité : fumer ou illusion d'une fumée... Il n'y avait pas, au fond, grande différence.

— Le sujet est classique pour l'époque. Par une fenêtre ouverte sur un étang gelé on devine un paysage d'hiver flamand, le jour ne s'est pas levé, le ciel est terreux et deux enfants patinent. Mais l'essentiel n'est pas là : ce qui compte c'est que le spectacle est vu par un homme en attente de quelque chose qui ne vient pas : l'univers qu'il contemple est le signe d'une absence.

Anna chercha le système d'ouverture et tâtonna dans la pénombre. Elle le trouva, sortit et referma la portière. Léger vacillement attendu. Sa main rencontra le métal froid sur lequel elle s'appuya tandis que ses talons pivotaient sur le béton. Trop bu. L'ouverture de la porte découpait un rectangle frangé de vigne vierge. La lune brillait. Cela ne devait faire que peu de temps que les nuages avaient dû s'écarter. Elle sortit dans la lumière et s'étira. Agnès défit la ceinture de sécurité et descendit. Elle cherchait les mots pour expliquer à Anna Goetz en quoi il y avait une magie dans ce tableau. Ce serait difficile car elle n'était jamais parvenue à la cerner. Elle vérifia la fermeture des portes et vit, dans le cadre d'argent que découpait la porte, le petit homme apparaître derrière Anna.

Elle se pétrifia. Elle ne l'avait jamais vu. Il avait une démarche empruntée, même sa silhouette en contre-jour avait quelque chose de timoré, d'insignifiant. Peut-être le conducteur de la Clio. Mais alors il n'était pas l'amant d'Adriana, pas cet avorton, c'était impossible.

Elle le vit s'incliner légèrement devant Anna et tendre le bras. Presque aussitôt, ce qui jaillit de sa main sembla illuminer la nuit. Elle eut l'impression qu'un fil tendu tirait Anna en arrière qui, sous le choc, décolla du sol.

Sans un bruit, Agnès recula dans le fond du garage et s'accroupit contre les phares éteints. Ne pas bouger. Surtout ne pas bouger. Le sang gonflait une veine dans son cou, elle la sentit battre, torrent grossi par une fonte subite. C'est moi qu'il cherche, c'est moi qu'il veut tuer... Elle se coula sur le ciment et, en rampant sur les coudes, se glissa sous la voiture. Une chance sur deux. Ou bien il les avait vues arriver et il savait qu'elles étaient deux, et il la chercherait, ou bien il avait tué Anna en croyant que c'était elle.

Reiner, viens, viens, je t'en supplie, s'il me trouve, je meurs.

Ses dents s'enfoncèrent dans son poignet. Le bracelet heurta l'émail et elle eut l'impression que le son se propageait, grondait jusqu'aux toits de Bellevent, alertant le petit homme sombre qui, timidement mais inexorablement, se dirigeait vers elle. La veine gorgée de son cou sonna un glas profond, ce serait la dernière musique qu'elle entendrait.

7

Il avait eu autrefois des solutions nées de sa propre expérience : si vous avez des soupçons sur plusieurs hommes, que vous doutez de la fidélité de l'un d'entre eux, celui avec lequel vous vous sentirez le plus en confiance sera inévitablement le coupable. Il se méfiait à présent de ce genre d'affirmation. Il n'y avait ni règles ni lois... Aujourd'hui, tous pouvaient avoir trahi, ou un seul, ou personne.

Dans le silence aggravé par la hauteur monumentale de la voûte qui semblait avaler chaque son, Reiner se tourna vers Mohad Khan, l'homme au costume d'Occidental. C'était, de tous, celui qui avait toujours tenté d'introduire le plus de modernisme dans les affaires. Reiner l'avait soutenu quelquefois, peu souvent, car l'homme méconnaissait curieusement le poids des traditions dans toute cette partie de l'Orient et lorsque, emporté par la force de la demande, il avait voulu introduire dans les fabriques de Rawalpindi des Kalachnikov stylisées dans les copies de tapis persans, Reiner s'était heurté à lui.

— Je m'adresse à tous, dit Reiner. Vos informateurs vous ont-ils avertis de la constitution de mouvements ou de groupes dont le but est l'éclatement de notre cartel ?

Mohad lissait sa cravate d'un mouvement infiniment répété.

— Absolument pas.

Le responsable de Pendjab, M'hammed Noon, l'un des derniers représentants de l'une des plus anciennes familles indiennes, prit la parole :

— Je réponds de mes quarante-sept directeurs de fabrique comme de moi-même. Je les connais tous, un serment nous lie qu'aucun d'entre eux ne briserait, de plus, jamais nos résultats n'ont été aussi florissants, leur satisfaction est totale.

Reiner le connaissait. Noon était né dans ce monde, il n'avait pas été facile de lui faire admettre qu'un regroupement des manufactures était nécessaire pour lutter efficacement contre le pouvoir en place, les ONG, la concurrence et les pressions internationales. Il y avait longuement réfléchi et s'était décidé le dernier... Depuis, ses ateliers avaient été parmi les plus productifs, c'est lui qui se taillait la part du lion, les tapis qu'il sortait, copies de modèles du Kurdistan et d'Anatolie, étaient parmi les plus demandés en Europe.

Les deux autres opinèrent. Ahmed Jakai et Karko se partageaient la fabrication des tapis de prières et des tapis commerciaux d'Ispahan qui remportaient un immense succès dans toute l'Amérique du Nord. Reiner réfléchit. Les quatre hommes qu'il avait devant lui auraient dû pourrir en prison depuis déjà de longues années si les lois internationales concernant le travail des enfants avaient été appliquées. C'étaient des bandits mais aucun ne semblait avoir assez d'énergie pour remettre l'Empire Reiner en question et s'asseoir sur le trône.

— Où en sont les contacts avec les ministères ?

Ahmed Jakai joua avec les franges de son turban. C'était un grand seigneur de la vallée de l'Indus. On lui connaissait trois palais entre Ramkat Fort et Shikarpor, l'essentiel de ses capitaux sommeillait dans des banques luxembourgeoises, deux de ses filles étaient mariées à de riches Libanais. Il n'aurait pas pris le risque de fomenter quelque trouble que ce soit.

— Ils sont excellents pour une raison simple : nous payons.

Restait Karko, le seul à ne pas avoir parlé. Le son de sa voix était parfois plus révélateur que le contenu de son discours. Reiner se tourna vers lui.

— Nous avons eu affaire à une vague de désinformation, dit-il. Quelques émissions de télévision et des articles ont tenu à faire état de l'utilisation de main-d'œuvre enfantine mais l'opinion internationale n'a pas été particulièrement émue... Nous avons fait ce qu'il fallait pour cela.

— C'est-à-dire ?

Hadji Karko sourit. Sous le bonnet brodé, sa face ronde respirait la bonhomie. Il ressemblait à un bon vendeur de cacahouètes sur le marché d'une ville sainte. Il venait du désert de Cholestan, sa faconde était proverbiale dans la fixation des prix. Il savait lâcher du lest, un peu.

— Nos interventions auprès des grands médias ont toujours été discrètes mais efficaces. Pour que les fruits poussent, il faut très peu d'eau mais l'arrosage doit être précis et régulier.

Karko était un artiste en ce domaine. Quelques milliers de dollars à un sous-secrétaire d'Etat ou à un actionnaire d'une chaîne câblée étaient plus utiles que quelques centaines de milliers à un ministre ou à un PDG, il le savait. Il avait été surnommé le « distillateur ».

— En ce qui concerne le Parlement et les autorités internationales, poursuivit-il, nous n'avons pu empêcher quelques réactions, surtout en ce qui concerne le

Bureau international du travail. En avril, un jugement de la Cour suprême nous a été défavorable et nous avons dû renvoyer trois de nos jeunes employés de notre atelier de Dalbandein, mais je pense ce soir présenter un bilan de santé évident pour l'ensemble du cartel.

Reiner s'accouda plus confortablement sur les coussins de cuir qui garnissaient le sol. Le tapis était de Bidjan, une œuvre du XVIIIe siècle, de douze mètres carrés. Les couleurs étouffées par les siècles tournaient au vieux rose, les bleus du fil de soie répandaient une curieuse phosphorescence. Le motif central représentait une urne géante, symbole de sérénité. L'œuvre avait été volée à un caravanier et enterrée dans les sables du Sinkiang. En 1938, Roosevelt avait fait une offre mirobolante pour l'obtenir, elle avait été refusée.

— Si j'en crois vos dires, dit Reiner, nous voguons sur des nuages. Comment expliquez-vous alors qu'un enfant ayant travaillé dans un de mes ateliers ait été décapité et que, par deux fois en moins de vingt-quatre heures, on ait tenté de me tuer ?

Ahmed Jakai saisit de la poche intérieure de son gilet une boîte en or ciselé, il en souleva le couvercle et prit entre ses doigts squelettiques une pincée de tabac à priser parfumé au genièvre. C'était lui, le responsable de Gwadar Kalat.

— J'ai, depuis votre appel, fait effectuer quelques recherches concernant Tawad Bassi.

Reiner revit le visage sombre du directeur, la sueur perlant à la naissance des moustaches, les yeux n'exprimant qu'une immense bienveillance… tout cela ne signifiait rien.

— Nous n'avons constaté aucun mouvement financier, rien en tout cas qui puisse éveiller notre attention.

— Dans sa vie quotidienne ?

Jakai épousseta sur la chemise bouffante quelques poussières de tabac.

— Une enquête sera faite mais nous n'avons reçu aucune information de nos sources habituelles concernant un quelconque changement.

Reiner changea de position. La douleur de sa cheville était devenue une compagne apprivoisée, un petit animal niché au creux des ligaments qui s'endormait peu à peu.

— L'un d'entre vous connaît-il Malakali ?

Karko croisa les mains sur son ventre rond.

— C'est dans les provinces du Nord-Ouest. Tout près des zones tribales, au pied de la montagne.

Mohad tendit la main vers le plateau à thé. Dans le mouvement, ses boutons de manchettes étincelaient.

— Je connais la région, dit-il, il n'existe aucune fabrique de tapis ni à Malakali ni à plus de cent kilomètres à la ronde.

— Du tourisme ?

Mohad hocha la tête.

— Beaucoup de randonneurs et Peshawar n'est pas loin.

De toutes les villes, c'était celle que Reiner connaissait le mieux. Dans les années quatre-vingt, la cité avait été la plaque tournante des trafiquants d'armes en direction de l'Afghanistan. La plupart des organisations humanitaires servant alors de couverture, le nombre d'espions au mètre carré était l'un des plus élevés du monde... Il se souvint de l'odeur de cardamome dans les bazars de Banjara. Aujourd'hui, avec la paix, l'argent était ailleurs. Dans le tourisme.

— Il faut que j'aille là-bas. Le gosse assassiné s'était enfui de Malakali où il avait été livré à la prostitution.

Le torse de Mohad se redressa imperceptiblement. C'était un Pathan. Malgré l'imitation d'Occident à laquelle il se livrait dans les moindres détails de sa vie, le monde de la sexualité restait encore obscur, des envies rampaient mais les lourdes portes interdisaient l'entrée de la lumière.

— Il n'existe pas de réseau organisé, dit-il rapidement, nous ne sommes pas aux Philippines. Les quelques cas que nous avons pu détecter relèvent du monde familial.

Karko leva un bras court.

— Il y a une progression dans les villes, dit-il, des rapports le constatent.

M'hammed Noon intervint :

— L'un des responsables de nos ateliers a reçu dernièrement une délégation russe. Le but avoué était de récolter quelques informations sur les possibilités de récupération de la laine morte, celle d'avant le tannage, mais cet homme me dit avoir été frappé par les questions de certains visiteurs, toutes concernaient l'avenir des enfants ou des adolescents lorsqu'ils quittent la fabrique.

— Qu'a-t-il répondu ?

— Que la plupart rejoignaient leur famille et que, de toute manière, cela ne le regardait pas.

Un vivier. Un gigantesque vivier, des centaines de milliers de gosses lâchés dans la nature, à travers un continent, ils avaient dix ans, quinze, dix-huit à tout casser, certains retrouvaient le village d'autrefois, d'autres non. Quelqu'un avait décidé d'utiliser ce réservoir et d'en peupler tous les bordels du monde. Il ne demeurait qu'un obstacle à l'entreprise : lui. Ram et lui.

Malgré l'épaisseur du sol, le glissement des babouches du serviteur fit tourner la tête de Reiner. L'homme s'inclina et tendit le portable.

— Zachman, dit-il, pour vous.

— Excusez-moi.

Les quatre esquissèrent un mouvement pour se retirer. Reiner les retint. La voix était lointaine mais parfaitement audible.

— Ils ont tenté quelque chose, dit Zachman. A Bellevent.

Le sang fuyait, il s'était retiré de son corps et ses doigts étaient de plomb, un cœur de glace, douloureux et lourd... Un homme de marbre.

— Elle est vivante ?

— Oui.

La vie revenait un instant, suspendue.

— Elle rentrait avec une amie, le tueur l'a prise pour elle. Adriana a été tuée.

— Ne la quitte pas des yeux une seconde.

— Elle est partie.

— Où ?

— Je l'ignore.

Sa vie était là, présente en cette femme, il n'existait pas en dehors.

Une écorce vide, les yeux de fête, les lentes folies dans le sable, les nuits d'été aux étoiles en pluie... la sueur sur la nuque ployée... mes lèvres ont la mémoire de tes balbutiements. Si tu meurs, il n'y aura pas assez de douleur dans l'univers pour m'emplir le cœur.

— Trouve-la.

Il raccrocha. Aucun des hommes présents dans la salle ne le regardait. C'était la discrétion de l'islam oriental. Personne ne pouvait donc s'apercevoir de sa pâleur, mais Reiner eut la sensation que le grondement de sa rage et de son inquiétude était si fort qu'il submergeait la pièce, crevait les digues et que tout allait disparaître, balayé par sa furie, et qu'il ne resterait plus de vivants que les crocodiles de Manghopi.

Ram dormit quatorze heures. Après s'être écroulé dans le lit, il s'était réveillé durant la nuit, la douceur du matelas de laine semblait, par son excès de confort le chasser du sommeil. Il s'était roulé en boule sur le carrelage de la salle de bain et avait replongé dans des rêves rapides et mordorés.

Le soleil était levé depuis longtemps lorsqu'il ouvrit les yeux. Par la baie, la ville s'étendait, brumeuse encore. Ram s'approcha de la vitre et regarda les rectangles étroits des piscines saphir, des toits de voitures plus petites que des boîtes d'allumettes. En contrebas, il pouvait voir des chantiers, des immeubles à l'infini. Comment le monde pouvait-il être si vaste ? Il se trouvait au quatorzième étage du Pearl Continental de Karachi. Dans la pièce voisine, lui parvenaient des voix, des musiques. Il enfila son jean et son tee-shirt, ouvrit la porte et pénétra dans la chambre.

Sardan, vautré sur la moquette, regardait la télévision. C'était l'un de ses gardes. Ce n'était pas lui qui avait dormi là, ils se succédaient. Sardan avait aligné à ses pieds des bouteilles de soda vides. Manifestement, il avait vidé le minibar. Il avait des bras énormes, des muscles enfouis dans la graisse. Sur le rebord d'un fauteuil en faux Aubusson, il avait accroché l'étui de son automatique dont la crosse quadrillée dépassait. Il regardait la télévision avec une attention avide, comme si sa vie en dépendait.

— Je peux voir aussi ?

Sardan brisa entre ses doigts des cosses de pistache qui s'éparpillèrent sur la moquette.

— Approche-toi.

Ram s'installa à ses côtés, fasciné. L'idée lui traversa l'esprit qu'à cette heure-là Rune et Jannih chassaient la sueur de leurs sourcils, faisaient courir leurs doigts, lançaient la navette en nouant les fils, il eut l'impression de respirer l'air âcre et spongieux que dégage la laine de chameau encore brute.

Devant lui, sur l'écran, des femmes sans voile évoluaient dans des voitures basses sans toit. Leurs cheveux d'or bougeaient sans cesse dans un décor de palmiers et de longues avenues ensoleillées. Celle qui conduisait pleurait à chaudes larmes. Ses doigts chargés de bagues tremblaient sur le volant.

— La voiture est à elle ? demanda Ram.

— Oui.

— Alors, elle ne devrait pas pleurer.

Sardan opina, plongea la main dans le paquet et emplit sa paume de pistaches.

— Les femmes... dit-il.

— En plus, dit Ram, si elle vend ses bagues, elle pourra encore avoir de l'argent tout le restant de sa vie, elle devrait rire.

Sardan mâchait sans arrêt.

— Elle est belle, commenta Ram, mais sa robe est trop courte. C'est peut-être pour ça qu'elle pleure.

— La mode.

La blonde descendit de la voiture, claqua la portière et courut vers un homme à la coiffure brillante et lui lança une gifle.

— Il va la tuer, dit Ram. Je suis sûr qu'il va la tuer.

L'homme encaissa et, sans un mot, la prit dans ses bras.

— Il ne la tue pas, dit Ram, ce n'est pas comme ça que ça se passe dans la vie.

Sardan lui jeta un coup d'œil rapide et revint à l'écran.

— Si une femme te gifle, demanda Ram, qu'est-ce que tu fais ?

— Elle ne me gifle pas.

— Ah ! s'exclama Ram. Ils s'embrassent maintenant, elle ne sait pas ce qu'elle veut, elle le frappe et elle l'embrasse, et en plus elle n'a pas fermé la porte de la voiture. Qu'est-ce que tu ferais, toi, à sa place ?

— A la place de qui ?

Ram retint un mouvement d'impatience, pas à la place de la fille bien sûr, on ne demande pas à un homme de se mettre à la place d'une fille, ce type était particulièrement idiot.

— A la place du bonhomme...

Sardan soupira.

— Allah est grand, gémit Ram, regarde, il lui donne encore une bague, elle le frappe et elle a un cadeau, c'est un film très bête. Est-ce que tu crois que c'est lui qui lui a donné les autres ? Elle ne va pas avoir assez de doigts bientôt. Elle va être en colère et lui dire qu'il lui donne toujours la même chose. Ah, ils remontent en voiture, ils s'en vont. Où tu crois qu'ils vont ?

— Je ne sais pas.

— Il y a longtemps que tu regardes le film ?

— Oui.

— Alors tu devrais savoir, s'étonna Ram, c'est parce que tu n'as pas bien suivi l'histoire, et cette vieille, qui c'est ? C'est sa mère à elle ? Elle a une robe aussi courte, peut-être elle lui donne les siennes quand elles sont usées. A qui elle téléphone ?

Sardan se tourna vers lui.

— Tu parles toujours autant quand tu regardes la télé ?

— Non, dit Ram.

La dame téléphonait toujours. Ses cheveux brillaient... Elle avait dû mettre de l'huile dessus, une huile légère.

— Je ne regarde jamais la télé, dit Ram, c'est pour ça, mais d'une façon générale je parle beaucoup.

Sardan grogna.

— Enfin pas tout le temps quand même, mais beaucoup, poursuivit Ram, tout le monde le dit, même ma mère. Ah ! Les revoilà en voiture, on va savoir où ils vont. Quand je serai grand, j'apprendrai à conduire. Tu sais conduire ?

Sardan se déplia. Son estomac passait par-dessus sa ceinture.

— Je vais me laver, dit-il.

Il alla chercher le holster et rafla au passage le sac de pistaches à moitié vide.

— Regarde la télé, tu me raconteras la fin de l'histoire.

Ram l'entendit refermer derrière lui la porte de la salle de bain et regretta les pistaches. Il avait faim. Ce gros type était égoïste, ce n'était pas bien. Il aurait pu lui en laisser un peu.

Sur l'écran, le couple était arrivé au bord d'une route et il les vit entrer dans une maison basse illuminée. Sur un comptoir, des verres s'alignaient, des gâteaux inondés de crème de couleur. Un type qui ressemblait à Ballu faisait frire des œufs sur une poêle géante. Malgré la musique, il put entendre le grésillement de la graisse et saliva instantanément. Un jour, on pourrait sentir les odeurs en regardant la télévision. Le cuisinier rajouta sur le dessus des jaunes une sauce écarlate. Derrière, le bruit de la douche retentit.

C'était si beau ici qu'il devait y avoir à manger... Ce n'était pas possible autrement. C'était un monde où l'on pouvait tout avoir, mais s'il restait sur ses fesses à attendre que les choses arrivent. elles ne viendraient pas.

Il se leva. La veille, il avait remarqué des tables surchargées, en bas, juste avant de prendre l'ascenseur. Il ne devait pas sortir. L'autre garde le lui avait ordonné. Il fallait obéir.

Malgré le bruit de l'eau qui lui parvenait de la pièce voisine, il entendait encore le grésillement des œufs dans la poêle. Pourtant l'image avait changé, la fille et l'homme qu'elle avait embrassé étaient assis à un comptoir, deux assiettes glissèrent vers eux, deux échafaudages fragiles et succulents. La fille repoussa tout de suite le plat. Elle était encore plus bête que ce qu'il avait supposé.

Il irait très vite, il serait de retour avant que Sardan ne soit sorti de la douche.

Sans bruit, Ram fit jouer le loquet de la porte, repoussa le battant contre le chambranle. Le couloir était vide. Ses pieds nus s'enfonçaient dans la moquette. Les ascenseurs étaient vers le fond, à droite, il n'avait qu'à suivre le couloir.

Des portes et encore des portes, toutes identiques, sur la droite les baies fermées tamisaient le soleil, et Karachi avait la couleur du plomb.

Il eut envie de courir mais résista. Seuls les voleurs couraient.

Il déboucha devant les ascenseurs et se heurta à un groupe de Japonais. Il en avait déjà vu, certains venaient à Gwadar Kalat pour passer des commandes. Des portes coulissèrent. Des hommes sortaient, il attendit avec les autres et se glissa parmi eux. Il leva la tête : leurs narines étaient larges et tous portaient des cravates semblables. Ils riaient et parlaient fort. Ses yeux arrivaient à hauteur de leurs ceintures à boucle de métal... Lorsqu'il serait grand, il en porterait de semblables.

L'ascenseur s'arrêta et il ressentit une curieuse sensation, comme si son estomac avait continué à descendre sans lui. Les portes laissèrent passer une femme. Elle ressemblait, pour les cheveux, à la fille de la télé, celle qui giflait et embrassait, mais sa robe était plus longue. Elle sentait un parfum de fleurs, très fort. L'ascenseur continua sa descente. Une boîte d'or avec des miroirs... magnifique.

Il laissa sortir le groupe de Japonais et déboucha dans le hall. Il reconnut les portes de verre par lesquelles il était entré. Il se les rappelait parfaitement car elles tournaient. Sans Sardan, il aurait fait le tour complet et serait ressorti... Il avait été trop éberlué pour rire.

C'était plein de gens. La plupart étaient assis dans des fauteuils profonds devant des tables basses en bois ciré. Il y avait des valises près de la porte, un amoncellement. On distinguait à travers les vitres les grooms, qui chargeaient les bagages dans les coffres des taxis. Sans hésiter, Ram prit le couloir de gauche. Il ne s'était pas trompé, tout au bout, au centre d'une rotonde, il apercevait une vasque où les fruits s'entassaient en pyramide. Là, il trouverait ce qu'il cherchait.

C'était étrange, partout résonnait la même musique, dans chaque couloir, dans l'ascenseur, toujours les mêmes notes, lentes, presque indistinctes. Et puis, ça sentait bon, pas aussi fort que la femme tout à l'heure, mais presque. Ils devaient répandre du parfum pendant la nuit.

C'était un monde riche et facile, cela se voyait. Dans les fauteuils et les divans, tous souriaient en parlant. On parlait beaucoup dans cet endroit, on lui reprochait à lui d'être bavard mais ici c'était pire, un bourdonnement permanent, comme les mouches sur l'étal d'un boucher dans le bazar. Une chose lui plaisait plus particulièrement : il marchait sur les tapis. Pendant longtemps il les avait fabriqués et c'était fini, à présent il marchait dessus.

Il déboucha à quelques mètres de la table et vit les victuailles. Il bouscula légèrement une femme voilée, le *chaddah* de soie lie-de-vin qui la recouvrait des pieds à la tête était frangé d'or. Il murmura une excuse et vit les yeux immenses cernés de khôl lui sourire. Elle portait au milieu du front un *tika* de rubis, blessure sanglante et circulaire.

— Qu'est-ce que tu fais là ?

Ram pivota. Le garde portait un costume rutilant, veste rouge et turban d'apparat.

— Je veux manger, dit Ram.

Le regard de l'homme se porta sur les pieds nus du garçon, l'un de ses yeux, sans prunelle, avait la couleur des vieilles défenses d'éléphant.

— D'où viens-tu ?

— Je viens de descendre. J'habite l'hôtel, dit Ram.

— Quel est le numéro de ta chambre ?

Ram fit semblant de chercher.

— J'ai oublié, dit-il.

— A quel étage ?

Quel idiot il était, quel parfait idiot ! Il aurait pu compter.

— Huitième, dit-il.

— Tu es avec tes parents ?

— Non, dit-il, avec un ami. Il s'appelle Sardan.

— Tu ne mets jamais tes chaussures pour marcher ?

— J'ai oublié.

— Tu oublies beaucoup de choses.

— Ma mère le dit souvent, dit Ram, en fait, si je fais un effort, j'arrive à me rappeler, mais là par exemple, pour les chaussures, ça m'est complètement sorti de la tête et...

La main du garde se posa sur l'épaule du garçon.

— Tu vas venir avec moi, dit-il, je vais te raccompagner à ta chambre.

Ram sourit.

— Formidable, dit-il, j'allais vous le demander, j'ai toujours peur de me perdre, c'est tellement grand ici.

— Très grand, allez, on y va.

— Avec plaisir, dit Ram.

Ils partirent ensemble d'un même pas. Ram vit venir sur sa droite une sorte de cow-boy comme ceux de sa bande dessinée. En plus du Stetson et des boots, il portait deux appareils photo sur le ventre et une tasse de thé dans la main.

Sans prendre le moindre élan, Ram, s'arrachant à la poigne du borgne, fusa en missile.

Sa hanche frôla le genou du touriste et le déséquilibra, la tasse tournoya dans l'air, précédée d'un panache liquide et doré. Ram entendit derrière lui l'explosion des poteries fracassées sous le poids du cow-boy et le cri d'alarme du garde, il sprinta en louvoyant entre les corps. Il inclina sa course sur la droite, visant la sortie, la porte tournoyante. Dans les rayons du jour, elle formait un cylindre de lumière éblouissant. Il accentua encore mais devina la ruée de deux portiers jaillissant du comptoir et lui bloquant le passage.

Sans hésiter, il prit un virage à quatre-vingt-dix degrés et repartit à fond de train vers les ascenseurs, poussa un premier chariot, accrocha une sangle avec un orteil et boula comme un lapin, il entendit les cris autour de lui, se releva, le garde toujours lancé en locomotive se jetait sur lui. Ram esquiva la charge et fonça à nouveau vers la sortie. Il atteignait la porte lorsqu'un groupe de touristes américains entra, colmatant l'entrée. Il eut l'impression que tout l'hôtel allait s'abattre sur lui et qu'il ne s'en sortirait pas. En une fraction de seconde, il se souvint de la piscine vue du haut de la chambre… Il devait y avoir une autre sortie. Il pivota, feinta en évitant une troupe de visiteurs surpris par la poursuite et repartit à fond de train dans la stridence des sonneries d'alarme. Une chance sur mille.

Humayun sortit de l'ascenseur et laissa les portes glisser lentement derrière lui en se refermant.

Une mécanique parfaite, bien huilée, des musiques lointaines, de hauts buildings : l'Occident.

Il porta la main à son estomac. La douleur s'était réveillée pendant la nuit. L'ulcère avait dû se remettre à saigner. Dès qu'il aurait gagné un peu d'argent, il irait à l'hôpital. Ici, dans la capitale, on saurait le soigner, mieux que les guérisseurs du village à qui il avait eu affaire jusqu'à présent. C'était la peur qui le faisait saigner. Il en avait toujours été ainsi. Chaque fois qu'il devait exécuter un travail, la douleur montait, il lui semblait sentir les chairs martyrisées bouger sous la peau.

Chambre 672.

Un couloir immense s'étendait devant lui, les portes des chambres se succédaient sur la gauche. Deux chariots chargés des reliefs des petits déjeuners attendaient d'être débarrassés. Tout était presque silencieux. Simplement, au passage des chambres, parfois une radio lointaine... des voix pâles. Il ramassa l'un des plateaux, écarta la corbeille à pain et conserva tasses et théières, l'une des deux tasses était presque pleine, le liquide oscillait. Le sucre mouillé fondait dans le sucrier.

Humayun serra les dents. Cette fois, il ne faudrait pas qu'il manque son coup, s'il échouait, jamais plus il ne trouverait de contrat, ce serait la misère. Il faudrait qu'il regagne la campagne et il devrait vivre de rapines ou porter sur son dos, tout au long de ce qui lui restait de vie, des ballots de laine ou de tiges de roseaux dans le quartier des vanneries, charger sur des camions l'argile arrachée au flanc des rivières pour quelques roupies... Il ne tiendrait pas le coup avec son ventre en charpie.

S'il faisait attention, il pouvait réussir. La dernière fois, il ne s'était pas assez méfié. Ils avaient cru que ce serait facile : un homme sans arme et un enfant. Il n'y avait eu qu'à les attendre, visibles comme le soleil dans le ciel, une Oldsmobile verte. Mais l'homme avait senti quelque chose et frappé le premier... Lui avait eu le temps de fuir entre les arbres. Cette fois, il était prévenu, ce ne serait pas pareil. Sous la serviette, il glissa un automatique de fort calibre fabriqué à Dana, une arme rudimentaire, à l'acier coulé dans le sable.

672.

Il avait appris à lire... Très peu, mais il connaissait les chiffres.

Ne pas réfléchir, enchaîner les gestes, laisser le corps parler, le laisser faire. Il replia l'index pour cogner à la porte, mais à peine l'avait-il effleurée que le battant s'écarta. Humayun sentit un reflux de la douleur, le rythme des crispations s'accélérait.

Il posa le plateau à terre et entra.

Une chambre bleue, lumineuse. Le lit était défait. Il colla le revolver contre sa cuisse et gagna le centre de la pièce. La télévision marchait. Le bruit de l'eau provenant de la salle de bain venait de s'arrêter. Il fit quatre pas et, de la pointe du pied, poussa la porte entrebâillée.

Sardan cracha le dentifrice dans le lavabo et grimaça, ce goût de menthol était insupportable, il ne s'y ferait jamais. Il redressa le haut du corps et regarda dans le miroir.

Il vit l'homme derrière lui.

Ce qui le frappa était l'épaisseur de ses sourcils, une barre unique courant d'une tempe à l'autre.

Son arme était à un mètre de lui, accrochée au portemanteau, mais il y avait des moments où un unique mètre pouvait apparaître plus loin que le bout du monde.

— Où est le garçon ?

Sardan avala sa salive. Si Ram n'avait pas déjà été tué, c'est qu'il s'était caché, mais où ?

— Je n'en sais rien, dit-il.

Il sentit que la serviette qui ceignait ses reins commençait à glisser. Ça serait le pire, mourir nu, sur un carrelage mouillé.

— Où est-il ? répéta Humayun.

Sardan comprit que chaque seconde gagnée était une seconde de vie.

— Je ne comprends pas, il regardait la télévision, je suis entré ici, il a dû en profiter pour partir.

L'œil d'Humayun dériva. Au pied de la baignoire, il enregistra la petite paire d'espadrilles. Le rideau était tiré et le tueur pensa que l'enfant était derrière... Il devait se tenir recroquevillé, tétanisé de terreur. Humayun arma le chien et tendit le bras.

Sardan était gros mais rapide. Il plongea et n'arracha pas le onze millimètres de sa gaine, il écrasa la détente pour tirer, à travers le cuir, une longue rafale qui s'enraya. Humayun vida son chargeur. Lorsque le fracas, la fumée et l'odeur de la poudre se furent dissipés, il examina le carnage. Le garde du corps était mort. Humayun se releva, son talon glissa dans le sang et il jura. Il s'en était sorti mais il fallait retrouver l'enfant, et ça risquait de ne pas être facile.

Il descendit rapidement dans le hall, deux employés de l'hôtel ramassaient un tas de valises éparpillées sur le sol. Une femme hurlait en brandissant des morceaux de poteries multicolores.

— Que s'est-il passé ? demanda Humayun.

— Un gosse... Il s'est enfui de l'hôtel par la piscine, il devait chercher quelque chose à voler...

— Il y a longtemps ?

— Ça ne fait pas cinq minutes.

Humayun partit en courant, traversa l'espace ensoleillé, zigzaguant à travers les chaises longues. Il longea les palmiers, passa la guérite des gardes et déboucha dans l'avenue. Les éternels camions bariolés faisaient vibrer l'asphalte. Droite ou gauche ? Sur la droite, on devinait une place encombrée, une foule, des embouteillages, ce que chercherait quelqu'un en fuite... Il appuya la main sur son flanc droit et, essayant de comprimer la douleur, se mit à courir. Il fallait trouver ce gosse et l'abattre. Il le fallait absolument.

8

MALAKALI.

Ce nom sonnait dans la tête de Reiner. C'était là qu'il trouverait. Cela faisait douze heures que le gosse avait disparu. Il avait eu de la chance ; un de ses gardes beaucoup moins. A présent il fallait le retrouver. Ça serait à peu près aussi facile que d'identifier une fourmi dans une fourmilière. L'enfant ne connaissait pas la ville, le tueur qui le suivait, lui, la connaissait. Les chances étaient inégales. Aucun moyen de le contacter. Ram ne reviendrait pas à l'hôtel. Tout l'après-midi, il avait essayé de joindre Zachman sans y parvenir. Cela ne s'était encore jamais produit. Sensations d'effritement… le terrain glissait et il se tenait en haut de la falaise. Il paya le conducteur du rickshaw et regarda l'engin s'éloigner dans la pétarade de l'échappement libre. La nuit était tombée. Une nuit écarlate, une nuit d'assassins.

Voilà, il était à nouveau en plein combat, il avait pu croire un bref instant que ce moment ne reviendrait plus, il se trompait. Et cette fois, il n'y était plus seul, il y mêlait une femme et un enfant.

La ville s'étendait en contrebas. Des lignes de lumières tracées à la règle révélaient les artères de la ville moderne… Chundriger, Khayaban Iqbal, les hautes tours du quartier des affaires, l'Avari Tower. A intervalles irréguliers la parade immobile des néons s'interrompait, des masses sourdes se décomposaient, c'étaient les bazars, les marchés, le monde des ruelles que la nuit rendait désertes, les quartiers où la vie s'entassait sur les terrasses, au pas des portes, dans les sentes nauséabondes des banlieues. Six millions d'habitants, peut-être sept... qui pouvait les compter ?

Malgré l'absence de vent, Reiner sentait derrière lui la présence de la mer. Elle n'apportait pas la fraîcheur habituelle, c'était une masse monstrueuse, pesante, comme si elle avait cessé d'être liquide, un magma qui durcissait lentement, un phénomène cosmique inexplicable d'épaississement. Bientôt les coques des bateaux cesseraient leur balancement, de Napier Mole à la plage de Clifton ils se figeraient, pris dans une boue se pétrifiant peu à peu.

Ne pas penser au danger lorsqu'on n'y pouvait rien : une règle de guerre. Agnès devait disparaître de sa mémoire. Chacun menait son combat, elle survivrait, il la retrouverait, c'était sûr. Pour l'instant, il fallait reprendre l'enfant et gagner Malakali, au pied du Nanga Parbat, dans le désert à quatre mille mètres d'altitude, près des zones interdites des frontières de l'Inde.

Ne pas fumer. Un point incandescent, une odeur de tabac suffisaient à faire naître des ombres ennemies, il avait connu des coins de la planète où des hommes tuaient pour trois cigarettes.

Il s'enfonça dans le dédale des sentes étroites, une lanterne voilée éclairait parfois une entrée qui ouvrait sur les ténèbres des cours et des arrière-cours. On devinait des corps courbés le long des murs de torchis. C'était par là, sur la gauche. Bien qu'il se trouvât dans la partie la plus obscure, Reiner devina la longue étoffe descendant du toit qui barrait la rue... rouge et verte.

Le drapeau des ismaéliens. A tâtons, il trouva la porte de bois qui s'ouvrit sans effort. Il entra. Des yeux l'épiaient. L'odeur d'épice flotta, rapide.

Au ras du sol, une flamme courut et monta. Derrière elle, accroupi sur des coussins de soie, il reconnut Muldan.

La flamme devint plus haute et s'immobilisa. Le torse de l'homme s'inclina en un salut déférent. Reiner avança dans le halo de lumière et salua à son tour.

— Assieds-toi.

Il n'avait jamais vu Muldan sourire. C'était un dravidien. Il avait mené longtemps un combat difficile pour devenir l'un des plus riches marchands du bazar, Reiner l'avait aidé. Les querelles de religion étaient vives et Muldan avait dû lui donner des gages mais plus personne, à présent, ne lui aurait cherché querelle. Il pouvait, au cœur d'un monde sunnite, adorer celui qu'il croyait être le véritable imam, le fils d'Ismaël.

— Il y a longtemps que nos routes ne se sont pas croisées.

Muldan tendit la main et approcha vers lui la pipe à eau. Il portait des lunettes épaisses et, s'il avait quitté turban et bracelets, il aurait pu passer pour un vieil homme d'affaires de la City ou de Wall Street. Sa peau était, certes, très sombre mais son anglais d'une perfection oxfordienne.

— Ceux que l'amour du bien réunit, dit Reiner, vivent ensemble sans avoir besoin que leurs enveloppes terrestres entrent en contact.

— Tu retiens bien les leçons.

Reiner se pencha vers le plateau et alluma la Stuyvesant.

— C'est toi qui me les as apprises. Ne jamais entrer dans le vif du sujet sans avoir proféré quelques phrases en forme de sentences où il est question du Bien, de Dieu ou du Destin.

— Nous sommes ainsi, dit Muldan, et je crois que c'est une sage habitude. Cela oblige les hommes à parler de choses qui les dépassent et, même si leur langue est loin de leur cœur, peut-être les mots qu'ils prononcent forment-ils un dépôt, une lie à la surface de leurs âmes, sur lequel ils seront aussi jugés.

L'eau glougloutait, l'odeur de la fumée qu'exhalait le marchand était épaisse et poivrée. Il s'installa plus profondément dans les coussins damassés, creusant avec son dos une niche dont les paillettes d'or étincelaient sous la lueur de la lampe à huile.

— Depuis notre dernière rencontre, avons-nous acquis plus de moyens à saisir le vrai bonheur ? demanda Muldan. S'il en était ainsi, nous aurions progressé sur le chemin de Dieu.

Reiner resta silencieux. Toutes ces précautions oratoires avant d'aborder la vraie raison de leurs rencontres étaient à la longue horripilantes, mais il en résultait un charme étrange auquel il n'était pas insensible. C'était, à la manière orientale, une sorte d'accouchement des pensées, une atténuation des frénésies. Les urgences se dissipaient, s'évanouissaient lentement...

— Je crois aimer davantage les fleurs qu'autrefois.

Muldan approuva lentement.

— Tu es sauvé, dit-il.

— J'aime aussi une femme.

— Tu es perdu, dit Muldan.

Les yeux s'habituaient. Il y avait dans le fond de la salle un amoncellement de boîtes à bétel, les émaux incrustés retenaient en leur centre une braise moribonde.

— Tu ne m'as fourni l'information que pour me permettre de t'apporter la réponse, c'est un jeu pervers, ajouta Muldan.

Reiner massa sa cheville avec lenteur. La douleur avait totalement disparu.

— Cessons donc de jouer. J'ai besoin de toi : je dois retrouver un enfant.

La lueur de la lourde lampe de cuivre se reflétait, dédoublée, dans les lunettes du dravidien.

— Ici ?

— Ici. Il s'appelle Ram. Dix ans. Un jean et un tee-shirt, les pieds nus.

Muldan passa l'embout d'ambre du narguilé sur ses lèvres.

— Ils ne doivent pas être plus d'un demi-million à répondre à ce signalement à Karachi.

— Un dessin est imprimé sur son tee-shirt : un cow-boy. Il se cache. Il est menacé.

— De l'argent ?

— Non.

— Tu veux le tuer ?

— L'empêcher de l'être.

Ils avaient tous un réseau, pas un incident n'avait lieu dans un des souks du nord de la ville sans que, quelques minutes après, les patrons de pêche du Ghizri Creek soient au courant. De tous les filets, celui de Muldan avait les mailles les plus serrées et les plus efficaces.

— Je le trouverai, dit celui-ci.

— Grâce t'en soit rendue.

— Les temps sont difficiles, veux-tu accepter mon hospitalité pour la nuit ?

— J'ai déjà trop abusé de ta bonté.

Reiner se leva. Ses yeux s'étaient habitués et il distinguait à présent les lourds tapis de soie qui garnissaient les murs, cachemire et shivan, sans doute les plus beaux du monde.

— Appelle-moi toutes les deux heures dès demain matin.

Reiner s'inclina devant Muldan.

— Trouve la porte qui mène à toi-même, dit-il, c'est ainsi que tu t'approcheras de Dieu.

Le marchand aspira une longue bouffée, l'eau gargouilla quelques secondes.

— Je ne savais pas que tu lisais les livres saints.

— Ce sont les seuls qui valent d'être lus.

Ce fut au tour de Muldan de s'incliner. Lorsqu'il releva la tête, Reiner avait disparu. Il claqua des doigts et des ombres bougèrent dans les angles de la pièce.

Deux hommes.

— Suivez-le. Si on le suit ou on l'attaque, protégez-le.

Il tendit le bras et actionna la mèche de la lampe. Tout s'éteignit et Muldan resta immobile dans la plus complète obscurité.

Reiner avait longtemps vécu dans des pays où les hommes ne savaient pas s'y prendre avec le bonheur. C'était à l'est de l'Europe, vers le nord. Il avait aimé les rivières et les montagnes que les brouillards masquaient, dans des villes de silence la boue succédait à la neige puis revenaient les pluies. Les trottoirs luisaient, dans les avenues vides rouillaient les rails d'anciens tramways. Qui avait vécu et qui vivait encore derrière ces façades ? Les fenêtres donnaient sur un ciel d'aluminium, les couleurs avaient fui pour toujours ces mondes désorientés. Il se souvenait des bottes de l'enfance, toujours froides, toujours mouillées. Devant les étals vides des marchés souterrains, il pataugeait dans une flaque que l'hiver craquelait sous son gel. Des femmes passaient, engoncées dans des fourrures synthétiques, dans des manteaux de fausses laines. Rien n'était vrai. Vivre était un travail et le repos était la mort. Cela formait des hommes durs qui ne pouvaient oublier l'agressive laideur de la création qu'avec de l'alcool et des fusils. Lorsqu'ils fabriquaient des voitures ou des jouets d'enfant, c'était avec des matières glacées pesantes et grises car ils ne se souciaient pas de la beauté, ils ne savaient même pas qu'elle leur manquait. Alors il avait choisi de partir vers des rivages où regarder pouvait être un plaisir, où le soleil créait aux deux extrémités du jour le chant des couleurs sur les collines et les murs... des pays d'autres musiques, faits pour la vie et la danse...

Il en avait connu beaucoup. Des causes étaient apparues, il en avait épousé quelques-unes. Il n'était jamais retourné aux sols glacés de l'enfance mais, étrangement, c'était ici, au Pakistan, qu'il avait retrouvé l'incapacité au bonheur. Elle ne venait pas de la nature mais des hommes. Les regards étaient sombres, il y traînait des souvenirs de sanglants fantômes. C'était encore plus vrai dans les régions de montagnes, là où il devait se rendre. Chaque vallée, chaque col avait eu son seigneur et l'Histoire n'avait jamais été qu'une succession de meurtres, de guerres et de pillages. Il en restait une trace, comme du sang séché au fond des prunelles trop brûlantes.

Reiner, depuis son départ de chez Muldan, avait laissé errer ses pensées. Il savait ne rien risquer, le dravidien lui avait donné des gardes, c'était la tradition.

Il arrivait. Il avait logé là lors de ses premiers voyages à Karachi. Deux pièces au-dessus d'un entrepôt. Personne ne connaissait l'adresse, sauf Zachman.

Le couloir sentait la goyave, une odeur douceâtre. Il devinait l'écorce éclatée des fruits gorgés. Le jus devait couler sur les dalles. C'était, au sous-sol, un amoncellement de sacs serrés derrière des rideaux de fer. Mais il y avait autre chose que des agrumes, une trace plus précieuse. Une fumée courait dans l'espace, ténue jusqu'à l'indiscernable, comme un fil de soie dans un tapis d'Hereke au temps de la cour ottomane.

La clé tourna et, propulsant le battant de la porte, il se colla au chambranle. Il perçut le halètement, lâcha la crosse du Cobra calée dans sa main gauche et happa le poignet tendu vers son visage. Il plongea dans le parfum de la chevelure et un sanglot, venu du tréfonds de son angoisse, se cassa sur le rebord de ses dents. Les lèvres couraient, folles, ses lèvres, c'était fini, elle était là. Tout pouvait crouler à présent, la ville glisser dans les anciens marécages, se fondre dans les eaux océanes, rien ne comptait que ce corps, cette femme, elle seule. Il se baissa, la souleva dans ses bras et traversa la pièce, les persiennes à claire-voie laissaient passer la lueur des quinquets de l'impasse. Ils s'écroulèrent sur la paillasse. Contre son oreille, le long cri étouffé ne cessait pas. Il sentit les larmes sous ses doigts, les lèvres gonflaient, se détachaient des siennes, couraient sur son torse. Il se dégagea de son jean en un tour de reins et les neiges de son enfance fondirent d'un seul coup. Les rails qui ne menaient nulle part s'effacèrent et les murs de la ville noire disparurent. Elle se cambra violemment et ils basculèrent... Les soleils de la nuit éclatèrent et ils se cramponnaient, naufragés lancés par une vague monstrueuse sur une plage si lisse et silencieuse qu'il pouvait entendre les tambours de leurs cœurs.

Il tâtonna, cherchant la courbe de son visage, les cheveux collés de sueur... Dans le tremblement de la bouche, des mots ne sortaient pas encore, ils viendraient plus tard. Ils avaient le temps à présent, tout le temps, rien ne les séparerait plus.

Il entendit à peine le balbutiement :

— Je t'ai cru mort.

— Je suis immortel, répondit-il.

Elle se lova contre lui, chassant l'espace entre leurs corps, comblant un vide qui était séparation.

— Il a tué Anna et Adriana... Un petit homme.

Il se souleva sur un coude, essayant d'apercevoir les yeux d'ambre.

— Raconte-moi.

— C'est très long… La police est venue. Ils croient à un cambrioleur surpris qui a tiré dans l'affolement. J'ai pris le premier avion, Zachman m'a donné cette adresse. Il faut que tu m'expliques…

— Je te dirai tout.

Il se dégagea de ses bras. Il y avait des bougies sur une caisse près de la porte, des bouteilles d'eau minérale. Il actionna le Zippo et la flamme éclaira la pièce Elle ne devait pas dépasser cinq mètres carrés. L'imposte par où le jour pénétrait était grillagée. Une cellule de prison. Il alluma une chandelle de cire jaune, le suif avait coulé en longues traînées translucides. Des mégots traînaient et des boîtes de soda vides.

— Un bouge, dit Agnès. Je suis sûre qu'il y a des rats.

— Tu as eu tort de t'habituer aux quatre étoiles. Il faut savoir varier les plaisirs.

— Foutons le camp, dit-elle, dès demain.

— On va partir, dit-il, dès que j'aurai trouvé ce que je cherche.

— Et qu'est-ce que tu cherches ?

— Un enfant.

Elle ne desserra pas son étreinte.

— Qui est-il ?

— Un garçon, dit Reiner, un Indien, il est en danger, en plein pétrin.

Il se baissa, fouilla dans sa chemise abandonnée sur le sol et en sortit un paquet de cigarettes. Il était froissé et il en sortit deux, l'une était cassée. Il lui tendit l'autre.

— Fume lentement, dit-il, il faudra tenir la nuit avec.

Elle la prit et, lorsque la flamme l'éclaira plus intensément, il pensa qu'elle avait atteint la limite extrême de la beauté. Au coin des yeux, la malice du sourire avait marqué sa trace et, près des lèvres, naissait l'impalpable empreinte que laissent les trop profonds désespoirs.

— A ton tour de parler, dit-elle. Pourquoi es-tu parti ? Pourquoi a-t-on tenté de me tuer ? Pourquoi cherches-tu ce garçon ? Que fais-tu à Karachi ?

Il aspira le demi-cylindre et revint vers elle.

— Une très longue histoire, très très longue.

— Que fais-tu ici, Maximilien ? Je l'ai toujours su, sans le savoir, sans l'admettre, mais ce groupe que tu présides, ces hommes qui faxent, qui téléphonent, ces voyages, ces visites, ces ordres que tu donnes...

Elle hésita. Tandis qu'elle parlait, il sentait vivre sous la peau les muscles doux et tièdes.

— Continue.

— Derrière ces tapis qui inondent le monde, je vois toujours la même image, peut-être une photo qui s'est inscrite en moi, une trace de la mémoire, peut-être l'ai-je créée, mais je vois un enfant...

Il enroula les cheveux autour de son index. Contre le mur, il vit quelque chose bouger, un insecte, un cancrelat descendant des poutres rondes, escaladant les rugosités de torchis.

— Il se tient devant un cadre de bois, accroupi, il travaille, c'est un esclave... Je regarde alors l'agenda électronique de ton bureau et lis les chiffres sur le cadran numérique. Le troisième millénaire est là et lui me regarde, ce qui se lit dans ses yeux est pire que la douleur, c'est la résignation...

— Tu veux le libérer ?

Elle tourna dans ses bras, lui faisant face. Il l'avait surprise par la promptitude de sa question.

— Oui. Celui qui ne le voudrait pas serait un ignoble salaud.

— Il faut alors faire sauter le pays. Changer l'économie, la loi, la culture, la religion.

— Cela s'appelle une révolution, murmura Agnès.

— Aucune n'y est arrivée. Il y a d'autres moyens.

— Quel jeu joues-tu dans tout ça ?

Elle le sentit contre sa joue.

— Je suis le président du syndicat des propriétaires de fabriques de tapis et j'ai découvert un secret.

— Lequel ?

— Je l'ignore encore... Mais je sais où il se trouve.

— Où cela ?

L'insecte était une blatte, elle disparaissait parfois dans les rebords d'ombre, masquée par les cassures de la paille sèche et de l'argile. Elle réapparut, s'arrêta un instant et repartit.

— A Malakali.

— C'est loin ?

Les montagnes les plus hautes du monde... Il avait suivi le col autrefois en caravane, les pics crevaient le ciel, les neiges coulaient sur les flancs comme des nuages morts.

— Très haut. Sur les pentes du Karakoram.

— J'irai avec toi.

Le désir revenait... Oui, il n'avait même plus à décider, il en serait ainsi. Ils partiraient ensemble dès qu'il aurait retrouvé Ram.

C'était un monstre à l'œil de fer. Juste au-dessus de lui. Ram pouvait l'apercevoir par un interstice entre les roues et le rail. Il bougea pour soulager son dos meurtri et son épaule rentra en contact avec une tringle métallique qui courait sur toute la longueur du train. Dans la lumière de l'aube, il distingua très haut l'entrelacs des poutrelles.

Le dépôt de Karachi.

Tout, autour de lui, avait pris la couleur des oranges sanguines. La rouille avait tout recouvert. Un cimetière de wagons. Ce qui restait de l'ancien réseau ferroviaire qui, peu à peu, avait relié la mer aux montagnes.

Des machines énormes écroulées, figées sur ce sol qui semblait les happer lentement... Rien ne lui avait jamais paru plus immobile, plus ancré. Peut-être parce qu'il gardait le souvenir des trains lancés à toute vapeur vers Sanskoda, il était un enfant alors, presque un bébé. Le jeu était de longer, le plus près et le plus longtemps possible, les wagons surchargés. Sur les toits, aux portières, des hommes s'accrochaient et riaient de les voir disparaître au loin, époumonés. Et aujourd'hui, c'était le silence des machines mortes... Combien de temps ces courses ont-elles duré ? Des années. Jusqu'à son départ en camion pour Gwadar Kalat.

Il rampa sur les coudes et passa par-dessus la barre du rail. Il y avait juste la place pour se glisser. Il se releva, secouant l'ankylose.

Très haut au-dessus de sa tête, la crasse déposée sur la verrière faisait écran au soleil. Il entrait en rayons obliques s'accrochant aux essieux, aux bougies et aux magmas des mécaniques. Il se mit à trottiner, escaladant des amas de cailloux d'anciens ballasts.

Il chercha la sortie. Une planche cassée de la palissade fermait le hangar. Il y était presque parvenu lorsqu'il vit la locomotive. Les tampons proéminents lui parurent familiers. C'était sur eux qu'il avait rêvé de s'asseoir à califourchon et, à pleine vitesse, de franchir les montagnes qui fermaient l'horizon. Il escalada le marchepied et pénétra dans la loco. Il faisait sombre. Des leviers et des poulies encombraient l'habitacle. Les cadrans aveugles des manomètres surmontaient la trappe dans la chaufferie.

Il sembla à Ram que traînait encore une odeur de charbon et de fumée.

Il essaya d'entrebâiller la porte du foyer mais elle ne céda pas d'un pouce. Le rêve serait de pouvoir actionner ce sifflet qui frisait les nerfs et ouvrait l'espérance, l'appel au voyage... Il n'avait jamais su jusqu'où allait le convoi. Sans doute jusqu'aux rebords du monde.

Ram saisit une pelle imaginaire, enfouit quatre pelletées de charbon, desserra le frein, lança le premier long hululement annonciateur des départs. Tressaillant de toute son ossature de fonte et de feu, la machine s'ébranla. Ram se pencha et sentit sur son visage le vent de plus en plus fort de la vitesse... Les tremblements des pièces mal jointes s'amplifiaient et il déboucha en pleine ville, broyant les murs sous ses roues invincibles. Les parallèles d'acier s'incurvèrent, il augmenta la pression et fonça dans la courbe... Derrière lui, enfoncés par un marteau géant, les derniers faubourgs de la ville disparurent. Il lâcha la vapeur, s'arrachant le gosier dans un sifflement de triomphe...

Voilà, il était parti. Dans quelques heures il aurait franchi les espaces, avalé les ponts, traversé les tunnels et, dans un tournant après les collines, il verrait apparaître, écrasés au bord du fleuve, les toits de son village, il verrait la course des gosses aux jambes nues, l'envol des poules et, au bout de la route, une femme apparaître. Elle lèverait les bras et n'existerait plus alors que son sourire, Awendi Puyendi l'attendrait. Alors il manœuvrerait, les étincelles jailliraient sous les roues motrices, il renverserait la vapeur, et avant que la machine ne se soit arrêtée, il sauterait au ras des traverses et s'élancerait jusqu'à ce qu'il enfouisse son visage dans l'étoffe chaude du *burga* qui l'enveloppait toujours et dont il avait conservé le parfum. Il bourra la chaudière jusqu'à la gueule et la locomotive s'envola dans un tonnerre d'escarbilles jaillissant de la cheminée.

— Qu'est-ce que tu fais là ?

Ram pivota. La tête rasée du type sortait du tender à quelques centimètres de la sienne. Le garçon avala sa salive.

— Je joue, dit-il.

— Va jouer ailleurs.

Un vagabond... Ram aurait dû savoir qu'il n'était pas le seul à avoir élu domicile en cet endroit. L'homme sortait à peine du sommeil, il dégagea ses épaules d'un mouvement rapide et une main apparut, serrée autour d'un gourdin à manche court. Ram sauta. Il atterrit sur le béton crevassé et fonçait déjà. Il était un idiot, un parfait idiot. Qu'est-ce qui lui avait pris ? Jouer était une faute, on pouvait en mourir.

Il retrouva la planche disjointe et, dès qu'il l'eut franchie, il entendit la rumeur de la ville, le martèlement des excavateurs dans un chantier proche, le grondement des camions transportant des gravats.

Il partit d'un bon pas, la faim au ventre. La veille il avait mangé une boulette de viande macérée dans un mélange de citron et de menthe qu'il avait volée chez un marchand ambulant à l'entrée d'un souk. Il avait au passage laissé sa main s'emplir d'amandes grillées dans un couffin et avalé le tout à l'ombre d'un pilier.

C'était dans les bazars qu'il était le plus tranquille, le plus anonyme, la foule y était dense, il connaissait à présent tous les dédales des marchés. Mais c'était là qu'il était aussi le plus perdu... Comment Reiner le retrouverait-il ? Il n'était pas possible de retourner à l'hôtel, il en ignorait le nom, ne savait plus dans quel endroit de la ville il se trouvait, il avait tellement marché depuis... et, même s'il y arrivait, les gardiens lui sauteraient dessus à nouveau. Restait Manghopi... là où nageaient les crocodiles, mais c'était très loin, à pied il n'y arriverait jamais.

Il prit la direction de Lea Market. Il avait repéré dans les arrière-cours, par des sortes de meurtrières creusées dans le mur, des ateliers de poterie où travaillaient des enfants de son âge. Il en avait vu transporter des monceaux de cruches et de plats sur des charrettes aux roues pleines. S'il se donnait l'air affairé, on pouvait le prendre pour un des apprentis allant chercher du thé ou du tabac pour les ouvriers. Et puis c'était le seul endroit où il aurait l'occasion de dérober une brochette ou des fruits secs. Avec un peu de chance il trouverait du travail pour quelques roupies.

Voilà, il y était. Derrière les ânes surchargés de sacs s'ouvraient les portes du vieux bazar. Il entra.

Il n'avait pas fait dix mètres à l'intérieur qu'il comprit qu'Allah lui tendait la main.

Devant lui, empêtrés dans leurs achats, il vit un couple de touristes. La veille il n'avait pas osé s'approcher mais il avait regardé de loin le manège des gosses autour des étrangers. Avec deux mots d'anglais ils les guidaient, écartant les obstacles, les entraînant dans des échoppes où les affaires seraient plus juteuses et repartaient avec des dollars. Il bondit vers eux et pila, le sourire aux lèvres. Il salua à l'arabe et reçut en échange deux théières de cuivre enveloppées dans du papier journal et un *rilli*, couverture en patchwork dont le poids le fit chanceler. La femme excédée épongea son visage sous son chapeau de paille et lui fit signe de les suivre. L'homme était immense. Tous deux discutaient avec une telle violence que Ram pensa qu'ils échangeaient des injures. Malgré le poids il parvint à les suivre et ils s'extirpèrent du marché. Dans le brouhaha de la rue il vit les taxis arrêtés, le claquement des portières, on lui retira sa charge et le couple s'engouffra dans la voiture. Avant que la voiture ne démarre, une main impatiente sortit de derrière la vitre baissée et lui fourra une poignée de billets entre les mains. Ram referma les doigts et resta bouche bée. Il n'avait jamais vu autant d'argent de sa vie. Sans réfléchir, il enfonça les roupies dans ses poches et repartit vers le marché. Quelques minutes plus tard il ingurgitait sur une table branlante deux bols de *halim* au mouton et trois de riz avec sauce au tamarin. Il les arrosa avec deux verres de yaourt froid où surnageaient les feuilles de menthe. Il rota avec un tel enthousiasme qu'il faillit tomber de son tabouret et palpa à travers le tissu l'argent restant. Ses yeux s'illuminèrent alors : son rêve de toujours allait se réaliser. Le cinéma.

La confiture de couleurs explosa. Le corps du trafiquant tournoya deux fois dans les airs et traversa la baie dans un feu d'artifice de verre broyé. Pantin déjà désarticulé, il tomba vingt-cinq étages plus bas dans une piscine dont le geyser sembla si proche que Ram se rejeta en arrière, craignant d'être giflé par l'eau. Sur le toit, Sheila Karkoe secoua sa chevelure et caressa le canon de sa Kalachnikov.

— Bon bain, dit-elle.

La salle éclata en applaudissements. Extasié, Ram ne put desserrer ses mains des accoudoirs. La musique monta. Sheila Karkoe, reposant son arme, commença à défaire les boutons de son battle-dress et se mit à chanter... Il était question de matin, d'amour et d'éternité tandis que l'on découvrait une rivière le long de laquelle des femmes en soutiens-gorge d'or cueillaient des fleurs immenses.

Lorsque l'héroïne revint sur l'écran elle portait une robe aussi longue que la nuit et Ram pensa que, si le chef du commando la voyait, il tomberait amoureux d'elle et ce serait bien car elle l'aimait. On le savait pour une raison simple : dès qu'il partait en mission on voyait son visage énorme et ses yeux tout proches se remplissaient de larmes et elle chantait au milieu des fleurs.

Et voilà le chef qui monte sur le toit. Alors ça, c'était formidable, c'était merveilleux le cinéma : ce qu'on voulait qui arrive arrivait. Mieux que la vie. Le contraire même.

Ram avait longtemps hésité devant la façade recouverte d'immenses panneaux bariolés, découpages cartonnés cernant les personnages, sous les visages énormes des acteurs des avions explosaient, des voitures volaient dans les airs, des filles en voiles de mousseline pistache et vanille jetaient des grenades ou se lovaient sur des divans groseille... Que choisir entre toutes ces merveilles ? Il était entré au hasard. Il s'était retrouvé dans un hangar géant, au troisième rang, les pieds dans les épluchures de cacahuètes devant une toile tendue immense quand tout à coup une face de femme avait envahi l'espace et Ram s'était collé au siège, stupéfait.

Au début il ne savait plus où regarder tant l'écran était grand et long, il devait sans cesse bouger les yeux pour tout voir. Au-dessus des têtes, les pales des ventilateurs géants brassaient l'air tiède.

Voilà, ça y est, c'est ce qu'il avait prévu, le chef s'approche de Sheila Karkoe, la couleur change, devient bleuâtre... C'est peut-être comme cela que les choses se passent, lorsque l'amour éclate la terre prend la couleur du ciel.

— Cette mission est trop dangereuse, tu es une femme.

— Oui, dit-elle, c'est vrai.

On ne peut pas le nier. Ses lèvres s'entrouvrent, deux rubans de chair vermillon de dix mètres de long, les dents brillent à l'intérieur. Elle va chanter... Non... Ouf !

Il la prend dans ses bras, avance la moustache, attention... Crac, le salaud sort de la piscine avec juste une blessure de rien du tout au bras... Il est arrivé juste avant que leurs bouches se touchent. On ne montre pas les choses entre les hommes et les femmes. On sait qu'elles existent, c'est tout. J'aurai une femme un jour, on fera sans arrêt des baisers cachés.

Il faut qu'un jour Jannih et Rune voient cela, j'aimerais qu'on soit tous les trois, ce serait fou... Il me reste des roupies, je peux manger ce soir encore, je dormirai à nouveau sous une locomotive et je verrai demain.

Les pieds de Ram s'agitent à quelques centimètres du sol, il laisse entrer dans ses yeux la fête éblouissante et bariolée. Sheila Karkoe tire au revolver à genoux dans sa robe du soir, pulvérisant l'ennemi. Dans la félicité qui s'est emparée du petit garçon, une fêlure pourtant se dessine : il sent que ce combat est le dernier, que les héros vont triompher et, le dernier méchant exterminé, tout s'arrêtera... Il y aura peut-être une dernière chanson que Sheila Karkoe modulera dans les bras de l'homme qu'elle aime et il faudra sortir, et dehors ce sera Karachi et les rues comme elles n'existent pas dans les films, l'odeur de pisse de chien, le vacarme des voitures aux moteurs surchauffés, les visages des hommes lorsqu'ils ne sont ni héros ni bandits.

Voilà, c'est fini. Sa main plongea dans sa poche pour savoir s'il lui restait assez d'argent pour une autre séance mais il ne le sortit pas. Les voleurs rodaient, toujours à l'affût.

La salle se vidait peu à peu, les ampoules diffusaient une lueur verte parcimonieuse.

— Très beau ton tee-shirt.

Ram se tourna vers son voisin. En fait, il n'avait pas prêté une seule seconde attention à lui. Avait-il toujours été là, ou venait-il de s'installer à la place vide ? En haillons, il sentait la crasse et portait un caftan. Ram prit l'air affolé. Il fallait rejoindre la foule des spectateurs qui s'écoulait. L'homme avait une vingtaine d'années et les muscles de ses bras étaient apparents. Sans doute un voleur... ou pire. Les groupes qui s'étaient formés près des portes de sortie se dissolvaient lentement. Il fallait qu'il les rejoigne pour ne pas rester seul avec cet homme.

— C'est américain, dit-il en se levant du siège qui se rabattit derrière lui avec un bruit de claquoir.

L'enfant s'engagea dans la rangée et n'eut pas besoin de se retourner pour se rendre compte que l'homme au caftan le suivait. Les semelles de ses babouches écrasaient le tapis d'épluchures de pistaches avec un chuintement douceâtre. celui des écailles de cobra sortant du sac d'osier des joueurs de flûte. Il ne restait presque plus personne dans la salle. Il allongea le pas et marcha droit sur l'écran dans l'allée centrale. Une toile immense, blafarde et rectangulaire, le bateau où venaient aborder les rêves. Jamais il ne s'était senti aussi petit que devant cette surface vide que la perspective déformait... Un trapèze montant jusqu'aux cintres, jusqu'au ciel. De chaque côté, des ampoules faiblardes éclairaient chaque issue. Le garçon se pencha vers la droite, feinta et jaillit en flèche vers la gauche. A moins de cinq mètres, il vit qu'un corps bloquait la porte. Les boutons d'une veste militaire brillèrent. Le gosse fit encore deux enjambées et s'envola au-dessus d'une rangée de fauteuils. Il plongea et disparut au regard de ses poursuivants. Le Pendjabi s'écarta de la porte. Il avait quitté l'armée depuis quinze ans mais conservé l'uniforme. La salle était obscure et il serait difficile de retrouver ce vermisseau dans les rangées de fauteuils vides.

— Ram ! cria-t-il.

Ram s'arrêta. Ils connaissaient même son nom. Il ne s'en sortirait jamais.

Le désespoir en lui gonfla comme un orage de mousson. Les larmes allaient venir. Qu'est-ce qu'il avait fait de mal ? Il avait travaillé des années, il tissait plus vite que les autres, souvent Ballu était content de lui... D'un revers de manche il essuya ses yeux et décida de tenter le tout pour le tout : monter vers le fond de la salle à présent vide ne servait à rien, il foncerait droit sur l'une des issues. Celle de gauche par exemple.

Avec un hoquet de peur, il sortit de sous le fauteuil où il se tenait recroquevillé et prit son élan. Le plafond s'inversa soudain et, renversant la nuque, il mordit à pleines dents la main qui lui broyait l'épaule. Le Pendjabi ne poussa pas un cri. Sa bouche effleura l'oreille de Ram. Un murmure. Un coup de bâton en pleine gorge lui avait brisé le larynx depuis bien longtemps.

— Ne mords pas. Seules les bêtes mordent.

Au-dessus de son agresseur Ram vit surgir son voisin au caftan brodé. Cette fois il ne s'en sortirait pas.

9

— ALORS elle se relève et dit : « Pourquoi est-ce que j'irais tuer mon ami ? » et l'autre, pouf, il la frappe et elle retombe par terre et elle se relève et il dit alors : « Puisque c'est comme ça, que tu refuses, j'emmène ton enfant » et alors là elle pleure, elle tombe toute seule par terre et elle crie : « Pas mon enfant, pas mon enfant ! » et voilà l'enfant qui arrive et lui il prend son poignard pour l'égorger et à ce moment-là voilà le toit qui crève et c'est qui qui vient d'arriver ? C'est Sheila Karkoe. « Alors, dit Sheila Karkoe, on fait du mal à ma sœur ? » « Non, non, non », dit le type qui a perdu son poignard et qui court pourtant en rond tellement il a peur...

Agnès se pencha vers Reiner et chuchota :

— Il est tout le temps comme ça ?

A l'arrière du Toyota, Ram continuait, intarissable...

— Au moins jusqu'à ce qu'il ait fini de raconter le film.

La jeune femme se tourna vers le gosse.

— Comment a-t-elle pu arriver ? dit-elle. La dernière fois qu'on l'a vue, elle...

— Par les toits... Sheila Karkoe passe par les toits et elle va très vite d'un toit à un autre.

— Ça a l'air de ça, soupira Agnès. Et qu'est-ce qui se passe après ?

Elle le regardait parler. Un enfant surexcité aux yeux d'escarboucles... pas un milligramme du petit corps qui ne semblait empli d'électricité.

— Après, quand elle a foudroyé le bandit avec son pistolet elle met le pied dessus elle commence à chanter mais là c'est pas intéressant mais quand elle a fini de chanter, pof, voilà les copains du bandit qui voulait que la sœur de Sheila Karkoe tue son ami qui approchent en rampant sur le sol et...

Les plaines monotones s'étendaient de chaque côté de l'asphalte. Des plantations parfois, des murets de briques sèches où semblaient dormir des chevriers accroupis. Des bêtes éparpillées à l'infini arrachaient aux cailloux une herbe rare. Ils découvraient parfois un village, quelques masures écrasées de part et d'autre de la route. Des hommes écroulés à l'ombre de baraques buvaient des limonades tièdes. Un char à bœufs avançait vers l'infini de l'horizon. Les bouviers aux jambes pendantes, abandonnés au pas lent des bêtes, se balançaient doucement dans la fournaise du désert. Vers quoi allaient-ils ? Quel était le sens de leurs vies ?

Le 4×4 roulait vite, Muldan l'avait garanti. C'était une voiture solide que le vent de sable ou le givre des cols à franchir n'arrêteraient pas. Reiner avait surveillé le chargement, la veille, dans un garage clandestin des confins du quartier de Karsoz. Le carburant, les armes, l'équipement, la nourriture... le sort en était jeté. Il avait remercié Muldan d'avoir retrouvé l'enfant et ils étaient partis. Près d'une mare, des femmes malaxaient des galettes de boue. Mêlées à de la poussière et séchées, elles permettraient de cuire dans les chaudrons les ragoûts épais.

— Et alors ils tuent ensemble plein de traîtres et

après, quand c'est fini, il est content et elle aussi et il l'embrasse ; enfin on sait qu'il l'embrasse parce qu'il ne l'embrasse pas, mais c'est pareil que s'il l'avait embrassée parce qu'on l'a compris et que c'est pas la peine.

Agnès rit.

— Tu as raison, dit-elle, inutile d'insister.

Ram eut l'air satisfait. Cette fille comprenait bien les choses. Il l'avait déjà remarqué à plusieurs reprises. Il la connaissait depuis peu mais il s'en était rendu compte très vite, c'était ce genre de femme qu'il épouserait plus tard. Ça devait pas être mal car elle avait l'air gai, les femmes en général sont tristes, pas elle. Il l'aimait bien.

— Ce devait être un très beau film, dit-elle, tu crois que tout cela peut arriver ?

Ram secoua la tête.

— Non, admit-il, mais c'est dommage.

Attelé à une charrue de bois, un chameau creusait un sillon, silhouette sur l'horizon. Reiner doubla un long camion chargé de parpaings et se rabattit.

Il ne pouvait plus reculer. Il était préférable qu'il garde Ram et Agnès sous sa protection directe. Où qu'il les cache, les tueurs finiraient par les retrouver : il le savait, il n'existait pas sur la planète un seul endroit sûr lorsque l'on était poursuivi ; il valait mieux agir au grand jour. Et puis il avait d'autres atouts dans sa manche, le jeu n'était pas fini. Loin de là.

Malakali — qu'y avait-il là-bas ? La solution ? L'instinct toujours qui ne le trompait pas... qui ne l'avait jamais trompé... jusqu'à présent.

C'était étrange, cette sensation qui s'était emparée de lui depuis quelque temps. Ce voyage serait comme une expiation, une quête aussi... Il y avait, dans le Nord, quelque chose qu'il fallait atteindre et peut-être ramener. Vieillissement, transformation de cellules de plus en plus sentimentales… Dans moins d'une journée de route, ils atteindraient Lahore. Il connaissait la ville, les bastions du Fort rouge, les murailles mogholes, la cité d'Akhar. Les nuits étoilées des jardins de Shalimar. Il se souvenait des marchés, des mausolées, de la foule bruissante des pèlerins courbés par les prières de fin du jour. C'était à partir de là que les choses deviendraient plus sérieuses.

Une folie, évidemment… une de plus. Une femme et un enfant… Il aurait pu s'entourer de guerriers mais que valaient-ils ? La trahison était partout.

Il aperçut la voiture de très loin, immobile, jouet posé sur la ligne qui séparait la terre rouge du ciel saphir. Une Mercedes blanche.

Elle attendait, comme figée par un stop impératif, arrêtée sur une voie perpendiculaire à la sienne. Il leva sensiblement le pied.

— Ram, le sac avec les courroies vertes qui est à tes pieds. Pose-le sur la banquette et ouvre-le.

Agnès regarda Reiner. Dans le pare-brise il suivait les gestes du garçon.

— Sors la boîte blanche en carton, ouvre-la aussi.

Dans le reflet, il vit le quadrillage des citrons noirs.

— Donne-m'en deux.

Ses yeux ne quittaient pas la route. Il accrocha les deux grenades par leurs pinces à sa poche de poitrine.

La Mercedes. On ne distinguait rien à travers les vitres fumées. Un modèle souvent vendu dans le Golfe, surtout dans les Emirats.

Ça commençait mal mais rien n'était encore sûr.

— Dès que je vous le dirai, il faudra vous coucher et ne plus bouger.

Agnès se retourna et perçut la panique dans les yeux du garçon.

— OK, dit-elle, je passe à l'arrière.

— C'est mieux, dit Reiner.

Elle escalada le dossier du siège et s'installa en tailleur sur le sol. Ram se glissa près d'elle.

— On va s'en fumer une, dit-elle, une à deux, le temps qu'il nous sorte de là.

Sans lâcher le volant, Reiner se pencha et baissa la vitre côté passager. Le vent s'engouffra, desséchant les poumons. Instantanément, ils sentirent crisser sous leurs dents la farine impalpable du désert.

Il restait trois cents mètres avant qu'ils ne passent devant le capot immobile. La route rectiligne était déserte. Ils avaient croisé un convoi militaire, dans les camions des miliciens alignés comme des soldats de plomb... Il était loin.

Reiner bloqua le volant avec son genou. Il cala la grenade dans le creux de sa main droite et introduisit son index gauche dans la goupille. C'était une DM51 utilisée par l'armée de l'ancienne Allemagne de l'Ouest. Le manchon à fragmentation de plastique creux renfermait trois mille huit cents billes d'acier.

Ils se rapprochaient. Une carrosserie d'une blancheur parfaite, seuls les enjoliveurs des roues avaient pris la teinte brique de la route. Il distinguait les traînées de poussière sur le bas de la caisse et le flanc des portières. Les vitres étaient fermées, celle du côté gauche en tout cas. Ils attendraient qu'il passe pour tirer par le côté droit... quelques secondes encore et il longerait la calandre. Si l'enfer se déchaînait, il faudrait qu'il ait les dieux avec lui pour s'en sortir.

Avec le chargeur d'un simple fusil de guerre, n'importe quel tireur pouvait les transformer en bouillie, les balles passeraient à travers les tôles comme une lame chaude dans du beurre fondu.

Agnès coucha le gosse contre elle.

— Je me demande si cette Sheila Karkoe va avoir des enfants, dit-elle. D'après ce que tu nous as raconté elle ne semble pas avoir un tempérament à ça.

— C'est vrai, dit Ram, elle n'aurait pas beaucoup de temps pour s'en occuper.

Reiner passa devant la Mercedes. Rien ne bougea. Un scarabée de métal écrasé par le soleil. Vide peut-être.

Sans lâcher la grenade il accéléra. Dans le rétroviseur la voiture rapetissait, devenant un jouet, un modèle réduit.

Fausse alerte.

Il quitta le miroir des yeux lorsque la voiture ne fut plus qu'un point brillant à l'horizon.

— OK, dit-il. Le voyage continue.

Agnès regagna sa place.

— Qui a faim ?

— Moi, dit Ram.

La chaleur semblait monter de seconde en seconde. Reiner sentit les gouttes se détacher le long de ses flancs.

— Le prochain village, dit-il.

Il fourra la DM51 dans la boîte à gants et rétablit sur la racine de son nez les lunettes de soleil.

— Est-ce que les acteurs paient pour jouer ? demanda Ram.

— Je crains que ce ne soit l'inverse, dit Agnès.

Ram était stupéfait. Non seulement ils s'amusaient à exécuter des cabrioles, à faire semblant d'être morts, d'embrasser des femmes, mais en plus on leur donnait de l'argent.

— Quand je serai grand, je serai acteur.

— Je viendrai voir tes films. Avec un peu de chance, tu joueras avec Sheila Karkoe.

Le paysage changeait, à travers des haies de roseaux ils virent briller l'eau d'une mare, sur la droite une frange verte annonçait une palmeraie. La route descendit. Des huttes de pisé alternaient avec des tentes en peau de chameau. Des nomades. Sur le bord de la route deux femmes tissaient des couvertures, leurs bracelets d'argent brillaient dans la flamme de midi.

Reiner rétrograda et, dès l'apparition des premières baraques en dur, se déporta sur le bas-côté. Les roues patinèrent dans la boue d'une sente, mordirent sur la roche dure et, cahotant, le Toyota se glissa sous les palmes sèches d'un auvent. Quatre tables en plastique se dressaient de guingois sur le sol défoncé.

Tous trois descendirent. Les narines de Ram se dilatèrent.

— *Kalle pacha*, dit-il.

Reiner s'assura que la voiture était invisible de la route et prit la direction d'une ouverture dans un mur.

— Exact, dit-il, le pire qui puisse arriver à un estomac : des têtes de buffles bouillies dans de la sauce de piment.

Ils pénétrèrent dans l'obscurité des cuisines.

Des enfilades de marmites chauffaient sur des braises. Des bulles crevaient à la surface des ragoûts. Ils mangèrent sur une des tables, la crasse avait tissé une nappe protectrice.

Le village semblait vide. Depuis leur arrivée, ils avaient aperçu une silhouette de vieille femme courbée sur un balai de branchage au seuil d'une hutte, elle était rentrée très vite, ramenant sur son visage un foulard moutarde. L'homme qui leur avait servi le repas portait la barbe et le turban des sikhs.

Agnès s'étira et souffla sur le thé vert et brûlant.

— Tu as l'air soucieux ?

Reiner se tourna vers elle sans répondre.

— C'est cette Mercedes.

— Elle devait être abandonnée. N'y pense plus. Ce soir, nous serons à Lahore.

Ram frottait son écuelle avec le *pulkha*, le pain des fermiers.

C'était la fournaise. Devant eux, la route et la plaine vibraient dans la chaleur.

— On dit que, chaque été, les dieux continuent à faire cuire le monde, dit Reiner. Je crois que c'est vrai.

Il se leva et plaqua quelques roupies sur la table.

Ram leva le bras.

— Non, dit-il, c'est moi qui vous invite.

Agnès et Reiner échangèrent un regard.

— Où as-tu trouvé cet argent ?

— Gagné, dit Ram, j'ai aidé les touristes à porter leurs achats.

— Je me demande s'il ne se débrouillerait pas mieux sans nous, murmura la jeune femme.

Reiner sourit. Elle le regardait et elle eut le sentiment que ses prunelles changeaient de couleur. Il voyait quelque chose qu'il aurait aimé ne pas voir.

La moitié du corps de la jeune femme était hors de l'ombre. Sans que son sourire s'efface, il la ramena sous les palmes. Elle se retourna et à trente mètres d'elle, sur la route, elle vit la Mercedes.

Il y avait six mois encore, il ne connaissait pas le monde des images. Et puis il avait réfléchi, écouté un peu, d'une oreille d'abord distraite, ce que l'on en disait. Il ne lui avait pas fallu beaucoup de temps pour comprendre qu'il pouvait « générer de l'argent ». C'était une expression intéressante qu'il avait trouvée dans la traduction d'un journal financier russe. Cela lui avait suffi pour qu'il considérât dorénavant les cassettes vidéos comme un des secteurs économiques prioritaires.

Il en avait toujours été ainsi : le départ de chacune de ses entreprises avait été un pari et l'arrivée la fortune. La sienne...

Il avait touché à tout. A la terre, par atavisme et, il

était devenu l'un des plus grands producteurs de céréales du Pendjab et du Sind, et puis il s'était intéressé aux tapis. Il n'y avait pas cru, au début. Il ne connaissait pas assez les désirs venus d'Occident, les idées, oui, mais elles ne suffisaient pas. Il savait aujourd'hui que tout, en fin de compte, reposait sur un principe simple, voire sur une expression : « Fait main. » Peu comptait quelle main... L'essentiel était que, dans ce secteur de l'artisanat exotique, la machine n'intervienne pas. Pas de reproduction mécanique... surtout pas. Avant, les rythmes étaient lents. Lui-même avait travaillé, enfant, dans une fabrique de village sur les bords de la Panjkora, tout près de Chitral, au nord-ouest du pays. Il revoyait les couleurs, la danse douce des fils, le frémissement de la trame. Un demi-siècle s'était écoulé et les choses s'étaient emballées, les commandes venant de l'autre bout du monde étant toujours plus nombreuses, plus rapides. Cher monde riche, si charmant, si futile, si donneur de leçons... Il voulait des tapis, beaucoup, faits à la main, très bon marché et ne jugeait pas morale notre façon de les fabriquer. Comme si nous avions pu faire autrement. Libérez les cinq cent mille marmots attelés à la tâche mais, incidemment, n'oubliez pas de nous fournir, aux dates fixées et pour le même prix, nos trois mille cinq cents copies de daghestan, les huit mille sarouks de deux mètres sur trois, les dix mille gouhms...

Chers anges blancs aux yeux purs et aux appétits intenses...

Mais le processus était engagé, inéluctablement. Ce pays était lent et compliqué, les lois, les idées y cheminaient plus lentement qu'ailleurs, il en avait toujours eu conscience. L'islam verrouillait, les castes aussi, la misère faisait le reste, la corruption cimentait le tout. Pourtant des signes ne trompaient pas, il y avait eu des reportages, des révoltes. Iqbal Masih avait clamé le désir de libération de ses congénères avant d'être assassiné. Des rumeurs de boycottage comme toujours sans effet mais les ventes avaient tout de même fléchi durant quelques mois. Le Pakistan au ban des nations.

Il y avait moins d'un siècle, à l'autre bout du monde, des enfants travaillaient comme les nôtres… à dix ans, à six ans… Usines d'Angleterre, mines de France, d'Allemagne, fabriques italiennes… Et puis des lois étaient nées, avaient été appliquées. Nous en viendrons là un jour, même si les âmes ne sont pas prêtes encore. Mais il fallait prévoir, deviner, devancer et, pour cela, sortir du rang. Alors il avait réfléchi, seul. Il n'avait pas eu besoin des autres membres du cartel : et il avait trouvé une autre source de profits. Il avait mis peu de temps pour y arriver. Et au cœur de la machine qu'il avait créée, un gosse avait glissé un caillou. Il fallait toujours supprimer les cailloux.

Mes ancêtres étaient des bandits, dans les passages qui relient les hautes vallées ils attaquaient les caravanes venues du Tibet ou de l'un des Sept Royaumes. Parfois ils s'alliaient avec l'un des rajahs et constituaient sa garde rapprochée. Gulab, qui fut mon grand-père, croyait aux démons qui hantent la nuit les parois verticales du Tirish Misi, déclenchent les avalanches et les grands froids qui éclatent les pierres au cœur des nuits de diamants. Allah et les démons… Quel étrange imbroglio devait former sa tête. Il me reste une photo de lui prise par un officier anglais peu avant l'Indépendance. Il est déjà très vieux mais c'est encore un guerrier, il porte le long kandjar des convoyeurs d'esclaves et le canon de son fusil à crosse d'ivoire dépasse les deux mètres. A ses pieds repose le bouclier dont la légende veut qu'il fût celui d'un lieutenant d'Attila.

Il devait reconnaître qu'il avait commis une erreur : Maximilien Reiner n'avait pas cédé. Que cherchait-il ?

Il y avait quelque chose d'incompréhensible dans ses réactions. Avec le meurtre de Sawendi il avait compris que le cartel était menacé, mais pourquoi cet engagement personnel ? Pourquoi avoir décidé d'affronter physiquement le mystère ? Les tueurs ne l'avaient pas fait reculer, ni ceux lancés après lui et l'enfant, ni celui envoyé après la femme avec laquelle il vivait.

Il fallait l'arrêter car il savait le nom.

Malakali.

Il ne devait pas arriver là-bas.

Comme d'autres, il avait baissé le front devant la prise de pouvoir de Reiner. L'homme avait un sens peu commun de l'organisation. Il décidait vite et bien, ses analyses étaient justes et les capitaux qu'il avait engagés étaient considérables, ce qui avait fait taire les derniers murmures et apaisé les hésitations des plus traditionalistes d'entre nous. Il était normal qu'il défendît l'empire, car c'en était un, mais cet engagement dans la bataille avait quelque chose d'absurde, comme s'il avait voulu payer de sa personne, comme si la résolution du problème devait se faire avec son propre sang, avec sa propre chair.

Une stupidité... Ce gosse donnait l'alarme en plaçant le cadavre de son ami sur un cargo et tout s'enclenchait, mettant aujourd'hui l'échafaudage en péril. Cela, il ne l'admettait pas, à aucun prix.

A pas lents, il traversa le sanctuaire et gagna les jardins par une porte latérale qui ouvrait sur un temple hindou désaffecté. On disait que l'un des derniers grands Moghols avait fait enterrer sous les dalles les statues d'or et de rubis des dieux de l'Inde afin de débarrasser cette contrée tout entière des divinités païennes. Il aimait cet endroit, le soleil s'y couchait, glissait entre chaque colonne les pointes de lame assassines de ses rayons extérieurs. On y avait déployé pour lui le grand tapis de prières de sa tribu. Il se tournerait vers La Mecque et son âme monterait vers Dieu… Plus qu'ailleurs c'était ici qu'il en sentait le mieux la présence.

Ensuite, il redescendrait par les terrasses et atteindrait les bassins de marbre, il se pencherait et, dans le soir couchant, il regarderait dormir les derniers crocodiles de Manghopi.

Maklo venait de tuer un des hommes de Muldan.

Il n'avait pu faire autrement et cela n'avait servi à rien, le type n'avait pas parlé, c'était un chrétien, un intouchable, impossible de savoir s'il avait choisi de se taire ou s'il n'avait jamais rien su, s'il avait été plein de courage ou d'ignorance. Entre les clavicules, la croix de bois tressautait à chaque coup reçu, seule vision dont il se souvînt, il ne se rappelait déjà plus le visage. C'était une qualité : ne pas se souvenir de ceux que l'on venait de tuer. Ce n'est pas lui dont le sommeil serait jamais hanté par les spectres de ses victimes… Il ne reconnaîtrait même pas leurs fantômes.

Le chrétien travaillait dans l'un des garages de la ville basse, sans doute celui qui avait préparé et prêté la voiture à Maximilien Reiner et à ses compagnons. Mais quelle voiture ? Tout était là… Il y avait gros à parier que ce devait être un 4×4. Mais cela ne l'avançait guère car il y en avait beaucoup. De plus en plus, les touristes quittaient les trajets balisés par les tour operators. Saturés des mosquées et des fausses antiquités, ils louaient des véhicules et prenaient le large. Il ne pouvait pas les suivre tous.

Alors, dès l'aube, il avait pris la route de Lahore avec Tohenjo qui conduisait. Ils avaient roulé doucement, se laissant doubler par la plupart des véhicules, examinant à chaque passage le visage des conducteurs et des passagers. Sur le siège arrière de la Mercedes recouvert par une couverture de laine, reposait un M16 à crosse plastique évidée et chargeur semi-circulaire de trente cartouches blindées.

Vers midi, ils avaient quitté la route et parcouru trois kilomètres de piste pour rejoindre un marché de khat. Tohenjo avait vécu des années dans le cœur de l'Afrique et il ne pouvait vivre un seul jour sans écraser sous ses dents la bouillie verte qui lui avait pourri les gencives et le cerveau. Il avait choisi avec soin la botte de feuilles tendres enveloppée dans un journal et ils étaient repartis.

Comme ils rejoignaient l'asphalte, ils avaient aperçu le Toyota au loin et attendu. Tandis que Tohenjo broutait lentement les fibres, laissant son cerveau s'emplir de la fumée du rêve, lui n'avait plus quitté la voiture des yeux. Malgré ses jumelles il ne pouvait voir l'intérieur, le soleil sur le pare-brise dessinait un rectangle éblouissant qui brouillait sa vue.

Lorsque le véhicule était passé devant lui, il était trop tard, il avait distingué une silhouette unique noyée dans un aquarium. Peut-être était-il seul, peut-être la femme et l'enfant étaient-ils cachés à l'arrière.

Il résista à l'envie de le suivre. On l'avait prévenu : l'homme était dangereux et se tenait sur ses gardes. Il attendrait. Avant ou après Lahore, il le retrouverait. Ne pas commettre d'erreur, cette fois. A Bellevent il s'était trop pressé. S'il avait eu un peu plus de patience, les choses ne se seraient pas passées ainsi.

Lorsque le 4×4 eut disparu à l'horizon, il ordonna à Tohenjo de rouler. Malgré la climatisation, l'air était tiède. Le chauffeur tournait dans sa joue la boule émeraude qui, tout à l'heure, le coucherait sur le siège pour le lourd sommeil d'oubli. Andrew Maklo savait qu'il ne disposait plus que d'une heure de veille. Après, ce serait à lui de prendre le volant. Ils avaient fait le plein. Tandis que l'essence remplissait peu à peu le réservoir en jets saccadés, il avait fait dissoudre deux comprimés d'aspirine dans un gobelet d'eau. La migraine le tenaillait depuis Karachi. Cela lui arrivait de plus en plus souvent. Il ne comprenait pas pourquoi. Il pensait à une tumeur, à une lèpre lui dévorant le crâne... Lorsqu'il aurait réglé cette histoire et empoché l'argent qu'on lui devait, il irait consulter en Allemagne; si le mal qui était le sien était mortel, il aurait eu une vie de très peu d'intérêt : un petit homme à l'existence courte. Des cadavres, une solitude, une silhouette malhabile et minuscule reflétée dans le tambour des portes des hôtels... Rien de notable, une ébauche douloureuse et inachevée.

Ils étaient repartis. De chaque côté de la route, des cahutes se resserraient. Quelques femmes vendaient ce que les guides appelaient les « produits de l'artisanat local ». Les taches vertes des oasis, l'eau devait courir en contrebas dans les canaux d'irrigation. Il bâilla. Le mal de tête ne cessait pas... Il renversa la tête contre le dossier de cuir et, à vingt mètres à l'ombre d'un toit de palmes sèches, il vit le Toyota.

A quelques pas, les trois se tenaient debout. Maklo n'ouvrit pas la bouche. Tohenjo roulait à moins de trente à l'heure, à proximité des villages des gosses déboulaient souvent, se collaient aux portières, des chiens, de la volaille pouvaient surgir, il fallait faire attention.

Maklo le laissa parcourir quatre cents mètres et montra une maison inachevée. Les quatre murs de briques se dressaient, il n'y avait pas de toit et, devant la porte, traînait une brouette abandonnée.

— Derrière la maison, gare-toi l'avant tourné vers la route... Dépêche-toi.

Le chauffeur secoua la gangue brumeuse qui l'envahissait et obéit.

— Ne coupe pas le contact.

Maklo sortit rapidement, grimpa à l'arrière de la voiture et prit l'arme sur ses genoux, il replia soigneusement la couverture qui la dissimulait et baissa les deux vitres latérales. Reiner l'avait certainement repéré. Il allait falloir se battre.

— Une Toyota va passer. Dès que tu la vois, tu démarres et tu t'approches le plus près possible. Ne t'occupe de rien d'autre.

Inconsciemment, le pied de Tohenjo toucha l'accélérateur, l'aiguille du compte-tours bougea. Malgré l'augmentation du régime sonore, il entendit le déclic du levier de sécurité que Maklo était en train de relever lorsqu'il vit le 4×4 arriver droit sur lui.

— Fonce !

Tohenjo passa en prise et écrasa la pédale, les pneus fumèrent et la voiture chassa en crabe, il redressa et fut à quatre-vingt-dix en quelques secondes. Il louvoya au contact du macadam brûlant, rétablit et passa deux vitesses. La poursuite était lancée.

Reiner savait que l'idéal aurait été d'avoir quatre secondes d'avance, le temps de combustion de la fusée dès qu'il aurait arraché la goupille, mais il ne les avait pas. A cent quatre-vingts kilomètres à l'heure, cela représentait cinquante mètres, la Mercedes n'était déjà plus qu'à trente. S'il lâchait la grenade elle exploserait après que la voiture soit passée. La route descendait. D'un coup de poignet il passa la cinquième, le moteur hurla et il gagna cinq mètres sur ses poursuivants. Il enleva la goupille, maintenant la cuillère entre sa paume et le corps du projectile.

Maklo glissa le canon par la portière, mit le fusil en position de tir automatique et lâcha la première rafale qui souleva l'asphalte à trois millimètres de la roue arrière droite et pulvérisa l'anti-brouillard. Agnès enfouit la tête du garçon dans son épaule et serra les dents, maîtrisant la vague de peur qui déferlait en elle.

Sans lâcher la grenade, Reiner braqua à droite, vit jaillir le fossé sur ses roues, contre-braqua et remit la voiture sur la route.

Maklo releva le M16. Le Toyota zigzaguait devant lui. Il cala à nouveau la crosse contre son épaule et prit le pneu gauche dans sa ligne de mire.

L'écart n'était plus que de vingt mètres. Il fallait tenter le tout pour le tout. Un coup à se faire emporter le bras et la tête avec. Reiner laissa pendre la main par la portière et libéra la cuillère qui heurta le pare-chocs et rebondit sur la route. Plus que quatre secondes avant l'explosion.

Tohenjo poussa un cri de guerre et la Mercedes se rua. Moins de cinq mètres. À trois, Reiner ouvrit les doigts, lâcha la grenade et braqua à pleine vitesse à angle droit. Il vit en un éclair, dans le rétro, la bouche du conducteur grande ouverte foncer vers lui. La déflagration souleva la Mercedes. Elle monta à la verticale, pirouetta et se désagrégea en plein ciel, soufflée par la bombe du réservoir. Le Toyota quitta la route en vol plané, franchit un fossé et retomba sur le sol, pulvérisant les amortisseurs. Agnès toucha le plafond, retomba et, par deux fois, le cuir chevelu céda. Elle sentit le sang couler sur son front et s'arrêter aux sourcils. La voiture tourna encore deux fois en toupie et s'immobilisa contre un rocher.

Reiner se retourna.

— Elle saigne...

Ram chercha un linge pour essuyer le sang, Reiner claqua la portière, descendit et aida Agnès à sortir de la voiture. Derrière eux, la fumée noire de l'incendie montait droite. Ce qui devait rester de leurs poursuivants achevait de se carboniser.

— J'arrête, dit Reiner, je laisse tomber. On rentre en France. Qu'ils s'étripent entre eux.

Il croisa le regard de l'enfant.

— Ne fais pas cette tête-là, je t'emmène.

— Mon Dieu, gémit Agnès, je veux pouvoir sentir encore le parfum des roses.

Le sang se coagulait déjà. Les blessures étaient superficielles.

— Celui du steak aussi, précisa-t-elle, avec des frites, de la moutarde et des oignons.

Elle fit quelques pas et sentit ses genoux flageoler. Elle eut l'impression qu'elle n'aurait pas assez du restant de sa vie pour évacuer sa terreur. Les mots sortaient d'eux-mêmes, rassurants, mais le cauchemar était là, pour toujours au creux du ventre. Ne pas penser à ce qui se consumait à quelques mètres d'elle dans l'imbrication chaotique des tôles. Rentrer le plus vite possible, quitter ce monde, cette haine, cette furie... Que cherchaient-ils, quel était le sens de ces massacres ?

Elle se laissa glisser dans la poussière. Ram courait vers la cahute la plus proche pour chercher de l'eau. Reiner la tint contre lui, caressant les cheveux collés. Ils s'en étaient sortis mais il fallait en finir très vite, ils n'auraient pas toujours autant de chance. D'abord gagner Lahore... Là-bas, il aviserait.

10

ZACCHARIE Ferlach renversa la tête et Reiner put voir les deux allers-retours de sa glotte.

— Il n'est rien de plus épouvantable que le whisky indien, dit-il. Le drame est qu'au bout de quinze ans de présence dans ce pays, tous les autres te paraissent pires. Tu as alors le choix : ou sombrer dans la sobriété ou continuer à boire. J'ai choisi la deuxième solution.

L'hôtel était situé sur le Mall. Un établissement de luxe mais il y avait déjà, au hasard des couloirs, des fauteuils, des plafonds, de minuscules fissures... peu de chose, mais le temps laissait sa trace. Des matériaux qui vieillissaient mal, des peintures craquelées. Des tables dont le bois de placage se soulevait, une mort méticuleuse, grignotante. Le trot régulier des chevaux attelés aux tongas surmontait celui des camions et des scooters. Malgré l'heure matinale la chaleur s'était répandue, vorace, dès les premiers rayons.

— Explique-moi tout, dit Ferlach, je vais t'écouter et boire. Ensuite je laisserai tomber quelques conseils pleins de sagacité.

Journaliste, il avait dirigé l'agence France-Presse dans diverses régions de l'Asie du Sud-Est, il était resté longtemps à Delhi, longtemps au Bengladesh, il avait, malgré les partitions et les massacres, réussi le miracle d'être à la fois l'ami d'Ali Bhutto et celui des hommes qui le firent pendre à Rawalpindi en 1977.

— Tu es toujours marchand de tapis ?

— Toujours.

Les doigts de Ferlach claquèrent, le serveur avait déjà rempli un autre verre. Le troisième.

— Je ne te crois pas. Je te connais trop. Qu'es-tu venu faire à Lahore ?

— A moi de poser des questions, dit Reiner. As-tu constaté, depuis quelque temps, une recrudescence de la prostitution enfantine ou adolescente ?

Ferlach haussa les épaules.

— Les filles sont au Shalir Mohalla, le quartier n'a pas changé. Tu peux avoir ce que tu veux dans n'importe quel hôtel... Des mômes tapinent partout. On dirait que c'est ton premier séjour dans le tiers-monde.

— Tu n'as rien constaté de spécial dans ce domaine ?

Ferlach but et grimaça.

— Rien remarqué de spécial. Où tu veux en venir ?

Reiner alluma une Stuyvesant. Ce serait la première de la journée, ce devait donc être la meilleure... Théoriquement.

— Je n'en sais encore rien. Simplement, on cherche à me descendre, et des gens autour de moi, pour une seule et unique raison : un gosse de l'un de mes ateliers a été entraîné dans un bordel. Il s'est enfui, on l'a rattrapé et tué. Je veux savoir pourquoi. Depuis, j'ai l'enfer sur la nuque.

Ferlach croisa les doigts, ses ongles étaient rongés, la peau des doigts d'un rose vif.

— C'est bizarre, reconnut-il, les trafics de mômes restent dans un cadre restreint, il y a des rabatteurs, des types qui encaissent, mais tous les macs sont des petits malfrats sans pouvoir qui cavalent après le touriste dans les bars ou à l'arrivée des cars Pullman.

— Tu n'as pas entendu parler d'une mafia puissante qui contrôlerait...

— Pas dans ce domaine. Le phénomène se produira tôt ou tard et je te parie ma chemise qu'il sera d'abord chinois, mais il n'existe rien de semblable.

Ce n'était que de la fumée, tiède et amère, le goût avait disparu, le plaisir avec. Pourquoi continuait-il ? Tenir entre ses doigts cette fragilité... cette chose si facile à rompre. C'était peut-être cela le secret, le monde était plein de dureté, des aspérités agressaient de toutes parts, violence, déchaînements... Et, au milieu, il y avait au bout des doigts cette halte, ce repos lentement consumé, chaudement tendre... Une joie fugitive, un rempart aux volutes bleues.

Ferlach fixait Reiner. Quelque chose lui échappait. Son estomac pesait sur la ceinture, au fort de la houle un des boutons cédait, libérant la peau comprimée.

— Les seigneurs ne descendent pas dans la rue, dit-il.

Reiner réfléchissait. Par la baie vitrée, il apercevait le dôme de la mosquée de perle, les mausolées de Shahdara de l'autre côté du fleuve aux quais grouillants de cyclo-pousses.

— Il peut se trouver que ce soit nécessaire...

Ferlach gratta sa joue. La barbe crissait sous ses doigts.

— Ne me raconte pas d'histoires : tu es le patron de tout le circuit, tu n'as qu'à laisser venir, à encaisser et arroser. Je voudrais savoir pourquoi tu quittes le donjon pour venir te faire rosser dans l'arène. Tu n'as plus l'âge d'apprécier le danger...

— Je ne l'ai jamais eu.

— En plus, tu embarques une femme avec toi. N'importe lequel de tes lieutenants aurait pu faire ce que tu fais, tu pouvais rester dans ton château de Touraine.

Reiner croisa les jambes et sourit.

— Tu essaies depuis trente ans de ressembler à un vieux colonial écrasé par un destin d'exil. Tu te rases tous les quinze jours, tu portes le même costume froissé des héros de Graham Greene et tu te forces à boire pour noyer un chagrin ou une image que tu as dû te fabriquer pour parfaire le tableau : Zaccharie Ferlach, désespéré professionnel, homme de cafard. Est-ce que tu sais pourquoi ?

Ferlach eut un rire en trille d'oiseau. C'était étrange dans ce corps d'ivrogne aux yeux lourds, cette flûte soudaine, légère et matinale.

— Va te faire foutre, dit-il, tu ne sais rien de mon passé.

— Tu n'en as jamais eu, dit Reiner, une succession de jours identiques, tu n'aimes pas les femmes et tes amants n'ont pas compté.

Ferlach opina.

— Tes fiches sont plus complètes que ce que je supposais.

— La seule raison pour laquelle tu joues à ce jeu puéril qui consiste à te donner une apparence c'est que, sans elle, tu n'es rien : il n'y a personne derrière le masque.

— Jamais de philosophie avant la fin du dixième verre, dit Ferlach, tu es parti en guerre et tu ne me diras jamais pourquoi. Je souhaite simplement que ça vaille le coup.

Il y avait une amitié entre eux… réelle. Ils s'étaient toujours vus dans des endroits semblables à celui-ci. Des musiques passaient, étouffées par les lambris des bars anglais, des tintements de glaçons. Des garçons en smokings avachis fixaient le vide, regrettant les fastes de l'Empire.

— Tu peux me rendre un service, dit Reiner. Si quelque chose m'arrive, mène l'enquête : il y a quelque chose à Malakali, si tu le découvres et que le morceau soit trop gros pour ton canard, quitte le Pakistan et balance ton article à Londres, Rome ou Paris.

Ferlach acheva son verre. Le pantalon trop court laissait voir les chaussettes tirebouchonnées.

— Il ne t'arrivera rien, tu es invincible.

— Je préférerais être immortel.

Ils se tournèrent ensemble vers la baie. La vitre coupait le bruit mais l'oreille de Ferlach était si habituée qu'il lui sembla percevoir le brouhaha du marché, les cris d'appel des marchands de fleurs tressées en interminables guirlandes que l'on offrait dans les sanctuaires.

— La ville de Kipling, dit Reiner. On dit qu'il y fut malheureux, très malheureux et très anglais comme tous ceux que l'espace déchire. Il a aimé l'Inde, la sienne, celle des parades de régiments de lanciers et des chasses aux tigres...

— Saoulons-nous, dit Ferlach, la journée est jeune encore, ne la voyons pas vieillir.

— Je ne bois plus, dit Reiner.

— Alors nos chemins se séparent.

Reiner se leva et saisit la main tiède du journaliste, si molle que, sous la chair, les os semblaient avoir fondu.

— Protège-toi, dit Ferlach. Au fait, il est possible que cette rencontre soit notre dernière, j'avais oublié de te le dire mais il semblerait, aux dernières nouvelles, que mon foie soit attaqué par ces proliférantes et dynamiques petites cellules malicieuses dont la réputation n'est plus à faire.

Ils se regardèrent. En fin de compte, la mort n'était pas un racontar.

En sortant, Reiner s'arrêta au bar, désigna une bouteille de whisky indien sur l'étagère de verre et paya en dollars. Le garçon voulut l'emballer. Reiner l'arrêta et montra Ferlach.

— Apportez-lui. Vous lui direz que c'est de la part de Rudyard Kipling.

Il sortit.

Dehors, les rayons du soleil massacraient la ville.

Ses ongles griffèrent la cloison. Il emprisonna les poignets réunis dans une seule de ses mains et lécha la sueur qui coulait entre les omoplates, le sel se mêla au parfum de la nuit et il attendit la montée du désir... C'était l'instant d'impatience, une attente douloureuse qui la fit haleter. Lorsqu'il la pénétra, il lui sembla entrer dans une eau douce, un étang d'enfance. Il ralentit encore l'insupportable lenteur et elle se tendit, cherchant à forcer le sexe au plus profond. Il résista et ses reins se creusèrent, trouvant le rythme de toujours, celui qui les lançait au sein de toutes les lumières.

Elle gémit et il la retourna sans la quitter. Les mains devenues libres agrippèrent les épaules de Reiner. Une barque que le flux et le reflux collaient au rivage de plus en plus proche, de plus en plus lointain. Elle se souleva, cherchant sa bouche dans le noir, et il eut l'impression de mordre dans un sanglot. Il y avait une douleur quelque part. Une douleur ou un plaisir, les deux mêlés... Il était au fond d'une mer épaisse et silencieuse, il donna un coup de talon et monta, s'étonnant de pouvoir respirer... C'était agréable et rapide, des bulles plus nombreuses, c'était transparent à présent et d'un coup il creva la surface et s'assit.

C'était derrière le mur, la voix d'Agnès. Ram repoussa les draps, sauta sur le parquet et s'accroupit, l'oreille collée à la cloison. Il perçut un chuchotement inarticulé, une montée rapide et sourit. Il connaissait cela, il savait ce qu'ils faisaient en cet instant. Ils avaient eux aussi leur nuit de crème de lune. Il se rappela la douceur de Sawendi, les écheveaux de laine balancés à contre-étoiles. Elle était bien, très bien, gentille, et puis elle savait rire. Les Blanches riaient peut-être plus que les Indiennes, peut-être était-ce ainsi que Dieu avait décidé et puis elle n'avait pas eu peur lorsqu'il y avait eu la poursuite et l'explosion, elle n'avait pas crié, pas pleuré. Aussi courageuse que moi. Très bien. Et en ce moment, fritt-fritt…

La récompense.

Quand ils se regardent, ça rissole comme un fond de poêle… Ils doivent faire souvent ce qu'ils sont en train de faire, cette fois ça m'a réveillé mais peut-être qu'ils ont commencé bien avant. Quand je serai grand je le ferai tout le temps, je trouverai la fille exactement pour ça et en avant. Evidemment, il faut bien choisir parce que si on tombe sur une que ça ennuie alors on s'ennuie aussi, enfin je suppose. Rien que de les entendre ça me donne envie. Pourtant je ne les vois pas. Qu'est-ce que ça serait. Ils ont peut-être laissé la porte ouverte ou alors par le trou de la serrure… Il se releva, traversa la chambre sur la pointe de ses pieds nus et, avec précaution, tourna la poignée de la porte. Dans le couloir, les étagères de verres brillaient faiblement. Il devina l'enfilade des poteries anciennes. Des colliers de pierres translucides émettaient une lumière de lait. Il se colla à la cloison et avança vers la porte de la chambre voisine. Il crut, un quart de seconde, qu'il y avait un sac placé devant. Le sac bougea et se transforma en homme, tapi sur le seuil, une masse d'ombre.

Sans hésiter, Ram ouvrit la bouche et poussa le plus bel hurlement dont il était capable.

Reiner arracha le VP70 de sous l'oreiller et, entraînant Agnès soudée à lui, roula deux fois et atterrit sur la natte qui étouffa leur chute. Il se dégagea du drap entortillé à sa cuisse et arma l'automatique.

— Coule-toi sous le lit.

Elle rampa sur le plancher.

— Attention au petit, souffla-t-elle, ne tire pas !

Il traversa la pièce en deux bonds et, évitant l'axe de la porte, se colla au mur. Il recula, prit son élan et leva le pied pour shooter dans la serrure.

— Arrêtez, dit une voix, c'est Spiridon.

Lorsque la porte s'ouvrit, la silhouette de l'anthropologue se découpait dans le couloir. Malgré la prestance majestueuse du savant, il y avait en elle quelque chose de piteux.

C'est Agnès qui les avait emmenés dans la maison de l'anthropologue. A Mughalpura, les salles regorgeaient de poteries antiques et il avait installé, par crainte des voleurs, un système de blindage et d'alarme.

— Il écoutait à la porte, accusa Ram, je l'ai vu, il était à genoux.

Reiner soupira, son pouce abaissa la sécurité, il enfila un peignoir et fixa Ram.

— Et toi ? Qu'est-ce que tu faisais là ?

Agnès apparut, drapée dans un sari. Spiridon en possédait des armoires entières.

— Je me promenais, dit Ram.

— Deux mots d'explication, dit Spiridon, je suis diplômé d'un assez grand nombre d'universités et membre de plusieurs sociétés savantes, je dois même exercer la présidence de certaines... J'ai fait paraître une centaine d'études et écrit deux ouvrages qui font autorité sur l'art de la statuaire dans les monastères bouddhiques du Dharmarajikor, mais il est une chose que peu de gens savent, c'est que, sans risque d'erreur, on peut me considérer comme un grave obsédé sexuel.

— Moi aussi, dit Ram.

Agnès se mit à rire.

— N'éclairons pas, dit Reiner, entrez et continuons la confession.

Il se méfiait. Le quartier était résidentiel et les allées désertes mais il était inutile de signaler sa présence par une lumière.

Spiridon s'assit lourdement sur le tapis.

— Je n'ai pas résisté, dit-il. Alerté par des murmures révélateurs de volupté, mes sens m'ont conduit à me retrouver dans la pitoyable position de l'homme indiscret, indiscret de l'indiscrétion la plus absolue puisqu'elle est la contemplation de l'accomplissement le plus intime qui soit, celui de la fusion d'êtres qui...

— Tout est de ma faute, coupa Agnès, j'aurais dû être plus discrète, voilà tout... Pour le reste, je comprends très bien.

Elle apercevait, dans l'incomplète obscurité, les deux formes devant elle : celle de l'anthropologue et celle de Ram. L'un avait dépassé le deuxième versant de sa vie, l'autre entamait à peine le premier, et c'était pourtant la même force qui les avait amenés l'un et l'autre contre cette porte ; il y avait là quelque chose de ridicule et d'attendrissant. Un lien unissait le vieillard et l'enfant et, ce lien, c'étaient Reiner et elle qui l'avaient fait naître. La musique du plaisir.

— Je ne me le pardonne pas, dit Spiridon. Vous êtes sous mon toit et je vous ai espionnés. Je suis surpris moi-même de la force de mon érotomanie. En plus, je n'ai rien vu. Simplement entendu.

Reiner sentit dans la voix de leur hôte une peine réelle. Il fixa Ram.

— Toi, tu files dans ton lit et tu dors, nous partons à l'aube.

— Déjà ? gémit Spiridon. Je croyais que vous restiez pour les fêtes du Mohassam, de grandes manifestations sont prévues.

— C'est impossible, dit Reiner, nous prenons la route des montagnes...

— Bien des routes y mènent.

Reiner eut un geste vague.

— Tourisme, dit-il, les contreforts de l'Himalaya...

Il n'était pas utile de le renseigner. C'était un vieux principe : moins on connaissait le but de votre voyage, plus vous risquiez de l'atteindre.

— Faites attention, dit Spiridon. Il y a des camps, par là.

Avec effort, il souleva son grand corps et se dandina sur place, mal à l'aise dans cette chambre où il n'aimait pas à se trouver.

— J'ai voulu faire des fouilles il y a quelques mois. Une petite équipe, nous étions là en avant-garde, en quelque sorte... Dans le fond d'un torrent, des chameliers auraient trouvé des pétroglyphes, d'après leur description d'origine bouddhique, nous sommes partis en reconnaissance mais nous n'avons pas pu passer...

Reiner l'interrompit.

— Pourquoi ?

— Des hommes en armes nous en ont empêchés. Ils ne plaisantaient pas, le chauffeur a eu peur, nous sommes repartis. Il nous a expliqué que c'étaient des sentinelles qui gardaient les passages dans les montagnes.

— Est-ce que le nom de Malakali vous dit quelque chose ?

Au mouvement des épaules, Reiner devina la surprise chez le Grec.

— L'incident dont je vous parlais ne se déroulait pas très loin...

C'était cela. Peut-être. Tout bêtement.

Il existait, dans les déserts du Nord, des camps de formation de combattants islamistes, l'héritage de l'Afghanistan... Le Pakistan avait pris la relève, un réseau s'était constitué, des hommes venaient de partout à travers l'Europe, Berlin était la plaque tournante. Une formation sévère leur était fournie, un entraînement de quelques mois, parfois de quelques années, les transformait en combattants de Dieu, en terroristes... Lorsqu'ils étaient au point, ils repartaient vers Alger, Le Caire ou les grandes cités d'Occident. La plupart des chefs des groupes armés étaient passés par là.

Pourtant quelque chose ne collait pas. Ceux qui venaient étaient des volontaires, pourquoi auraient-ils été chercher un adolescent ? Pourquoi Sawendi ? Et s'ils avaient eu besoin de lui pour une raison précise ? Mais laquelle ?

Spiridon s'inclina devant Agnès, se confondit à nouveau en excuses et disparut. Ram s'apprêtait à le suivre lorsque Reiner l'arrêta.

— Reste assis. Je voudrais te poser quelques questions sur ton copain.

— Sawendi ?

— Oui, Sawendi.

Il se leva, vérifia que les rideaux étaient parfaitement tirés et éclaira une veilleuse.

Les yeux de l'enfant papillotèrent.

— Etait-il croyant ?

— Pas trop.

— Comme toi ?

— Comme moi.

— Pas plus ?

— Non.

— Que faisaient ses parents ?

— Son père était berger.

Agnès se pencha par-dessus l'épaule de son amant.

— Que cherches-tu ?

— Je ne sais pas... Je cherche ce que je devrais chercher. Il ne t'a jamais parlé de guerre sainte, de domination de l'islam ?

Ram rit.

— Jamais.

— Il ne t'a jamais dit qu'il était inquiet, qu'il avait peur de quelqu'un ou de quelque chose ?

— Sawendi était gai. Il riait tout le temps, même quand Jannih lui faisait des farces.

Ils avaient dû être amis, tous les deux. Cela se sentait à la façon dont Ram en parlait.

— Il n'avait pas peur, j'en suis sûr. Il ne faisait rien de mal. Quelquefois il me disait qu'il reviendrait me chercher lorsque le travail serait fini pour moi. On monterait une affaire, on gagnerait de l'argent... Mais voilà, c'est terminé maintenant.

Quelque chose se dessinait, flottant, indécis... Une silhouette floue, informe, mais elle existait derrière les manteaux successifs de pluies et de brouillards. Cela lui venait d'un souvenir, d'une absence. Dans la cale du *Chandra*, lorsqu'il avait trouvé le corps entre les tapis amoncelés... la danse des lumières sur les parois de minium au tangage rouge, et soudain la tête avait roulé... Il s'en souvenait parfaitement à présent.

Ram et moi — les seuls.

— Qu'est-ce que tu as découvert ?

Il regarda la jeune femme.

— Peu de choses. Sinon une : nous sommes les seuls, Ram et moi, à avoir vu la tête décapitée de Sawendi.

Ram secoua la tête.

— Il y a eu aussi Jannih, Rune, Ballu et les policiers.

— Réfléchis bien, dit Reiner, les policiers n'ont pas fait attention, Jannih et Rune n'ont pas dû s'approcher très près, Ballu encore moins... Moi je l'ai regardé mais il y a une énorme différence entre nous deux, Ram. Moi, je n'ai pas connu Sawendi vivant.

— Qu'est-ce que tu veux dire ?

— Que tu es le seul à pouvoir répondre à cette question : était-ce bien sa tête ?

Ram avala sa salive et les mains sombres se mirent à trembler sur les genoux nus.

— Prends ton temps pour répondre, dit Reiner, ferme les yeux, respire à fond, repasse-toi les images et ne réponds que si tu es sûr.

Il se leva. Il y avait un bar, encastré dans la cloison, la lueur diffuse des bouteilles. Il décapsula du pouce la bouteille de scotch et se versa un demi-verre d'ambre liquide. La gorgée le brûla. Il n'avait pas bu depuis longtemps.

Ram avait posé les doigts sur ses paupières.

Il y avait de la terre mêlée à du sang séché sur tout un côté du visage. Et c'est vrai qu'il n'avait pas regardé de près parce qu'on ne regarde pas bien ce que l'on ne voudrait pas voir. Les dents aussi, les dents brisées avaient changé son visage et rien n'était plus mort que cet œil fixe, presque sorti de l'orbite. Allah tournait la tête à cet instant et les démons avaient sorti les poignards… mais les lèvres, Ram, les lèvres, tu ne pouvais pas les avoir oubliées, rappelle-toi leurs courbes, leur tension, l'arc du sourire sur l'émail…

Agnès entoura de son bras les épaules de l'enfant.

— Ne pleure pas…

Elle le berçait à présent. Pourquoi l'avaient-ils massacré ainsi ? Qui étaient ces fauves ? Il n'avait pas pleuré jusqu'à présent, pas vraiment, il avait fallu que viennent ce bras de femme, ce parfum, ce corps qui avait vibré et tout craquait, toutes les digues, toutes les murailles.

Reiner se retourna. Ils ne formaient plus qu'une silhouette à l'autre bout de la chambre, les deux têtes jointes oscillaient doucement, synchroniques.

— Alors ? demanda-t-il.

Ram maîtrisa un hoquet.

— Je ne sais pas, dit-il, je crois que c'était lui mais je ne suis pas sûr…

Reiner hocha la tête. Il remplit à nouveau le verre et le tendit à Agnès.

— Je vais te demander un service, dit-il.

Elle but et frissonna.

— Lequel ?

— Tu vas reprendre tes crayons.

Il regarda sa montre. L'aube ne tarderait plus. Sur la Ravi, la rivière qui traversait la ville, le soleil inonderait d'abord les balcons de marbre et les coupoles des minarets. Dans les jardins encore gris des fumées nocturnes, les singes tapis dans les pierres des temples reprendraient bientôt leurs jacassements qui dureraient tout le jour.

— A vous deux, dit-il, vous allez dessiner le visage de Sawendi.

11

La main du géant.

Elle barrait la route, toutes les routes... Les doigts de glace se dressaient. La légende voulait que jamais on n'ait pu les compter tous. Toujours l'un d'entre eux se perdait dans les nuages. Des fosses de l'Hindu-kush jusqu'aux pics de Karakoram s'élevaient les pays de pierre nue... Ceux des sentiers de vertige, des crevasses, des à-pics ouvrant sur des vallées soudaines où dormaient les lacs et les torrents, des cols taillés dans des flancs verticaux débouchant sur d'autres massifs enchevêtrés, la piste tournait. Très haut au-dessus de leur tête la muraille grimpait, verticale.

Reiner roula encore une trentaine de mètres dans les éboulis et s'arrêta. Il remua les muscles de son dos endolori et se tourna vers Agnès.

Elle s'était endormie, la nuque sur l'appui-tête. Il pouvait voir son profil sur fond de neige. Tout là-bas, on apercevait les premiers contreforts des plus hauts glaciers du monde. Ram, roulé dans sa parka, sommeillait à l'arrière.

Le silence.

Il était absolu, le monde s'était vidé de tous ses

bruits. Aucun son n'avait eu la force de grimper jusqu'à ces hautes contrées.

Au coin de la narine de la jeune femme une goutte sombre gonfla, trembla et coula à regret. Lorsqu'elle parvint sur le rebord de la lèvre, Agnès s'éveilla et, du dos de la main, effaça la trace sanglante qu'elle contempla quelques secondes avant de se tourner, interrogative, vers Reiner.

— L'altitude, dit-il, ce n'est rien. J'ai ce qu'il faut.

Il ouvra la boîte à gants et prit une plaquette métallisée dont il découpa un carré.

— Avale ça et tu seras prête à escalader le Nanga Parbat.

— Mon cœur bat au ralenti, dit-elle, j'ai l'impression que je me suis transformée en sac de coton.

Ils se trouvaient à quatre mille mètres. Dans une heure, ils auraient franchi la passe et retrouveraient les herbages des vallées.

Il alluma une cigarette et descendit du véhicule. Le sol bougea légèrement sous ses pieds. Cela se produisait toujours lorsque l'on montait à ces hauteurs, le corps s'adaptait lentement. Il s'approcha du haut de la falaise et contempla, au-dessus de sa tête, l'immobile nuée des mâchoires de givre.

Un malstrom figé, solidifié en pleine tempête, où vivaient encore d'étranges tribus. Ici, dans les replis des montagnes, étaient nés des royaumes. Leur histoire cernée par les barrières des plus hauts sommets du monde était restée inconnue. Des cordes lancées au-dessus des abîmes servaient de ponts, là s'étaient heurtées des peuplades dans des guerres continuelles. Les hommes de ces régions parlaient des langues inconnues. On disait que certains royaumes s'étaient formés à partir des déserteurs d'armées anciennes qui s'étaient installés là, sous le rebord du monde où personne ne pourrait les chercher. C'était le domaine des pillards, les caravanes en partance pour le Turkestan traversaient dans la terreur ces lieux infernaux où aucune herbe n'avait jamais poussé. Quelques livres relataient les changements de dynasties, les affrontements entre les hordes venues de Chine et les adorateurs de dieux anthropomorphes. Malgré les siècles, le nom des empereurs d'autrefois circulait. Ils avaient construit sur les pentes des citadelles imprenables et vivaient de razzias et de trafics d'esclaves, ils étaient les seigneurs du froid et de la glace.

Agnès chancela jusqu'à lui.

— Il faut monter encore?

— Nous sommes presque arrivés.

Ils montaient depuis six heures, avaient parcouru cent trente kilomètres et n'avaient pas rencontré âme qui vive. Quelquefois ils avaient aperçu des carcasses de mouflons suspendues au-dessus des précipices. Malgré l'épaisseur du vêtement, elle frissonna et il la prit contre lui. Le soleil était vif mais il estima la température à moins dix degrés centigrades.

— Je n'aurais jamais dû t'entraîner ici.

Elle se pelotonna.

— Je savais que ce ne serait pas de tout repos.

Le ciel était vide, même les aigles ne volaient pas si haut.

— D'ailleurs, regarde, je ne te sers à rien, je meurs de trouille, je saigne du nez, Ram est plus costaud que moi.

— Exact. Tu as le portrait sur toi?

Elle plongea la main dans son anorak et sortit une feuille pliée en quatre.

— Tu l'as déjà regardé cent fois.

Il fixa le dessin. Ram et elle avaient travaillé longtemps dessus, la nuit dernière, le gosse avait été très appliqué, très minutieux, il avait fait rectifier à maintes reprises les sourcils, l'épaisseur du nez...

C'était un visage d'adolescent, sans rien d'exceptionnel. Quelque chose de féminin dans les yeux étirés vers les tempes. Où était le secret? Etait-il même sûr qu'il y en eût un?

Il y eut un bruit de pierres derrière eux et ils se retournèrent ensemble. Ram se tenait devant la voiture. Entre le rebord du bonnet et le col de fourrure, on n'apercevait que les yeux et une mèche bouclée.

— C'est blanc, constata-t-il.

— La neige, dit Agnès, ça tombe du ciel.

— Comme la pluie?

Il n'en avait jamais vu.

— J'ai mal à la tête, dit-il.

— C'est parce que nous sommes très haut, nous allons redescendre et ça va se passer.

Elle revint au 4×4 et sortit des bagages une bouteille Thermos. Ram but le thé encore chaud.

— Ecoutez, dit Reiner, ne bougez plus.

C'était, très lointain au-dessus deux, un grondement dans une des combes. L'écho brouillait la direction, le son se répercutait d'une faille à l'autre, rebondissant le long des parois. Ils s'étaient immobilisés. Agnès frissonna et attira l'enfant contre elle.

— Qu'est-ce que c'est?

Reiner laissa les derniers sons s'éteindre, lentement, comme une tempête s'éloigne. Le calme s'installa à nouveau.

— Un éboulement, dit-il, cela doit se produire avec le gel : les pierres éclatent et dévalent dans les moraines.

Ram regarda en bas dans la gorge l'amoncellement des rochers titanesques.

— Tu crois que ceux-là ont dégringolé aussi?

— Possible, dit Reiner.

— La montagne bouge?

— Parfois.

— Foutons le camp.

Agnès rit.

La voix de la sagesse.

Ils entrèrent dans l'habitacle et s'ébrouèrent, chassant le froid. La peau de leurs visages semblait s'être resserrée autour des os.

Reiner mit le contact. Il y eut un hululement bref et suraigu qui retomba. Agnès et Ram échangèrent un regard.

— Une simple question, dit-elle. Supposons que la batterie de cette voiture soit à plat ou que, pour une raison quelconque, elle n'arrive plus à démarrer, que se passerait-il ?

Reiner retira la clef.

— Dans moins d'une heure la nuit va tomber, dit-il, et la température avec elle. Deux hypothèses se présentent : si nous restons dans la voiture, nous mourons de froid. Si nous essayons de marcher, nous mourons de froid. A votre avis, qu'est-ce qu'il faut faire ?

— Mettre la voiture en marche, dit Ram.

— Exact. C'est donc ce que nous allons faire.

Reiner approcha la clef de la bouche d'Agnès.

— Embrasse-la.

— Sérieusement ?

— Sérieusement.

Le métal était glacé contre sa bouche. Le baiser claqua.

— Parfait.

Il introduisit la clef à nouveau et effectua un quart de tour. Il y eut un crachotement rapide et le moteur vrombit.

Ram amorça une cabriole sur le siège arrière mais ses bottes étaient trop lourdes.

— Cette clef est particulière, dit Reiner, elle ne peut pas résister à une femme.

Il engagea la vitesse et le Toyota démarra en cahotant sur les pierres. Agnès ferma les yeux.

— Il suffisait de le savoir, murmura-t-elle.

Il existait une autre route, plus facile, mais il avait choisi cette piste que les camions n'empruntaient plus et qui avait disparu des cartes récentes. Spiridon, lui, la connaissait et avait affirmé la veille qu'elle était encore praticable, il l'avait suivie au cours d'une expédition qui datait de trois ans. En fait, dans ce désert de pierre et de glace, les voyageurs avaient au cours des siècles créé un véritable réseau de passages qui se coupaient entre eux, du Baltistan jusqu'aux crêtes du Hunza. Des suites de vertiges qui communiquaient entre eux serpentaient, c'étaient les chemins de contrebande, des défilés où les troupes d'envahisseurs moghols cheminaient vers les vallées fertiles, les troupeaux en route vers les alpages y passaient en longues transhumances.

— Regardez !

Le doigt ganté de Ram montrait la pente droit devant eux.

Sur le versant d'ardoise de la montagne un point noir descendait, soulevant une fumée de poussière presque indiscernable.

— Un yak, dit Reiner, il descend vers les herbages.

La lumière baissait très vite. Ils étaient au fond d'une marmite sur laquelle se formait un couvercle de plus en plus épais. Autour d'eux la roche avait pris la couleur du bronze. Bientôt il faudrait allumer les phares et, dans le jeu des ombres et des lumières, surgiraient trop de menaces, il faudrait ralentir encore. Reiner ressentait une douleur sourde dans les muscles de ses avant-bras. Malgré les ceintures qui les maintenaient au siège, tous les trois dansaient, les yeux fixés devant eux. Les mains d'Agnès se cramponnaient au tableau de bord.

Le vide.

Il pila au ras du sommet. Sous eux, le ravin descendait, une chute droite comme un fil à plomb. Devant eux, si proche qu'ils eurent l'impression qu'ils pouvaient le toucher de la main, de l'autre côté de la gorge s'élevait un glacier vertical. Un diamant brut, une mer blanche, dressée.

— Il touche le ciel, murmura Ram.

— Le Batura, dit Reiner. Huit mille mètres.

Il descendit.

Le chemin tournait à angle droit. Reiner s'accroupit et évalua la distance. En braquant à fond après une marche arrière de vingt centimètres, il ne devrait pas avoir plus de la moitié des roues avant et arrière droites dans le vide.

— OK, dit-il, vous descendez et on entasse les sacs sur la gauche. Il faut la déséquilibrer.

Ils se mirent au travail et sanglèrent tout le matériel sur le toit et dans le coffre, laissant vide la moitié de la voiture.

— J'ai le sens des phrases idiotes, dit Agnès, je ne résiste donc pas à l'envie de te dire de faire attention.

Il ouvrit la portière et s'installa au volant. Il avait laissé le moteur tourner et enclencha la marche arrière. Sans se servir de l'accélérateur, il sentit la voiture bouger doucement. Il se pencha. Les pare-chocs arrière étaient dans le vide. Il repassa au point mort et braqua au maximum. Agnès sentit son estomac se mouvoir, un animal au fond de son ventre s'éveillait… un mouvement de bête aux aguets dans des herbes hautes.

— Il va y arriver, dit Ram.

Reiner passa la première et embraya. Le véhicule s'ébranla, millimètre par millimètre les roues tournèrent. Agnès vit la voiture osciller. La roue avant quitta inexorablement la route. Elle hurla :

— Saute !

Le rétroviseur éclata contre la muraille et il sentit les tôles s'enfoncer sur tout le côté droit.

Il força encore, enfonçant l'accélérateur.

Un fragment de rocher céda sous le poids et la roue droite se détacha sur le fond du glacier, elle ne touchait plus la route. Il n'avançait plus. La poignée de la portière se tordait.

Ne pas caler, surtout ne pas caler.

Ram s'écroula à genoux.

— Il va passer, sanglota-t-il.

Reiner sentit le moteur s'affoler et joua le tout pour le tout, il tourna le volant droit sur l'abîme, dégageant la voiture du mur qui la coinçait.

L'avant libéré fonça dans le vide, se rabattit et le pneu, après une fraction de seconde d'équilibre, écrasa à nouveau la caillasse.

Le Toyota s'immobilisa dans un bruit de ferraille martyrisée. Le tournant était franchi.

Agnès monta lentement. Ses larmes coulaient sans trêve.

Devant eux, à travers le pare-brise, ils restèrent quelques minutes, immobiles, à regarder mourir la lumière sur le miroir des glaces qui fermait les chemins du ciel. L'enfant était assis sur la route à quelques pas de la calandre. Ils le virent sourire.

— Je l'avais dit : tu es passé.

Reiner ne répondit pas. A une trentaine de mètres se dressait le tronc d'un sapin aux branches rousses. C'était le premier arbre. Il annonçait la vallée.

Au centre de la terrasse de granit brûlait un feu de branches de genévriers.

En dessous, retentissaient les tambours et les flûtes, une mélopée qui s'étirait et devait tout envahir en bas du promontoire où s'élevaient le fort, le village et les champs.

Agnès tendit ses mains nues vers les flammes mauves. L'odeur du bois était âcre et parfumée, celle que, certains jours de l'année, respiraient les shamans jusqu'à en perdre conscience. Leur esprit pouvait alors entrer en contact avec les dieux des montagnes qui errent sans trêve, peuplant de leurs plaintes les pics déchiquetés du Karakoram.

A demi en ruines, le village coulait par une succession de ruelles et d'escaliers le long du nid d'aigle qui dominait les terres cultivées.

Derrière eux, éclairée par les lueurs du foyer, s'ouvrait l'ancienne salle du trône qui leur servirait de chambre pour la nuit, des piliers soutenaient un plafond en bois recouvert de fresques à demi effacées... Au centre, enfermé dans un cercle, un bouddha veillait, les mains jointes. Le visage avait disparu. Les siècles étaient passés et il ne resterait bientôt plus rien des peintures qui avaient dû recouvrir les murs du palais de Baltaram. Cinq cents ans auparavant, les féodaux de la vallée avaient fait venir des artistes tibétains qui avaient construit la citadelle.

A terre, dans les écuelles brûlantes qui leur avaient été apportées, fumait un ragoût de yak. La viande, mélangée à la purée d'amande, était cuite dans le sang de la bête.

— Nous sommes dans le pays où les gens sont les plus vieux du monde, dit Reiner, cette nourriture doit y être pour quelque chose.

Agnès but à même la jarre de lait fermenté. Les lents tambours continuaient inlassablement, un rythme incessant, un martèlement entraînant à l'hypnose.

— Ils jouent toujours ainsi ?

— Quand il y a des voyageurs. Même ici, le tourisme est arrivé...

Une ombre se profila, une femme apportait une brassée pour entretenir le feu. Elle portait le manteau de laine brodé et la coiffe ornée de pièces d'argent de la vallée de Hunza. Lorsqu'elle passa devant eux, les pans de sa robe s'écartèrent et ils virent ses pieds.

— Reebok, dit Agnès, on n'échappe pas au progrès.

Reiner se pencha vers Ram qui piquait du nez au-dessus de son bol.

— Il faut aller dormir.

L'enfant se secoua, voulut protester mais ses paupières retombèrent. Sa main droite s'ouvrit et la cuillère en bois glissa de ses mains.

Reiner le souleva, l'installa sur la natte et le recouvrit de fourrures de chèvre. Les flammes découpèrent son profil.

— Il tient sacrément bien le coup, murmura Agnès.

— Tu vas avoir besoin de le tenir également, dit Reiner. Demain nous serons à Malakali et nous passerons par la montagne. Nous laissons la voiture ici.

— Tu connais le chemin ?

— Les gens du village le connaissent. Les guides ne manqueront pas.

Il avait réfléchi. En prenant la route de la vallée qui contournait le massif, il y avait deux jours de voyage et le terrain était propice aux embuscades. Si on avait décidé de les arrêter, ce serait là, au détour d'un défilé. Personne ne supposerait qu'ils prendraient le chemin de l'escalade.

— Il faudra s'encorder, éviter les crevasses, mais à cette époque de l'année les ponts de neige doivent tenir.

— Ecoute...

Le silence. Les tambours venaient de s'arrêter.

En bas, très en dessous, un rire de femme monta du village. La nuit était claire et ils pouvaient discerner les toits. Sur les balcons de bois séchait le maïs des dernières récoltes. Il y eut un jappement plaintif de chien et tout se tut.

Les neiges qui les cernaient réverbéraient la lumière de la lune... un gigantesque papier d'argent froissé, jeté par la main négligente des dieux.

Elle se leva et alla s'accouder au parapet de pierre noire. Au centre de la vallée, au milieu de la mosaïque des champs, on devinait le fil de soie d'une rivière. Des cahutes disséminées montaient des fumées.

— Je suis heureuse d'être ici avec toi.

Avec une branche à demi consumée, il tisonna les flammes.

« Un secret dans les montagnes », ce pouvait être un mauvais titre de roman. Peut-être, en lui, une vérité monstrueuse l'avait-elle entraîné... Comme s'il avait toujours su que lui, et lui seul, pouvait découvrir la clef de l'énigme. Il était aux yeux du monde un homme d'affaires. Sept ans... sept ans à tisser la toile. C'était en janvier 1994 qu'il avait été contacté pour la première fois, par un groupe tout-puissant qui ne portait pas de nom... Le messager était Ostrej Barnes, il l'avait rencontré à Hambourg. La tâche proposée était limpide : infiltrer le monde de ceux pour qui la fortune résidait dans l'exploitation des enfants. Devenir un rouage, le plus important. Cela, il y était arrivé. Ils avaient des agents partout, qui accomplissaient la même tâche, dans tous les endroits où régnait l'esclavage : les pays du Golfe, l'Amérique centrale, des Etats entiers d'Amérique latine, les Indes, le Népal. Le Pakistan lui avait été échu. On lui avait offert des capitaux de départ, quelques contacts qu'il avait refusés. C'était toujours dangereux, dans ce genre d'opération. Il avait démarré seul et réussi. La dernière entrevue avait eu lieu à Singapour. Il avait reçu l'ordre de continuer son travail de taupe mais, bientôt, sa tâche serait différente : il devrait anéantir de l'intérieur l'organisation qu'il aurait lui-même fondée. Le groupe ne faisait aucune confiance aux gouvernements souvent changeants des pays concernés, il savait que la dénonciation de ses pratiques, même relancées par les médias, ne servait à rien, créait un phénomène d'indignation passager, insuffisant pour éradiquer le mal…

Il fallait agir en sourdine, anonymement, seule l'explosion interne du système serait efficace et ce serait à lui, un jour, d'allumer la mèche… Mais, pour l'instant, il s'était embarqué sur la piste du meurtre de Sawendi parce qu'il avait senti, depuis le début, qu'il serait un détonateur.

— A quoi penses-tu ?

Il vint la rejoindre.

— Tu as le nez froid, dit-il, je déteste les femmes au nez froid.

Un chien hurlait dans une étable, Agnès se sentit engourdie. Le sommeil ne parvenait pas à la prendre… Des escaliers de bois s'enfonçaient dans l'ombre. Il y avait des greniers, d'autres pièces taillées dans le roc.

— Personne ne peut venir nous chercher ici.

C'était ce dont il n'était pas entièrement sûr. Le bruit des tambours et des flûtes sacrés avait averti de la présence des voyageurs. C'était la coutume des équipes venant pour le trekking, on honorait toujours leur présence par ces musiques, plus personne dans la vallée n'ignorait à présent que des voyageurs étaient arrivés au fort à la nuit tombée.

Il descendit par une échelle de bois à l'étage inférieur, la pièce était immense mais basse de plafond, même en se courbant il l'effleurait.

Dans un angle, sur des kilims et des peaux de mouflons, se tenaient quatre hommes autour d'un feu brûlant dans un cercle de pierres. Contre le mur ils avaient repoussé les tambours circulaires. Il salua à l'indienne et s'assit parmi eux. L'un d'eux s'adressa à lui en burushaski. C'était une langue étrange, des études avaient été entreprises par des linguistes mais personne n'avait pu en trouver l'origine, elle s'était formée sans influences, sans emprunts extérieurs, personne en dehors des montagnards ne la parlait. Reiner tenta l'ourdou mais l'homme le plus âgé répondit dans un mélange d'anglais et de dialecte afghan. A la lueur des flammes Reiner remarqua ses yeux d'un bleu marin. Les habitants de ces régions venaient des montagnes de la Perse et, malgré la danse intermittente des flammèches, il put voir la peau tannée mais blanche de ses interlocuteurs.

— Je voudrais un guide pour demain. Je dois rejoindre Malakali.

— Par la montagne ?

— Oui. Avec la femme et l'enfant.

L'homme baissa la tête vers les flammes, l'arête du nez était si fine dans le visage émacié qu'il eut l'impression d'une lame courbe de poignard.

— Il y a des corniches de neige, dans la passe.

Reiner sortit le paquet de cigarettes et le leur tendit. L'un d'eux fumait le *hugga.* L'embase de caoutchouc avait été taillée dans un pneu de camion.

Il le savait, les tractations seraient longues. Ces hommes avaient trouvé une deuxième source de revenus : paysans l'été, ils accompagnaient l'hiver les groupes de touristes dans leurs escalades et savaient monnayer leurs services.

Le thé décrivait entre sa tasse et le bec de la théière en laiton un arc émeraude que les flammes illuminèrent.

— Le ciel est dégagé, le vent ne se lèvera pas avant longtemps, en tout cas pas demain.

Les prunelles délavées s'écartèrent des siennes.

— Tu connais la région ?
— Moins bien que vous.
Il venait de marquer un point : ces hommes avaient affaire parfois à des alpinistes du dimanche voulant accrocher à leur palmarès un des plus hauts sommets du monde. Sans entraînement ni connaissance de la roche et des glaces, ils partaient pour le Broad Peak ou le Masherbrum, traitant de haut ces montagnards taciturnes jugés toujours trop prudents et qui préféraient les cordes tressées par leurs mains aux filins de nylon.
— Ecoutez : si l'un de vous m'affirme que la course est impossible, je le croirai et je reprendrai la route, si ce n'est pas le cas je partirai avec deux d'entre vous, deux parce qu'il faudra peut-être porter l'enfant.
Il ouvrit la fermeture Eclair de la poche intérieure de sa parka et en sortit une liasse de roupies. Il en prit quatre mille et les plaqua sur une pierre chaude.
Un Pathan l'avait averti : si tu veux te faire un ennemi dans les tribus du Nord, dis-leur que tu ne donneras la deuxième moitié de la somme qu'à l'arrivée, une fois le travail effectué. Cela signifie que tu viens de les traiter de voleurs.
Les quatre hommes burent et allumèrent leurs cigarettes, le plus âgé émietta le tabac dans le fourneau d'une pipe courte. Ils dégageaient une odeur de suint et de graisse rance. Celui qui n'avait pas encore parlé plissa les paupières. La peau brûlée par le froid et le vent était tendue sur les pommettes hautes des races d'Asie.
— Nous partirons avec le lever du soleil. Si Allah le veut nous serons de l'autre côté lorsqu'il disparaîtra. Mon nom est Gaishin.
Le sherpa au regard d'améthyste hocha la tête. Il était le chef. « Je réponds de lui », dit-il.

Reiner se leva, salua les mains jointes et quitta la pièce.

Roulés sous des fourrures, Ram et Agnès dormaient. Il rajouta quelques branches pour entretenir le feu, enleva bottes et parka et se glissa dans le sac de couchage.

On n'entendait plus que le crépitement des brindilles et de l'écorce. Il se tourna, dégagea le holster qui lui meurtrissait la hanche, posa l'automatique sur son ventre et croisa les mains derrière sa nuque.

Une nuit minérale... Le monde avait dû être ainsi à sa naissance : l'air, la pierre, la nuit.

12

La pente s'accentuait. Elle était douce encore et seule l'épaisseur de la neige rendait la marche difficile. Gaishin progressait régulièrement à dix mètres devant lui, ouvrant la trace. Les autres suivaient, mettant leurs pas dans les empreintes profondes laissées par le sherpa. Ils avançaient droit sur la muraille dont ils ne distinguaient plus le sommet tant ils s'en trouvaient proches.

Avant le départ il avait bourré Agnès de Mikorène. Ram supportait mieux l'altitude. Il avait marché seul les deux premières heures puis, lorsque la neige s'était épaissie, le deuxième porteur l'avait pris sur ses épaules.

Ils passèrent une barrière d'éboulis et Reiner sentit le sac s'alourdir, il contrôla sa respiration, à ces altitudes il ne fallait pas la laisser s'affoler. Le cœur s'emballait et les jambes lâchaient. La paroi se rapprochait. Gaishin décrivit un cercle contournant un rocher de trente mètres et s'arrêta. D'un coup d'épaule Reiner se débarrassa du sac qui tomba à ses pieds. Les autres vinrent le rejoindre. Lorsque Ram descendit de sa monture humaine, il s'enfonça jusqu'à la taille et tous rirent.

Gaishin montra à Reiner une fissure dans la paroi.

— C'est le passage.

De l'endroit où il se tenait cela ressemblait à un trait de scie dans la roche, pas de quoi y glisser la main.

— Il faut s'encorder, dit Gaishin, on pourrait passer sans piton mais j'en mettrai trois. Cela suffira.

— Je n'ai pas pensé à te le demander, dit Reiner à Agnès, tu es douée pour l'escalade ?

Elle hocha la tête.

— Je me souviens d'être montée sur une chaise pour laver des carreaux à l'âge de douze ans.

— Parfait. On y va.

Ils glissèrent les cordes dans les mousquetons et reprirent la marche.

Entre deux rocs éboulés se dressait un pont de glace. Trente mètres de miroir, large de deux. Une petite faille mais régulière. Gaishin s'y engagea. Reiner suivit et sentit la corde se tendre derrière lui. Il se retourna. La jeune femme s'était arrêtée. Il se dégagea de la cordée et vint vers elle.

— On y va ensemble, dit-il, si tu sifflotes sans regarder en bas, ce sera une vraie partie de plaisir.

Elle s'accrocha à lui. Ses lèvres étaient blanches.

De chaque côté, des ravins coulaient à pic... On percevait tout en bas le grondement d'un torrent invisible dissimulé par l'amoncellement chaotique des blocs.

— Dis-moi des mots d'amour, souffla-t-elle, j'adore les promenades sentimentales.

Il se rencorda, passa sa main gantée sous les sangles qui maintenaient son harnacheur et l'entraîna sur l'arche. A l'ombre des massifs, la glace avait pris la couleur du plomb. Malgré les cannelures des semelles elle dérapa dès la quatrième enjambée. Le gel avait formé un dos d'âne de neige agglomérée. Gaishin avait atteint le milieu du passage et se retourna. La fille n'avançait plus. Il planta son piolet à ses pieds et assura la corde entre ses mains.

— Je ne bouge plus, articula Agnès, pas pour tout l'or du monde.

Elle leva la tête… Le massif l'entourait. Jamais elle ne s'en sortirait, jamais. Les tours de basalte, les arêtes déchiquetées bordaient le ciel et s'étaient refermées sur elle. Elle se trouvait en équilibre au centre de l'enfer des montagnes.

Elles commencèrent à tourner.

Un lent départ, presque imperceptible, un peu comme les manèges de son enfance… Tout d'un coup on s'apercevait que la vue se déplaçait, les visages disparaissaient, les arbres de la place aussi, ils revenaient de l'autre côté, et le monde entier bougeait, elle était cramponnée à la crinière d'un cheval au centre de la ronde… Elle écarquilla les yeux et le mouvement s'amplifia, les masses monstrueuses de la paroi qui lui faisait face avançaient sur elle, elle vit le surplomb partir sur la droite et le pont sur lequel elle se trouvait pivota, suivant le mouvement… Une valse qui s'amplifia. La silhouette du sherpa glissa elle aussi, la montagne basculait de gauche à droite, elle s'élevait encore, l'entraînant dans un mouvement de fête foraine elle était le centre du tournoiement général. Rien ne l'arrêterait, l'univers dérapait, elle vit un éperon glisser, onduler, entraînant toute la chaîne dans la sarabande, et les cimes se réunirent en une unique vague qui éclata comme une mer que les récifs fracassent.

Reiner plia ses genoux et la souleva en travers des épaules. Il avança droit sur Gaishin. Derrière, Ram suivit à son tour sans quitter Reiner des yeux. Parvenu au milieu du dôme gelé de la passerelle, il glissa, tomba et se releva aussitôt. Le dernier sherpa de la cordée franchit le passage à son tour.

Pelotonnée, Agnès tremblait encore mais peu à peu le calme revenait, le manège s'était arrêté et les crinières des chevaux de la montagne avaient cessé de se soulever. Ils repartirent et atteignirent le bas de la cheminée.

C'était une égratignure dans le pilier, une fissure irrégulière dont la trace se perdait dans les hauteurs, juste le passage pour un corps d'homme.

— Il faut escalader, dit Gaishin. Lorsque je vous le dirai vous collerez votre dos à une paroi et vos pieds sur celle d'en face. Il n'y a pas long à monter.

— Je voudrais savoir ce qu'il entend exactement par « pas long », murmura Agnès.

Reiner leva le nez : ils étaient à l'intérieur d'un pipeline irrégulier et vertical.

— A mon avis il y a une quinzaine de mètres, après il me semble voir un passage qui s'élargit et doit donner sur l'autre versant.

Le sherpa grimpa cinq mètres d'un coup comme un chat sauvage et disparut.

— Ne t'attends pas à me voir faire comme lui, prévint Agnès.

Au-dessus d'eux il y eut trois coups brefs de marteau, Gaishin assurait des prises. L'étroitesse faisait du lieu une caisse de résonance et ils pouvaient entendre, amplifié, le moindre frottement du métal et des vêtements contre la roche.

Le deuxième guide s'accroupit sur ses talons et sortit une cigarette de sous une cape de laine grise qu'il avait entortillée autour de son torse. Il manœuvra la molette de son briquet et après plusieurs tentatives réussit à faire jaillir une flamme qui sentait l'essence.

Gaishin planta le troisième piton comme il l'avait prévu et grimpa les deux derniers mètres le dos au mur, prenant appui sur ses talons. Il se retrouva sur un encorbellement à partir duquel s'ouvrait un autre boyau, celui-là n'offrait pas de difficulté. De là, après une série de grottes, ils atteindraient l'autre versant à mi-pente. Si tout allait bien, dans moins de deux heures ils apercevraient les premiers toits de Malakali.

Il se pencha à l'intérieur de la cheminée, poussa un cri d'appel qui résonna longtemps. Reiner prit Agnès aux épaules.

— Tu vas y aller, tu ne cours aucun risque, même si tu lâches il te tirera d'en haut comme un sac de plomb.

— Je vais essayer d'éviter ça.

Elle se sentait mieux, cet espace réduit sur lequel elle avait prise lui convenait davantage que la surface miroitante qu'elle venait de franchir et qui lui avait paru illimitée.

Bravement, elle chercha une anfractuosité et commença l'escalade. Malgré l'épaisseur des gants elle fut surprise par l'humidité. Au printemps les eaux devaient ruisseler dans ces puits qu'elles avaient creusés au cours des siècles.

La faille se rétrécit et elle trouva le bon rythme, la corde qui la maintenait ne s'était pas tendue une seule fois. J'ai une carrière d'alpiniste devant moi, pensa-t-elle.

Reiner, la tête levée, suivit la progression de la jeune femme. Tout allait bien. Il se tourna vers Ram.

— On y va tous les deux, dit-il.

Ram opina du chef. L'aventure continuait. Pire qu'au cinéma.

Le deuxième porteur les regarda en souriant. Un sourire ébréché. Les deux incisives avaient été cassées au ras de la gencive. Il tira une dernière bouffée, jeta le mégot devant lui et le contempla se consumer dans la neige. La fille devait être arrivée à mi-chemin. L'homme et le gosse lui tournaient le dos, s'apprêtant à grimper à leur tour.

C'était à lui. Il passa la main sous son manteau de laine et défit le nœud de la cordelette qui maintenait l'Imgram sous son aisselle. Humayun lui en avait expliqué le maniement l'avant-veille. Il s'était un peu embrouillé dans le sélecteur de feu mais ça devrait aller. Il faudrait qu'il tue Gaishin aussi. S'il s'enfuyait, il le rattraperait facilement. Gaishin était vieux. Quatre morts c'était beaucoup, mais cinq mille roupies c'était énorme.

La ville avait encore grandi depuis son dernier voyage.

Sur le plateau, au cœur des neiges proches, Malakali s'étendait jusqu'aux premières pentes.

Il posa sur une caisse renversée son bol de beurre clarifié et respira l'air froid qu'un soleil violent ne réchauffait pas.

Devant lui, en haut de l'avenue de boue séchée, s'élevait le minaret de la mosquée. Le muezzin avait appelé à la prière quelques minutes auparavant et les hommes avaient quitté les braseros de plein air et le seuil des boutiques où demeuraient les enfants et quelques rares femmes.

Sur le bord de la route s'étendait la file des voitures de randonneurs. On en voyait quelques-unes entrer dans les échoppes pour acheter des vivres ou des crampons d'escalade.

Il sourit. Nul peuple n'était aussi habile que celui-là. Il savait que toute admiration n'était que le reflet avoué d'une faiblesse, mais ces hommes écrasés parmi les plus hautes barrières du monde, pétris de pierre, de neige et de vent, avaient toujours su tirer leur épingle du jeu : ils avaient subsisté, deux siècles auparavant, du commerce de la soie venue de Chine… Puis des routes s'étaient ouvertes et les échanges s'étaient développés et avec eux la contrebande : armes, cigarettes, fourrures, tapis… L'argent naissait entre leurs doigts, une race de marchands et de guerriers. Aujourd'hui ceux d'Occident venaient pour grimper les flancs des montagnes, choisissant parfois les faces les plus abruptes. Les vieux en riaient le soir autour des feux mais, chaque matin, ils installaient leur étal aux portes de la ville et vendaient des bouteilles d'oxygène, des harnais dernier modèle et des parkas étanches. Il ne leur avait fallu que quelques semaines pour comprendre que cette folie d'un autre monde pouvait être une source de profits.

Lui en avait trouvé une autre, plus rentable.

Il aimait cette maison. Elle n'était pas très belle ni très grande mais la terrasse dominait les toits et donnait sur l'amphithéâtre de sierras. Même lorsque l'air s'était frotté aux glaces de l'éternel hiver des aiguilles géantes, il s'installait ici, en tailleur, sur les tapis tissés à l'aube du siècle par les femmes de la tribu où était né son père dans la vallée de l'Amou-Daria. Là, les fesses sur la laine de chameau, il aimait se représenter le chemin parcouru. Une faiblesse aussi cela, une complaisance un peu ridicule, mais il s'octroyait le droit d'y sombrer de temps en temps. La réussite avait le goût des abricots lorsque grondaient les torrents et que les bourgeons s'ouvraient dans les vallées...

Tout devait être réglé, à présent.

Humayun lui avait établi un rapport précis. Aucun risque n'avait été négligé : toutes les pistes menant ici avaient été piégées. Jamais Maximilien Reiner n'arriverait.

Lui resterait deux jours, peut-être trois, pas davantage, le temps que les tireurs postés aient le temps d'opérer, à supposer que ce ne soit pas déjà fait.

Beaucoup d'argent avait déjà été dépensé pour cette liquidation. C'était regrettable, mais nécessaire.

La réussite, oui, elle était venue, mais celui qui l'avait atteinte savait combien elle était fuyante... Elle courait devant lui, il arrivait parfois à saisir ses cheveux mais elle s'échappait, laissant flotter un parfum étrange, ceux qui l'avaient sentie une seule fois ne l'oubliaient jamais et cherchaient à respirer toujours plus fort cette fragrance de sucre et de fleurs ouvertes. Elle devenait alors leur raison de vivre, leur folie... Qu'importait ! Il y avait longtemps qu'il était devenu fou et l'odeur des roses de Karakoram serait en lui jusqu'à ce que son âme le quitte pour les jardins d'Allah.

Parmi les voitures qui stationnaient derrière la mosquée il remarqua deux conduites intérieures japonaises et une Opel. Celles-là ne contenaient pas de trekkers. Le but des voyageurs n'avait rien à voir avec les plaisirs sportifs de la montagne. Huit hommes en étaient descendus quelques heures auparavant. Deux des voitures portaient une plaque d'immatriculation soviétique. La troisième venait d'Italie.

Le cercle s'élargissait.

Dommage qu'il y ait eu Sawendi, le seul point noir.

Au fond, le principe était simple et reposait sur deux postulats : offrir quelque chose que l'on ne trouvait nulle part ailleurs et savoir qu'à partir d'un certain niveau de richesse, les distances ne comptaient plus. Qu'importait que Malakali se trouvât au bout du monde ! Certains y étaient venus jusqu'à quatre reprises et l'opération n'avait commencé que depuis cinq mois à peine.

Un an. Pas plus d'un an et il se retirerait. Il faudrait tout liquider, brûler le hangar, les chambres, le matériel... Il n'en était pas là.

Il tendit le bras et prit le boîtier noir de la cassette vidéo. La dernière en date, elle avait fini d'être montée la veille.

Il enclencha le magnétoscope et se déplaça légèrement sur la gauche pour que le reflet du soleil sur l'écran télé disparaisse. Il y eut une danse de lignes horizontales et la première image parut.

Un enfant.

Un visage rond en gros plan, des yeux d'or cernés de khôl. Il fixait la caméra et le garçon se mit à sourire. Les dents étaient éclatantes sous les lèvres pleines de bébé. Dix ans. Peut-être pas encore. Il portait une chemise blanche et celui qui regardait savait que ce n'était pas pour rien. Il en avait été débattu quelques mois auparavant avec l'un de ses hommes et le blanc avait été choisi parce que c'était sur cette couleur que le sang se voyait le mieux.

Le décor changea. Le bambin était debout dans une pièce étroite. On comprenait qu'il était très petit, le sommet de sa tête n'arrivait pas à la hauteur du dossier de la chaise, l'unique objet du décor.

Il y avait une porte dans le fond et le gosse la fixait.

Il s'appelait Chand, Harkhoun Chand, et avait été enlevé dans une briqueterie douze jours auparavant. Le directeur, après avoir négocié l'achat de l'enfant au rabatteur, avait maquillé la vente en fugue. Chand était parti clandestinement, le cœur joyeux, on lui avait expliqué que c'était fini, la dette était payée, il allait retrouver son village et sa famille. Il restait quelque chose de cette fête dans les yeux du petit, un frémissement... Mais il y avait aussi une inquiétude imperceptible, saisissable dans la posture du corps, une fébrilité des mains sagement croisées sur la poitrine. Il avait senti quelque chose.

Sur l'écran, l'enfant recula.

Un homme devant lui. On ne pouvait distinguer son visage. Seulement apercevoir un gilet à poches multiples, un pantalon de treillis et des chaussures de toile lacées. L'uniforme des voyageurs. A la largeur des cuisses et à la protubérance de l'estomac, il était gros, presque obèse.

— Hadji Karko ?

Il se retourna. C'était Prendah, un des hommes avec qui il avait monté l'affaire. Ils étaient cinq en tout. Cela suffisait, il les avait choisis, ceux-là ne parleraient pas, ni l'alcool, ni l'opium ne descelleraient leurs lèvres... Ils étaient la lie de la terre.

— Qu'y a-t-il ?

— Une visite pour vous. Un père et son fils, ils viennent de Skardu.

— Que veulent-ils ?

— Il vient placer son fils, avec l'argent il se libère lui-même de son servage par dette.

— Dis-leur d'attendre, tu les feras monter lorsque je t'appellerai.

Le petit homme replet s'installa plus confortablement sur les coussins et tourna son regard à nouveau vers le poste.

Autour du mollet rond du garçon, une goutte écarlate dessina une courbe parfaite, le cri trembla, soulevant la gorge tétanisée.

Le sang allait couler et ce sang valait de l'or.

Quelques cassettes de meurtres sexuels commis en direct avaient déjà circulé un temps dans l'underground sado-maso de quelques capitales sud-américaines, des amateurs. Une fille étranglée, mal filmée par des caméras au rabais... Lui changeait les données, il fonderait un empire.

Sa main tâtonna pour trouver l'assiette pleine d'abricots. La récolte avait eu lieu quelques jours auparavant et, lorsqu'il mordit dans la chair pleine, il eut l'impression d'enfoncer ses lèvres dans le corps emprisonné du petit martyr. D'un coup de langue rapide il lécha le jus d'or perlant au rebord de ses lèvres charnues. Un délice.

Il y avait un troisième principe : dans le monde, les

amateurs d'insupportable étaient légion, il suffisait de répondre à leur demande, au-delà de la demande.

L'homme aux deux dents cassées se leva et se souvint du conseil d'Humayun : trouver un appui. Il se colla à un rocher et cala son bras contre la pierre. De la main gauche, il encercla son poignet droit et mit le levier en position de tir automatique. Il avait un deuxième chargeur dans sa ceinture de toile, un total de quarante cartouches. Il chercha l'alignement de la ligne de mire avec la cible et sentit contre son épaule un choc léger, c'était imperceptible, la chute d'un insecte. Il lâcha son poignet et y porta la main. Ses doigts écrasèrent des flocons agglomérés. Quelques grains, un petit amas blanc accroché à la laine brute de son gant.

Il leva la tête. Au-dessus de lui, sur le surplomb de l'arête, la neige formait un bourrelet dépassant la roche d'un demi-mètre. C'est de là que…

Il perçut l'oscillation à travers ses semelles, une vibration infime, lointaine… Il se crispa. Les démons de la montagne pouvaient bouger et alors…

Le bruit montait, un grondement juste au-dessus de lui, peut-être sur la gauche. Ses yeux filèrent plus haut et il vit la houle.

Entre les deux tours de granit le drap blanc de la neige ondula sur toute l'étendue, une vague régulière, lente et méthodique, un mouvement appliqué de femme jetant une nappe sur une table, les plis se formaient, s'effaçaient…

Il lâcha l'arme et la terreur déferla, le bruit s'amplifia, un craquement le submergea, tel un récif dans l'orage.

Il vit à sa droite une fissure apparaître dans la glace, quelques millimètres à peine, une ligne zigzagante qui filochait vers les hauteurs, rapide, saccadée, vivante. Un poignard géant et invisible ouvrait la montagne.

Il s'effondra. Quelque chose s'approchait... Des cavaliers, monstrueux, innombrables, ils galopaient du fond du ciel, écrasant les obstacles sous leurs sabots d'acier. Ils ne s'arrêteraient jamais.

Reiner plaqua Ram contre lui et se colla dans le fond de la faille. La pierre bougeait et il dut s'arc-bouter pour tenir l'équilibre. Il se cassa la nuque en arrière pour apercevoir Agnès mais n'y parvint pas : une fumée de poussière de givre avait envahi le puits, tel un blizzard.

— N'aie pas peur.

Ram se boucha les oreilles et ses yeux s'exorbitèrent.

A travers la mince bande de lumière verticale, un rideau tomba brusquement.

Nuit instantanée.

Reiner enfouit le visage du garçon dans sa parka et, de son bras libre, chercha une prise solide.

L'avalanche.

Un roulement, les chariots du tonnerre déferlant sur un chemin de bronze. Du sommet du ciel, des tonnes de neige et de roches s'abattirent, le son sourd des blocs rebondissants secoua la montagne.

Agnès... Elle était encore dans la fissure au moment où tout s'était déclenché. Avec un peu de chance, la neige ne s'y infiltrerait pas. Si elle y parvenait, ils seraient écrasés comme des rats dans une nasse.

Il hurla mais la clameur géante inonda la faille, l'air saturé d'eau glacée emplit sa bouche de gouttelettes et il crut que ses tympans explosaient. Ils se tenaient sous la cataracte, devant eux un océan vertical dégringolait, arrachant tout sur son passage.

A deux mètres au-dessus, cramponnée à une protubérance du goulet, dans le noir absolu, au cœur du vacarme, Agnès Béjarta avait fermé les yeux. Dans quelques secondes peut-être, la neige s'engouffrerait comme un liquide dans une seringue. Elle lâcha prise et tomba en tourbillonnant.

Gaishin sentit à travers les gants la flamme brutale de la corde et se raidit, le choc de la tension lui fit lâcher prise. Ses semelles dérapèrent et il eut l'impression d'une plongée interminable dans le vide. Son corps bascula et sa hanche heurta un rocher, le nylon s'enroula autour de sa jambe et, malgré l'enfer déchaîné, il entendit le craquement de l'os. En dessous, dans l'espace le plus large de la cheminée, le corps de la femme tournait doucement, retenu par la corde.

La douleur irradia et les mains du sherpa se portèrent sur le système d'attache. Il suffirait d'une pression et il serait libéré du poids qui lui brisait les chairs. Il ferma les paupières et sentit l'eau sourdre de tous les pores de sa peau. Il ne ferait pas cela car Allah voit dans la nuit.

Sa botte devenait lourde. Elle l'entraînerait et ils tomberaient tous deux, la femme et lui. Ses doigts perçurent entre les cailloux un peu de terre mouillée. Il chercha son poignard et y planta la lame jusqu'à la garde. Ce nouveau point d'appui soulagerait la tension. Il réunit ses deux mains autour du manche de corne et la souffrance fondit sur lui comme un rapace, piqua droit sur sa jambe fracturée et saisit la blessure dans ses serres au moment précis où il s'évanouissait.

Ram se dégagea légèrement et se tourna vers la faille... Quelque chose perçait : une lueur cotonneuse; des épaisseurs successives de tulle se déchiraient peu à peu. Bientôt on verrait le jour, le nuage de neige allait retomber.

Reiner prit conscience que le sol avait cessé de trembler. On entendait encore à l'extérieur le crépitement des pierres et des morceaux de glace qui, lancés vers le ciel, retombaient en averse sur les pentes.

— C'est fini, dit-il, ne bouge pas.

Il pouvait distinguer les formes autour de lui, il grimpa. La cheminée avait tenu bon, quelques effritements sans importance.

— Agnès !

Son cri se répercuta trois fois tandis qu'il continuait de monter, lorsqu'il s'arrêta. Au-dessus de lui, tel un pendule, le corps de la jeune femme se balançait inerte, un mouvement régulier, à chaque aller-retour la chevelure frôlait la muraille.

13

REINER se secoua et se leva avec peine du fauteuil qui bouchait le couloir.

Quelques heures auparavant on avait découvert le corps du deuxième sherpa, projeté sur un toit de calcaire après une chute de cent mètres, le corps brisé avait été retrouvé très vite et l'information avait circulé : l'homme portait, attachée par une cordelette, une arme dont la crosse avait été cassée par les chocs successifs.

Reiner avait surpris la nouvelle sur le chemin vers Malakali. Les convoyeurs parlaient entre eux, les flambeaux dansaient autour de lui, il y avait quelques torches dont les flammes faisaient naître la neige. Gaishin, sa jambe immobilisée dans des éclisses, oscillait sur sa civière devant eux. Agnès, contusionnée, avait tenu à marcher. Ram racontait l'avalanche aux sauveteurs, sa voix montait dans la nuit, ininterrompue, un pépiement croissant qui faisait rire les montagnards.

Il y avait quelque chose d'absurde : ils avaient pris des précautions infinies pour se glisser dans la ville et ils arrivaient cernés de lumières dansantes, illuminés par les danses des projecteurs… tout le village semblait monter vers eux.

Les villageois avaient tracé un chemin sur les derniers mètres, grimpés sur les blocs qui, s'écartant, ouvraient le passage du nord. Ils tenaient au bout de leurs bras les flambeaux enduits de résine et les pointes des flammes d'or n'en finissaient plus de crever l'étoffe des ténèbres.

Dans un halo de brouillard safran, ils avaient enfin débouché dans la plaine et s'étaient engouffrés dans un camion. A travers les vitres sales et l'éblouissement des phares, ils avaient deviné des visages brusquement collés aux carreaux, des échoppes aux rideaux tirés, et dans l'étagement anarchique des villes et des cahutes, le minaret que les lumières avaient dévoilé quelques secondes, mât planté au cœur de la ville. Ils étaient arrivés.

Reiner avançait dans la nuit, vieilli, rompu, avec ce gosse, cette femme épuisée, et les lumières braquées sur lui. Un gibier sur la route, pétrifié dans la lueur des phares, piégé. Dans l'ombre, les autres attendaient. Il n'y aurait pas de quartier et ils étaient puissants, organisés... Ils avaient soudoyé le porteur qui devait s'apprêter à tuer, d'autres rôdaient sans doute... Combien étaient-ils ?

Le fauteuil de rotin craqua lorsqu'il croisa les jambes.

Il faisait froid. Il avait laissé éteindre le brasero et, lorsqu'il tendit les mains sur les cendres, il ne sentit aucune chaleur.

Le jour n'était pas levé. Il fallait prendre des risques, tous les risques, et il n'existait pas, pour passer à l'attaque, beaucoup de solutions. En fait, il n'y en avait qu'une.

La neige était tombée pendant la nuit et, dans la rue principale de Malakali, une couche impalpable s'était accrochée aux toits et avait recouvert les voitures, elle fondrait avec le soleil qui ne tarderait pas à surgir du haut des montagnes.

Ram mit ses gants et prit le milieu de la route en direction du marché. Depuis son réveil, ce que lui avait dit Sawendi lui tournait dans la tête... Il avait parlé de cette ville du Nord où il ne fallait pas aller. Il s'y trouvait. Il longea la file de 4×4 et entra dans le marché couvert. Les marchandises s'entassaient sous les piliers et des feux brûlaient dans de vieux fûts de gas-oil, le vacarme était assourdissant. L'odeur de la fumée et des grillades d'abats de moutons l'emportait sur toutes les autres. Des peaux de lézards à tête rouge pendaient par grappes à des ficelles. Ram s'enfonça dans la foule... Quelques touristes emmitouflés prenaient des photos au flash; l'endroit était sombre, le ciment du sol craquelé par les gels successifs. Dans un angle, un barbu assis en tailleur vendait des selles de chevaux, derrière lui commençait le marché aux bestiaux et l'odeur de crottin recouvrait tout.

Il escalada une colline d'outres en peau de chèvre gonflées et se trouva dans le quartier des artisans. Les tapis de sol, les nattes étaient recouverts de sciure de bois agglomérée par la neige fondue.

Ram se mit à siffloter, revint sur ses pas et s'accroupit devant un brasero. Il ouvrit sa parka et laissa la chaleur entrer à travers les mailles serrées du pull-over. Sur la droite, un Afghan vendait des bijoux du Turkestan, il portait autour des avant-bras des montres à quartz de fabrication japonaise avec bracelets de cornaline et de malachite montés à Tachkent.

Ram s'approcha.

— Combien?

— Tu as de l'argent?

— Oui.

Les yeux étaient invisibles, une ligne étroite partait de la racine du nez et filait vers les tempes.

— Laquelle tu veux ?

Ram choisit la plus grosse, un cadran rond avec des chiffres digitaux.

— Celle-là.

— C'est la plus chère, tu ne pourras pas payer.

— Dis-moi le prix.

L'homme regarda l'enfant plus attentivement : il n'était pas de la région mais les habits qu'il portait étaient neufs et valaient cher, la même qualité que celle des touristes, une matière inconnue, fabriquée en Corée, imperméable, et les bottes étaient fourrées. Il se décida.

— Quinze mille roupies.

— Ne te moque pas de moi, dit Ram, regarde.

Il sortit les billets de sa poche et, du pouce, les écarta en éventail comme des cartes à jouer.

— La montre est pour toi ?

— Pour mon père.

— Pourquoi ne l'achète-t-il pas lui-même ?

— C'est un cadeau.

L'Afghan retira la montre de son bras et la lui tendit.

— Regarde, elle ne vaut pas moins de quinze mille.

Ram prit la montre et rangea son argent.

— Si, dit-il, bien moins.

Il sentit une présence à côté de lui, quelqu'un venait de s'asseoir. Il se tourna vers le nouvel arrivant qui lui sourit.

— Tu as raison, dit-il, c'est trop cher, je te vends la même à huit mille.

L'Afghan ne broncha pas.

— Tu es marchand ?

— J'ai une boutique près de la mosquée.

La fente des yeux parut s'étrécir encore. L'Afghan cracha à terre.

— Tu voles les clients comme un chien d'hindou.

— Et toi tu voles les enfants. Tu veux venir avec moi ? J'ai d'autres modèles.

Ram acquiesça. L'homme partit devant à grandes enjambées, sans crainte de la bousculade. Ram était obligé de trottiner derrière lui.

— Tu viens d'où ?

— De très loin, de la mer.

— Tu voyages avec tes parents ? J'ai entendu que tu parlais de ton père.

— Ils sont restés à l'hôtel, dit Ram, je suis là sans qu'ils le sachent pour acheter ce cadeau.

Ils sortirent du marché et débouchèrent dans la rue, la lumière était haute et jaune, les pneus des voitures soulevaient des geysers de boue.

— Suis-moi, ce n'est plus très loin, comment t'appelles-tu ?

— Ram.

L'homme ralentit pour que l'enfant le rejoigne et tendit une main large.

— Je suis des monts Sulaiman, de la ville d'Uch-Sharif. C'est une cité sainte, j'étais chancelier pour la famille des nababs avant leur disparition. Mon pays ignore le froid. J'y retournerai un jour.

— Pourquoi es-tu parti ?

— Il y a plus d'affaires ici. Là-bas, c'est le désert. Les gens n'ont pas d'argent.

La circulation était dense, les camions surchargés klaxonnaient, au carrefour une Land Rover en panne bloquait la route. Comme dans toutes les régions qu'il avait traversées, les capots, les flancs des véhicules disparaissaient sous les peintures, des guirlandes d'amulettes pendaient devant les pare-brise. Des haut-parleurs devant les boutiques diffusaient des chants ourdous.

Ils continuèrent à marcher et, lorsqu'ils arrivèrent

sur la place, Ram s'aperçut que l'homme lui avait pris la main.

— Il y a un cinéma ici?

— Tu aimes le cinéma?

— Beaucoup.

Une ruelle s'ouvrait, une eau fangeuse coulait, diluant les plaques translucides des glaçons.

— Où est ta boutique?

— La porte bleue.

Ram vit l'ouverture dans le mur. Son compagnon sortit une clef de sa poche. La serrure grinça.

— Entre.

Ram s'arrêta sur le seuil. L'homme était si près de lui qu'il sentit le frottement de son manteau contre ses omoplates.

Il avala sa salive et entra. La peur. Elle était au centre du ventre. Un tourbillon affolé. La pièce n'avait pas d'ouverture. La lumière venait d'une ampoule jaunissante suspendue au plafond, le voltage devait être faible car on devinait à peine les sacs de riz et de maïs empilés dans le coin opposé à la porte.

— Je ne vois pas les montres, dit Ram.

L'homme soupira et montra un des sacs.

— Assieds-toi.

Ram obéit. La salive sécha dans sa bouche.

— Il n'y a pas de montres, n'est-ce pas?

L'homme écarta les bras et montra ses paumes vides. Une bonne farce.

— Non, il n'y en a pas.

Ram resta pétrifié quelques secondes.

— Tu as vu l'argent, n'est-ce pas?

— Oui.

Sans un mot, le garçon ouvrit la fermeture à glissière et en tira les billets.

L'homme les prit, les compta lentement. Pour la première fois, Ram remarqua la cicatrice qui barrait le sourcil. Lorsqu'il eut fini, l'homme contempla la liasse et les rendit. Ram les remit dans sa poche.

— Je ne comprends pas, dit-il, pourquoi m'as-tu amené ici ?

— Enlève ton anorak.

— Pourquoi ?

— Enlève-le, regarde, moi aussi je quitte ma veste.

Le sourire s'accentua et l'homme apparut en gilet, son pantalon bouffant constellé de taches graisseuses.

— Qui es-tu ? demanda Ram.

Le sourire, toujours. Peut-être était-ce une grimace, une crispation permanente des lèvres.

— Mon nom est Prendah. Maintenant c'est à toi de répondre à ma question. Réfléchis bien, prends ton temps et surtout ne mens pas, Allah est partout et Allah est impitoyable pour les menteurs, tu connais la sourate ?

— Non, dit Ram.

Prendah frotta ses mains l'une contre l'autre.

— Je suis heureux que tu aies répondu ainsi, dit-il, si tu avais répondu oui, j'aurais dû te punir car le Coran ne parle pas du mensonge. Je suis fier de toi. Nous passons à une autre question. Tu étais l'ami de Sawendi, n'est-ce pas ?

— Oui.

Le sourire réapparut, mécanique.

— Très bien. Tu es un bon garçon. Un très bon garçon. Nous allons devenir amis. Continuons notre jeu. Tu voyages avec un homme et une femme blanche, n'est-ce pas ?

— Oui.

— C'est bien. Nous savons tout cela. Tu sais où ils se trouvent en ce moment ?

— Oui.

— Parfait, dit Prendah, tu vas me le dire.

— Je ne sais pas pour la femme, dit Ram, elle n'était plus là ce matin.

— Et l'homme ?

— Reiner ?

— Oui, Reiner. Ne fais pas l'idiot, tu sais bien que c'est de lui que je veux parler. Où est-il ?

Ram prit la plus grosse bouffée d'air de sa vie. Ses poumons se gonflèrent. Il s'octroya encore quelques secondes avant d'exploser.

— Je ne le répète plus, articula Prendah, où est-il ?

C'était maintenant.

— Derrière la porte, hurla Ram.

Prendah pivota. Le bois de la porte lancée à la volée explosa contre le mur. Il plongea la main sous son gilet et se souleva à demi. Il avait encore un genou en terre quand il prit le coup de ranger en pleine oreille. Reiner avait shooté en footballeur, écrasant le cartilage et le maxillaire. Prendah décolla du sol et s'écroula sur les sacs. Le deuxième coup de pied le plia en deux, il eut l'impression que son foie éclatait en miettes. Les ondes de douleur enflèrent en vagues concentriques. Il n'avait même pas eu le temps d'effleurer la crosse du Makarov passé dans sa ceinture. Reiner l'en délesta, arma le chien et lui colla le canon au centre du front.

— Ferme la porte, dit-il à Ram, trouve quelque chose pour la bloquer.

Le garçon bondit. La serrure pendait. Il poussa le battant et fit glisser l'un des sacs devant.

Reiner vit les pupilles du blessé chavirer sous la douleur. Il ne fallait pas qu'il s'évanouisse. Le temps pressait.

— C'est moi que tu cherches et c'est moi qui te trouve, dit Reiner, la vie est bien faite. J'ai une question à te poser. Une seule. Pour qui travailles-tu ?

Prendah écarta les lèvres, il mâcha un mélange de sang et d'émail cassé, cracha.

C'était une question de regard, là se trouvait la vérité. Prendah le savait, les mots ne comptaient guère, la voix un peu plus, mais plus que tout, les yeux... S'il avait pu les voir en cet instant il aurait su si l'homme bluffait ou non mais la lueur verticale qui tombait sur lui creusait deux puits d'ombre sous les arcades sourcilières. Il y avait un risque à prendre. Il le prendrait, jusqu'à l'extrême limite.

— Je ne connais pas le nom.

L'ombre bougea. Reiner s'était levé.

— C'est dommage, dit-il, vraiment...

Sa voix exprimait un regret sincère, presque une compassion. Prendah sentit dans sa poitrine un imperceptible décrochage... Quelque chose se préparait, allait avoir lieu, mais quoi ? Reiner se tourna vers Ram.

— Ne regarde pas, dit-il.

Prendah vit l'enfant coller son nez au mur et le visage de Reiner apparut lentement au-dessus de lui. L'inclinaison par rapport à la lampe était différente et il put lire la tristesse résignée qui baignait le regard, celui d'un homme qui n'aimait pas ce qu'il allait faire mais qui le ferait jusqu'au bout. Prendah sut alors qu'il était possible qu'il parle mais qu'il pouvait encore tenter de se taire un moment. Dans ce monde n'existaient ni loi, ni code, ni honneur, et surtout pas la pitié, lui-même n'en avait jamais eu... Il restait cette chose imprécise, épaisse et entêtée, qui s'appelait le silence, le lieu sombre et ultime où se tapissait la fidélité.

Il y avait une pile de journaux près de la porte, *Pakistan Times, Muslim, Mashnig, Islam Weekly.*

Agnès prit un des magazines et le feuilleta.

Le monde uniformisait sur le papier glacé les mêmes publicités pour les mêmes palaces, les mêmes lignes aériennes, les mêmes parfums... un univers douceâtre et luxueux à l'azur permanent où évoluaient des femmes longilignes et racées. On en avait chassé la laideur, l'usure. Un monde neuf aux couleurs neuves... comme s'il était né d'hier, adulte et frémissant, tout en sourires d'hôtesses et en cambrures de mannequins.

Là, murs de briques et table en formica. Punaisés sur un tableau d'écolier, des noms et des visages. Sans doute des hommes recherchés... Poste de police de Malakali. Le téléphone devait dater de la Deuxième Guerre mondiale, un surplus des troupes soviétiques ou chinoises. Les flics devaient écraser leurs mégots sur la table, elle portait des marques de brûlure. Des lampes-tempête et des imperméables pendaient à des clous.

Elle était arrivée il y avait plus d'une heure. Elle était seule dans la pièce vide, assise sur l'unique banc de fer. Elle reprit le magazine. Du polo. Beaucoup d'articles sur le polo, le sport national, des photos en pleine page de cavaliers lancés au galop, sur le cricket aussi, l'héritage anglais, des visages de joueurs stars. Elle tourna une des pages et se figea.

Dans une pièce voisine, le sifflement d'une théière s'éleva. Un chuintement aigu, agréable, qui évoquait la douceur lointaine d'un intérieur confortable.

Agnès ferma les yeux. Il y avait eu dans sa vie des périodes où tous les visages se ressemblaient... Curieusement, lorsqu'elle s'était mise à peindre, ils étaient des supports interchangeables, des prétextes de couleurs, toute une série de tableaux représentant des personnages alignés : choristes dans des cathédrales, soldats dans des casernes, écoliers en rangs disciplinés, posant, bras le long du corps, pour un photographe invisible... Il ressortait de ces toiles une impression étrange, cauchemardesque... Tous étaient identiques, des clones dont seules les couleurs variaient. Plus tard, sous ses crayons, la différence s'était glissée comme si, peu à peu, ses yeux s'étaient ouverts aux êtres qui l'entouraient.

Lentement, elle se remit à examiner le cliché, évitant de lire la légende.

Un terrain de polo. Au centre, souriant, se tenait un homme : il portait des culottes de cheval, des bottes et des genouillères de cuir. Il s'appuyait sur un long maillet et tenait dans sa main gauche le casque blanc des cavaliers. Il regardait droit dans l'objectif avec l'assurance un peu dédaigneuse de ceux pour qui la vie n'offre pas d'aspérités. . Elle se concentra sur le visage.

Moins de vingt ans. L'arc de la bouche possédait la pureté boudeuse des statues grecques, celles d'après le siècle de Périclès, le front et les yeux de charbon révélaient l'Orient.

Il était toujours difficile de reconnaître quelqu'un que l'on n'avait jamais vu mais Agnès paria à cent contre un que le portrait qu'elle avait devant elle était celui que, sous les directives de Ram, elle avait dessiné quelques jours auparavant.

« Lundi, à Hyderabad, Imam Nazim, fils de Barzi Nazim, ministre de l'Intérieur de l'actuel gouvernement, a été l'un des meilleurs joueurs sur le terrain. On connaissait depuis longtemps ses dons de cavalier mais il est devenu, en l'espace de quelques mois, l'un des premiers joueurs du Pakistan. »

Elle arracha la page, la plia en quatre et l'enfouit dans une de ses poches. Un des policiers arriva avec le thé et le déposa sur la table. Il était grand, rond comme une tour et sa moustache en crocs avait dû être graissée par des onguents. Depuis son entrée la pièce sentait le jasmin et l'essence de violette.

Il prit les deux feuillets qu'il avait écrits sous sa dictée lors de son arrivée et les relut. Les veines de son front étaient gonflées en permanence. Elle le laissa étudier entièrement sa déposition. Il releva la tête.

— Vous demandez ma protection ?

Elle sourit.

— Si vous êtes le chef de poste, je vous la demande.

— Vous êtes française ?

— Oui.

Il hocha la tête. Manifestement, il était dépassé par les événements. Reiner l'avait prévenue : il y avait des chances qu'il fût à la solde de ceux qui avaient tenté de la tuer à Bellevent.

— On vous a menacée ?

Son regard la fixa, indécis.

Elle décida d'assurer ses arrières.

— Je suis une amie personnelle de Barzi Nazim, dit-elle.

Il marqua le coup. Depuis qu'elle était entrée, il avait l'impression qu'une foule d'ennuis était arrivée avec elle.

— On a vraiment tenté de vous tuer ?

— Je vous l'ai déjà dit.

— Et vous ignorez qui ?

— Pour l'instant.

Il tritura sa moustache, tordant les poils pour obtenir une pointe à chaque extrémité.

— Je n'ai pas les moyens d'entreprendre une enquête, dit-il, je n'ai que trois hommes sous mes ordres et je ne dispose pas d'assez d'éléments qui me permettraient…

— Je ne vous le demande pas. Je désire simplement attendre là avant que l'on vienne me chercher.

— Je dois téléphoner, dit-il.

C'était un appareil à cadran, ses doigts étaient trop gros pour composer les numéros et il se servit d'un crayon qui dérapa à plusieurs reprises. Il obtint enfin la communication et parla. Agnès ne connaissait pas cette langue… Un grand nombre d'idiomes était utilisé, quelquefois dans une même région, elle eut l'impression qu'il s'agissait du farsi, les syllabes courtes et chantées étaient proches du persan. Il reposa le combiné sur sa fourche et lui sourit.

— C'est d'accord, dit-il. Vous pouvez rester ici. Nous veillerons sur vous.

Elle étendit les jambes. Elle ressentait encore une légère douleur sous les côtes, là où la corde s'était resserrée lors de sa chute mais ce n'était rien. Aucune importance. Le plus urgent était de montrer la photo à Ram et de voir sa réaction… Elle savait déjà qu'elle ne se trompait pas : Sawendi était le sosie d'Imam Nazim.

14

Le soleil était au zénith lorsque Humayun pénétra dans la ruelle. Il poussa la porte et le corps de Prendah s'encadra dans le rectangle comme dans un cercueil de lumière. Il était mort. Avait-il parlé ?

Humayun ne s'attarda pas. Une chose était sûre : la chasse venait de s'inverser, la main changeait de camp. Il fallait agir vite.

Il ressortit et traversa la place. Au-dessus de lui, le soleil s'était voilé. A l'est, le sommet des pics devenait invisible sous l'invasion lente des nuages. Ils coulaient doucement le long des pentes, poussant leurs volutes violacées au creux des courbes, emplissant le ciel d'une couleur douloureuse d'ecchymose. Déjà, on pouvait regarder le cercle du soleil sans que les larmes ne jaillissent.

L'air sentait le pétrole et la friture. Une file de Land Rover attendait pour faire le plein devant l'unique pompe à main du garage qui marquait la fin de la ville. Les plaques moirées du gas-oil reflétaient les montagnes. Il accéléra le pas.

Il fallait prévenir Hadji Karko. Prendah mort, ils n'étaient plus assez nombreux.

Karko ne se battrait pas.

Ils étaient quatre, en fait. Celui qu'ils appelaient

Caméra, Oman, la lépreuse et lui. Insuffisant. Le temps était venu de recruter du renfort. Il savait où en trouver.

Il gravit une pente étroite et verglacée, les hauts murs qui la bordaient ne permettaient pas aux rayons du soleil de toucher le sol. Devant lui, lorsqu'il leva la tête, il aperçut la villa. Il la connaissait bien. Au sous-sol, la salle où les films étaient tournés, la duplication des cassettes se faisait à l'étage, et tout en haut les appartements du maître des lieux. Peu d'ouvertures, des murs épais, cela tenait du blockhaus. Un homme seul n'arriverait jamais à y pénétrer. Un jour, il y avait quelques mois à peine, Karko lui avait installé un système de sécurité.

Karko le vit arriver. Humayun se déplaçait vite. Quelque chose dans le visage émacié trahissait la maladie. Ils en avaient parlé quelquefois. L'ulcère. Avant qu'il n'ouvre la bouche, Karko savait que ce qu'il dirait serait amer et difficile.

— Le Blanc a tué Prendah. S'il a parlé, il sait à présent ton nom et ta demeure, il viendra.

Karko ne broncha pas. Il y avait quelque chose d'incompréhensible dans l'entêtement de Reiner. L'homme ne fonctionnait pas rationnellement. Pourquoi exposait-il sa vie et celle de la femme pour résoudre le problème d'un enfant assassiné ? Il venait d'Europe et l'Europe... Il n'avait jamais compris, c'était un fatras lointain de musiques bruyantes, de ponts de pierre, de jardins travaillés, une application mesquine à conjuguer les nostalgies, la vitesse, le progrès. Cela surtout, le progrès sans limite, la course empêtrée des Infidèles vers l'avenir. Ils ne savaient pas que rien n'arrive... Ils oubliaient que tous tournoyaient en phalènes dans un temps immobile, à jamais fixé, et qu'il n'existait que le désir, les corps flexibles et la mort douloureuse.

Il les avait bernés depuis le premier jour, il avait joué le jeu, il était devenu le spécialiste financier du cartel des tapis. Comment l'appelaient-ils déjà à Manghopi ? Le « distillateur ». Il personnifiait l'habileté, la bonhomie. Ils ignoraient ses nuits dévorantes où il pouvait attendre le plaisir monstrueux qui se tenait au point d'équilibre où cessait enfin la vie. Il serait le plus riche, le plus fort. Il avait été un enfant rond, court et ridicule. Hadji la boule, toujours moqué, l'eunuque que l'on croyait sans désir. Imbéciles... il leur montrerait.

— Il faut d'autres hommes, dit Humayun, je peux en trouver dans les heures qui viennent.

— Pas encore.

— Pourquoi attendre ?

— Quelqu'un doit venir.

— Qui ?

— Tu le sauras très vite. Pour l'instant, laisse-moi réfléchir.

Humayun recula dans le fond de la pièce. Le ciel était d'étain. Les couleurs avaient fui d'un coup vers d'autres horizons. La brume allait venir. Elle approchait, épaisse et glacée comme une mer boréale.

Karko ferma les yeux. Il avait commis une erreur. Une seule mais peut-être ne pardonnerait-elle pas. Un soir, par la caméra intérieure, il avait assisté au viol de Sawendi et Prendah, qui regardait à ses côtés, s'était soudain exclamé :

— Regarde-le bien.

Karko s'était penché, examinant le visage, et il avait compris ce que son complice voulait dire : la ressemblance avec le fils du ministre était frappante. Il avait donné l'ordre de ne pas le tuer, la séquence finale aurait lieu plus tard. D'ici là, ils feraient des photos. Cela pouvait servir, quelques clichés sur le bureau d'un ministre pouvaient être un argument de poids dans une négociation difficile, le jeune Imam Nazim était connu dans le pays, il faisait partie de la *jet society* pakistanaise et aucun membre du gouvernement ne pouvait supporter le poids d'un tel scandale. Cela avait sauvé la vie de Sawendi, mais l'adolescent avait ensuite réussi à fuir. Libre, il pouvait parler, le danger était trop grand : Humayun l'avait retrouvé et abattu, mais les choses avaient mal tourné. Très mal. Il n'était pas encore trop tard.

Humayun tressaillit.

Par la fenêtre, malgré les nappes de plus en plus denses du brouillard, il aperçut deux silhouettes gravissant la sente. Deux fantômes imprécis. Il ouvrait la bouche pour avertir Karko lorsque celui-ci parla :

— Ne bouge pas. Ce sont les visiteurs que j'attendais.

— Qui sont-ils ?

Karko ne répondit pas. Il croisa les bras sur son ventre replet. Personne n'aurait pu, plus que lui, inspirer une aussi grande confiance.

— Il n'y aura même pas de combat, murmura-t-il, pas une goutte de sang versée... Ouvre-leur la porte.

Le tueur obéit. Les deux arrivants portaient le même manteau de pluie de la police des montagnes et leurs capuchons étaient rabattus mais, lorsqu'ils passèrent devant lui, il reconnut l'un d'entre eux : il ignorait son nom mais savait qu'elle était la femme qui accompagnait Maximilien Reiner.

Ce n'était plus le même policier. Celui-ci était plus vieux. Ses épaules charriaient des lassitudes. La pièce sentait la neige et le ragoût. Dès qu'il fut entré, Reiner sut ce qui allait lui être dit.

— Votre amie est partie. Elle a réclamé notre protection, que nous lui avons évidemment accordée...

Elle est sortie il y a moins d'une heure et nous ne l'avons plus revue.

Coups sourds et lents du cœur, comment le thorax des hommes ne s'ouvre-t-il pas comme des portes pour laisser passer le désespoir, la peur et les chagrins ? Tu touches à la fin de l'histoire, Maximilien, et il n'est plus temps de faire des phrases dans ta tête. Ne souffre pas, c'est inutile. Redeviens un guerrier. S'il fallait, cher Hadji Karko, que je te donne une monnaie d'échange, tu l'as, sois doux avec elle.

Prendah a parlé avant que je le tue. Des crimes filmés. Il a tout dit, depuis l'achat des gosses aux fabriques jusqu'à la diffusion des cassettes aux Etats-Unis… Un bordel d'enfants sacrifiés. Grande idée.

Il n'existe jamais autant de vices que dans les pays de vertus. Sur les écrans de Karachi, les lèvres des stars ne se touchent jamais, mais dehors, dans les bazars qui cernent la ville, le marché de la pornographie bat son plein comme dans tous les pays du monde. Karko a été jusqu'au bout de la perversité.

— Je peux téléphoner ?

Le flic poussa vers lui le socle de l'appareil. Le contact fut long à s'établir, enfin la tonalité retentit, Reiner composa le numéro. A l'autre bout il y eut deux sonneries avant que l'on ne décroche.

— Hadji Karko.

— Reiner.

Il pouvait deviner le sourire replet de son interlocuteur. Il pouvait voir le bonnet bariolé, brodé de fils d'or, la face bonasse, les gestes courts que la graisse empêtrait.

— Je suis plus qu'honoré.

— Nous devons nous rencontrer

— Je crois, en effet, qu'il le faut. La complication des multiples affaires qui assaillent notre temps rend indispensable l'utilisation d'intermédiaires, ce qui, en contrepartie, peut créer des malentendus. Peut-être vous et moi en sommes-nous actuellement victimes.

— Si c'est le cas, nous les dissiperons.

— Avec l'aide de Dieu. Quand souhaitez-vous cette rencontre ? Je suis à votre entière disposition.

— Le plus tôt sera le mieux. Dans une heure chez vous.

— Qu'il soit fait selon votre désir et...

— Un dernier mot, Karko. Prenez soin de la femme qui est près de vous en cet instant. Elle m'est chère.

— Je ne l'ignorais pas. L'islam honore l'hospitalité, trois fois maudit est celui qui faillit à la loi. L'enfant vous accompagnera-t-il ?

— Non. Il attendra mon retour. Je connais votre culture et votre connaissance de la littérature anglo-saxonne.

— Elle est infime.

— Suffisante cependant pour que vous ayez lu une scène cent fois écrite : si l'un des personnages ne revient pas d'un rendez-vous, son complice envoie un message qui perdra l'ennemi.

— A condition que ce message existe.

— Il y a toujours, dans toute circonstance de la vie, un pari à prendre. Dans une heure, Karko.

Reiner raccrocha.

Voilà, il touchait au dénouement. Cigarette. Combien en reste-t-il à fumer ? Il faut aller au combat.

Je ne suis plus le meilleur d'entre tous. Quand ai-je commencé à le savoir ? Je ne me souviens plus... Il va falloir tenir compte des nouvelles faiblesses, ou les oublier. Le rapport de force s'égalise sur un point : nous nous tenons, lui par Agnès, moi par Ram. Pour le reste, si Dieu est du côté du bataillon le plus fort, Dieu est avec Hadji Karko. Mauvaise compagnie.

Le froid monte. Un pays de marbre et de cristal. Il faut que je boive. Je sens mon corps comme une caverne sombre et je veux le remplir de lumière forte, éclairer les chandelles.

La rue principale s'était vidée avec la fuite du soleil. Des feux s'allumaient sur les trottoirs.

Il pénétra dans l'unique hôtel. Dans le hall, les fauteuils étaient vides. Près du comptoir, un Australien colossal était accoudé, les yeux dans le vague.

Reiner s'approcha du bar. Sur l'étagère s'alignaient eaux minérales et jus de fruits.

L'islam.

Le serveur s'approcha. Un Baloutchi aux moustaches cirées. A voir la fuite du regard, il n'avait jamais dû fixer quelqu'un en face.

— Que voulez-vous boire ?

— Trouvez-moi une bouteille de whisky, dit Reiner.

L'homme secoua la tête, navré. Il fixait la porte comme si elle ne devait plus jamais s'ouvrir.

— Impossible.

— Dis-moi un prix, dit Reiner, en dollars.

L'homme hésita. Sa glotte bougeait sous le pull-over de laine grasse. Sa bouche s'ouvrit et se referma deux fois, sans émettre un son. Il se décida :

— Deux cents.

Reiner songea à Ram. Le gosse aurait été précieux pour le marchandage, mais il n'était plus temps de se prêter à ce jeu.

— OK, dit-il.

En même temps que les billets disparaissaient, le serveur poussait vers lui un sac en papier contenant la bouteille. Sans la sortir, Reiner retira le bouchon et but à la régalade. C'était de l'indien. Cela lui rappela Ferlach, l'ivrogne de Lahore. Etait-il parvenu à noyer les crabes qui s'étaient accrochés à son ventre ?

C'était toujours la même impression, tumultueuse et bienfaisante : avec la brûlure du liquide, toutes les lampes de son âme s'éclairaient. Fin des glaces.

Je dois la tirer de là, je suis le seul à pouvoir le faire et je le ferai.

Ils étaient quatre avec Karko qui, lui, ne comptait pas, il laisserait les autres se battre. Prendah, avant de mourir, avait lâché un nom : Humayun. Sans doute était-ce celui qui avait tenté de le tuer sur la route entre Karachi et Lahore. Il parlerait avec Karko d'abord. Il viendrait sans armes. Il ne pouvait en être autrement, il resterait alors à espérer que les dieux de l'enfer le protègent.

Jamais il n'a fait aussi noir.

La nuit est tombée depuis longtemps. Ram l'a senti venir à travers ses bottes, elle a franchi le cuir, la fourrure, la laine et elle est là, en train de lui recroqueviller les orteils.

La nuit est une main froide. Elle m'a pris aux pieds et à l'autre bout, aux mâchoires, mes dents bougent toutes seules, si je ne les serre pas, je me mordrai la langue, et alors qui pourrait encore parler ? Grand soulagement pour une mère, mais quel malheur pour moi, je serais mendiant. Ram le muet. En plus, personne ne me donnerait de l'argent car on croit toujours que c'est de la triche, un aveugle peut montrer ses yeux vides, un infirme ses moignons, un lépreux ses doigts rongés, mais un muet est un menteur car c'est le plus facile à imiter. Il faudrait ouvrir la bouche, montrer ma langue coupée, non, ce serait terrible, il ne faut pas que j'y pense.

Reiner a cru que je ne pourrais pas tenir dans cette cachette, c'est parce qu'il ne sait pas dans quoi j'ai dormi pendant des années à Gwadar Kalat. La place de trois souris, entre les sacs de laine, pendant les nuits froides. Elles n'étaient pas froides d'ailleurs, pas comme ici, ici c'est le feu à l'envers. Si je sortais nu, je mourrais avant d'avoir levé un doigt. Je vais sortir bientôt. Il m'a donné sa montre et je vois briller les aiguilles. Il y en a deux, il m'a expliqué que le moment serait venu lorsque la petite serait tout en bas et la grande tout en haut, dans le prolongement, comme si les deux n'en formaient plus qu'une. Ça se rapproche. Parfois elles semblent ne pas bouger et parfois la grande avance très vite, je ferme les yeux, je pense à des choses, je la regarde et elle a avancé. Il a tout prévu, je crois. Il m'a expliqué.

Il n'y a qu'une chose qu'il ne m'a pas dite, c'est que peut-être nous allions mourir. Ce n'était pas la peine, je le sais, et il sait que je le sais, alors il n'a pas parlé. Et puis il faut faire comme si cela n'arrivera pas, parce que si on se dit que l'on va perdre, ce n'est même pas utile de commencer à vouloir gagner.

Il ne peut pas faire plus froid.

Il faut que je bouge les doigts de pieds parce que si je les laisse immobiles, ils vont casser, tous mes os sont en verre et, lorsque je me lèverai, crac, tout en miettes... Il faudra marcher sur les mains. Jannih marchait sur les mains. Je lui ai dit un jour qu'il marchait mieux sur les mains que sur les pieds. Une grenouille. S'ils me voyaient, Rune et lui, ils deviendraient fous. Et ma mère. Des cris... Plus forts que le muezzin. Mon fils ! Mon pauvre fils gelé ! Faites quelque chose, vite un feu pour faire fondre la glace de ses yeux.

Il ne faut pas que je pense à la chaleur, c'est encore pire. Si je vis, je resterai tout le temps au soleil, je me ferai cuire cent fois pour oublier cette nuit. « Ce sera difficile. »

Ce sont ses mots : « Ce sera difficile. » Si c'était facile, je me demande ce que je ferais là, sous une banquette à l'arrière de cette voiture. Je me doute que c'est pas pour rigoler.

Allez, Ram, on va s'amuser, tu vas rester là-dessous

sans bouger, juste les yeux, pendant très longtemps, et quand les aiguilles sont toutes droites, tu sors, si tu peux encore plier les genoux.

Je vais tout bien faire ce qu'il m'a dit. J'ai tout dans ma tête, bien aligné, pas question que je me trompe. Même si je le voulais, je n'y arriverais pas. J'ai tout répété sous mes paupières.

Je suis assez content quand même, parce que si je fais l'imbécile, pour eux c'est terrible. Ils dépendent de moi. Ils peuvent jouer les fiers et faire du bruit la nuit derrière les cloisons avec leurs manigances d'amour, si je n'étais pas là pour les sortir de la bouse de chameau, qui le ferait? Pas grand, Ram, petit même, mais utile. C'est bientôt. Il manque un bout en haut pour que les aiguilles soient bien alignées, je suis à la fois content de sortir et je voudrais rester, parce que, tout de même, je vais regretter ma cachette. Ici, je ne risque rien. Pas comme là-bas. Ça m'a souvent fait ça dans la vie. Par exemple, lorsque Maman faisait des *sajji* les jours de fête, j'étais partagé en deux. J'étais content de me préparer à les manger, j'avais la salive qui commençait à arriver du fond des joues et c'était comme si je sentais déjà la chair rôtie de l'agneau, avec le jus chaud et le yaourt dans ma bouche, mais il y avait aussi déjà comme une peine : ce serait bientôt fini, même si je mâchais lentement, même si je faisais durer, il y aurait un moment où je raclerais l'écuelle avec mon *chapati*.

La mort devrait être réservée aux salauds : à Ballu, aux deux types dans la Mercedes, à ceux de la route, au type de l'hôtel qui m'a cavalé après à Karachi, mais pourquoi elle? Elle n'a rien fait de mal et quand elle me regarde c'est une perfection... Pourquoi est-ce que je ne suis pas plus vieux? On se serait mariés. Non, parce que ça aurait fait des histoires avec Reiner, il m'aurait accusé de la lui piquer, toujours la même his toire, c'est ma femme, non c'est la mienne, tu me l'as prise, non c'est toi qui me l'as piquée, prends ça dans la gueule, crac, un coup de bâton, ça y est c'est parti, les voisins qui s'en mêlent, les galettes qui brûlent, les gosses qui braillent, je me souviens bien des bagarres au village, pourtant je n'étais pas vieux. Ça a dû me marquer la mémoire. Bon, allez, tant pis, je ne me marierai pas avec elle. Je la lui laisse.

J'en trouverai une autre. Mais c'est dommage quand même car elle, elle me plaisait bien. Je vais la sauver, voilà... Si je réussis, peut-être ils me rachèteront et je n'aurai plus à travailler à la fabrique. On n'en a jamais parlé, mais je crois qu'ils le feront... Je le sens, c'est dans leurs yeux.

Voilà, les deux aiguilles sont en face l'une de l'autre... Plus que quelques millimètres. Mal au ventre.

Pas de colique, ce serait le pire. C'est la peur qui fait ça, elle attrape le ventre et le torture, mais ça ne prendra pas avec moi.

Il attendit que le spasme s'apaise. En rampant sur les coudes, en deux coups de hanches, il se dégagea de la cachette et se glissa hors de la voiture. La neige amortit le choc de ses semelles. Des papillons blancs aux ailes givrées s'engouffraient du fond de la nuit. Il était à l'air libre et les rasoirs du blizzard effleuraient ses oreilles. Il releva son capuchon et s'enfonça dans la ruelle, au moment précis où, du haut du minaret, s'élevait la prière du soir.

15

REINER prit le milieu de la sente et franchit les vingt mètres qui le séparaient du portail. Le battant s'écarta, produisant le bourdonnement lointain caractéristique des moteurs électriques. Il entra. Les murs de la villa s'élevaient après un espace découvert que la neige recouvrait.

Quelqu'un était derrière lui.

Il continua d'avancer et une porte s'ouvrit. Un homme se tenait sur le seuil qui n'était pas Karko. Une silhouette d'un noir d'encre sur le fond éblouissant d'un projecteur. Sans un mot, Reiner fit glisser la fermeture Eclair de sa parka et la tendit. Dans le mouvement qu'il fit pour la prendre, l'homme s'avança et la lumière dessina soudain l'arête du nez et les arcades. Une erreur, pensa Reiner. Ce type devrait être mort. J'aurais dû le poursuivre après avoir tué son copain. Je l'avais sonné, mais pas suffisamment

Deux mains palpèrent son torse et commencèrent la fouille.

Un professionnel. Reiner n'aurait pas pu dissimuler une aiguille sans qu'elle fût découverte. Les doigts insistèrent autour des chevilles, là où les policiers sud-américains scotchaient à même la peau des poignards de lancer à lame courte et à manche plat. L'homme se releva et d'un signe indiqua que tout était correct : le nouvel arrivant n'était pas armé.

— Je m'appelle Humayun et nous nous sommes déjà rencontrés.

— Je m'en souviens. C'est avec ton kandjar que j'ai tué ton ami.

La haine pétilla, claire comme un lac de montagne, presque joyeuse.

— Avance.

Une nouvelle silhouette apparut et les deux tueurs l'encadrèrent. Il avança avec eux, traversant l'éblouissement laiteux des projecteurs. Brusquement, ils dépassèrent le flamboiement des spots et Reiner vit tournoyer les soleils sous ses paupières.

Un studio. Un studio de cinéma. Des escaliers intérieurs. Douze marches. L'homme à sa gauche sentait le bétel à pleines narines. Il cracha et le jet de salive rouge claqua sur le sol. En haut des degrés, s'ouvrait une pièce recouverte de tapis. Au fond, contre le mur, appuyés à des coussins, se tenaient deux hommes. L'un était un Chinois en costume européen, de coupe italienne. Cravate verte et chaussures discrètement bicolores, une moustache jaune s'étirait au coin des lèvres épaisses.

L'autre était Hadji Karko.

Reiner s'arrêta au centre de la salle.

Karko s'inclina.

— Infinie est la bonté d'Allah de me permettre de vous revoir.

Reiner s'inclina et s'assit sur le sol. Les deux gardes du corps s'écartèrent.

— Nous parlerons seuls, dit Karko, mais je dois vous présenter mes collaborateurs, cela offre une importance dans la discussion que nous allons avoir. Vous avez déjà rencontré Humayun, mais vous ne connaissiez pas Oman. Il a la tâche délicate de décider les jeunes gens ou jeunes filles à travailler pour nous.

Le Chinois ne broncha pas. Sous la veste, la masse pectorale était impressionnante. La carrure courte, mais les muscles du cou gonflaient la peau. Reiner connaissait ce genre d'atrophie, elle n'avait rien de naturel, ce type devait soulever de la fonte régulièrement et en grosse quantité.

— Près de vous se tient Bahrun, dit Caméra, notre principal technicien. Il nous vient des plateaux de Kirthar.

Reiner se tourna vers lui. La courroie de cuir en bandoulière maintenait le fusil de chasse contre son flanc, une arme ancienne à chien apparent et double détente. Les lèvres de mâcheur de bétel avaient le vermillon des filles de magazines.

— Il manque quelqu'un, dit Reiner.

— Mademoiselle Béjarta est avec nous, dit Karko. Altharas Minja s'occupe d'elle.

Reiner suivit le regard de Karko.

Agnès venait d'apparaître sur la mezzanine. Une femme se tenait près d'elle. Elle portait le sari des filles du Rajasthan. Malgré l'ombre que projetait le voile sur son visage, Reiner remarqua l'oreille rongée. Une lépreuse. Celle-là n'était pas prévue. Un joker. Au bout de sa main droite qu'elle laissait pendre le long de son corps, le long canon du Nagant brillait. Calibre 7.62, sept balles. L'arme des gardiens des camps de Sibérie.

Reiner sourit à Agnès. Elle était livide, mais elle lui répondit.

Karko eut un léger claquement de doigts et tous s'écartèrent. Sans qu'il l'ait vu se déplacer, Oman se trouvait à présent loin de Karko, dans le coin gauche de la pièce. Les deux autres, Humayun et Bahrun, étaient derrière lui à dix mètres, peut-être moins.

— Parlons anglais, dit Karko, aucun de mes hommes ne le comprend. Voulez-vous du thé ? celui qui pousse sur ces versants est exécrable, mais j'en possède du chinois, excellent.

— Merci.

Reiner s'installa confortablement en tailleur, il se pencha, répartissant mieux le poids de son corps.

— Les hommes intelligents ne se mentent pas, dit-il, cela vous ennuierait-il de combler les lacunes qui sont encore les miennes ?

— Nullement, dit Karko, mais vous vous sous-estimez, votre présence dans cette demeure indique que vous connaissez l'essentiel de l'énigme.

— J'aimerais vous entendre la raconter en détail.

Cinq minutes. Il fallait qu'il parle au moins cinq minutes, c'était primordial.

Et Karko parlerait. Il ne pouvait en être autrement. C'était un amateur de palabres et il avait une langue déliée, facile, il aimait les mots, les phrases, le pouvoir qu'elles donnaient, c'étaient sa force et sa faiblesse.

— Mon Dieu, soupira-t-il, que vous dirais-je que vous ne sachiez déjà... L'empire des tapis, celui que vous avez construit, vacille sur ses bases...

— Il me semble encore solide.

— Vous savez bien que non. L'opinion est ébranlée par l'utilisation que nous avons faite de la main-d'œuvre, nous avons réussi avec l'appui le plus souvent des autorités à étouffer les faits mais les networks ne nous lâcheront pas. Il y a eu, au début de l'année, plus de quatre-vingts demandes de reportages et d'enquêtes filmées à nos frontières. Depuis que les Américains ont appris que le nombre d'esclaves en cette fin de XXe siècle était supérieur à ce qu'il était au XVIIIe siècle, ils n'abandonnent plus le sujet, il est trop beau : tout y est rassemblé pour faire une croisade et la croisade appartient aux pays où règnent les droits de l'homme, l'assurance du succès.

Parle, continue, vautre-toi dans le langage... Il me

faut du temps, juste un peu de temps. Quelle arme porte Humayun ? Si je le savais...

— Alors j'ai décidé de prendre les devants, de faire autre chose. Vous voyez que je ne vous cache rien. Vous savez le succès, surtout dans notre monde islamique, des cassettes pornographiques. J'ai décidé d'en fabriquer des tout à fait spéciales et je me suis installé ici. Je filme et je diffuse la souffrance, la torture, le sexe et la mort. Vous ne pouvez pas imaginer le succès que je rencontre.

Reiner inclina la tête.

— Si je croyais encore en la bonté de la nature humaine, dit-il, vous viendriez de me porter un coup mortel.

Karko eut un rire léger.

— Laissons ces conceptions aux imbéciles, dit-il, vous et moi savons quels peuvent être les appétits de la plupart d'entre nous.

— Le meurtre de Sawendi était une erreur, dit Reiner, et impardonnable.

Karko joignit les mains.

— Je vous l'accorde mais il pouvait parler, révéler ce qu'il avait vu. Humayun s'est un peu précipité mais le jeune homme résistait... C'est le passé.

— Parlons du présent, dit Reiner, je vais abattre mes cartes le premier.

— Louée soit votre sagesse. Seule la clarté du cœur fait avancer la discussion. Je vous écoute.

— Vous avez la femme. Moi j'ai l'enfant. Il est porteur d'une lettre. Si Agnès Béjarta et moi-même ne sommes pas de retour dans une heure, elle sera transmise à un messager. En fin de course, elle aboutira entre les mains d'un ministre qui ne vous couvrira pas, Karko, quelles que soient les sommes injectées, aucun politicien n'acceptera de vous protéger. Nous ne sommes plus dans les tapis. Il s'agit d'autre chose et de bien différent.

Bluffe, continue à bluffer… A présent, tout peut survenir à chaque seconde. Le mâcheur de bétel d'abord. Oublie Karko, il sera paralysé. Toi seul sais ce qui va se passer, cela te donne une demi-seconde d'avance. Cela peut suffire.

— Il y a une chose que je voudrais savoir, poursuivit Reiner, vous êtes l'un des chefs du cartel, vous avez gagné des fortunes considérables, pourquoi avez-vous tenté la plus dangereuse des aventures ?

Il ne fallait pas le laisser réfléchir, celui qui pose la question mobilise la pensée de l'autre et s'en rend maître le temps de la réponse.

Karko dégagea ses mains des larges manches de laine. Dans son poing droit, Reiner vit luire les grains d'ambre alignés sur une cordelette.

— Les mobiles qui nous meuvent sont multiples, dit-il, certains plongent leurs racines dans la nuit des temps, d'autres trahissent nos inspirations, nos désirs et nos faiblesses, la gloire, le pouvoir, l'argent y jouent des rôles divers, sans doute chacun tient-il sa partition dans l'orchestre.

» Nous oublions peut-être l'un des instruments, c'est le plus mal connu mais c'est lui qui offre les sons les plus beaux, les notes les plus graves, il doit porter de multiples noms, certaines sociétés plus sages que d'autres en ont fait une déesse, c'est une force noire et sauvage : on l'appelle la mort. C'est une déesse et un alcool, celui qui a trempé ses lèvres dans sa coupe obscure et bu ne serait-ce qu'une gorgée n'en oublie jamais le parfum.

— Vous êtes cinglé, dit Reiner, combien de gosses avez-vous tué pour vos saloperies de cassettes ?

— Ce n'est pas la bonne question, celle qui s'impose est : allons-nous continuer ? La réponse est oui.

— Je parie que non.

Ils se regardèrent.

Il y eut deux chocs successifs. Le premier, sec comme un doigt, cassa une vitre, le deuxième déchira l'espace. Une planète rouge fonça dans la pièce, la vidant de son air. Reiner décolla, les tympans broyés, et chargea.

A l'extérieur, collé au mur, Ram distingua à travers la fumée les montants arrachés de la fenêtre, il eut un hoquet de peur et se mit à courir vers l'arrière de la maison.

Il venait de lancer la dernière grenade.

Ostrej Barnes mit ses pieds dans ses pantoufles et resta assis sur le bord du lit malgré le froid de la chambre. Il faudrait qu'il fasse réparer la fenêtre, le bois avait pourri et l'air passait. Pavillon vétuste. Tout d'ailleurs y était à refaire. Lui en premier. Il maigrissait ces derniers temps, des douleurs survenaient, inopinées, troublantes... Avaient-elles un sens ou participaient-elles de l'absurdité chaotique de l'univers ?

Il s'étira et marcha vers la cuisine. Il y a quelques années, il devait se baisser pour éviter que sa tête ne heurte le chambranle. Un réflexe. Et un jour, un matin, il n'y a pas très longtemps, il s'était aperçu qu'il franchissait le seuil sans avoir à s'incliner comme autrefois. Dans le jeu de glaces de la salle de bains, il s'était observé de profil : il s'était voûté, combien avait-il perdu ? Trois centimètres ? Cela lui permettait de passer toutes les portes sans effort. Avantage de l'âge.

Le téléphone sonna mais il prit le temps, avant de répondre, d'enfiler une robe de chambre à carreaux aux coudes huilés par l'usure.

C'était Zachman.

— Il est en danger.

Barnes ricana.

— C'est pour ça qu'on le paye. Où est-il ?

— Un village dans le Karakoram. Un des membres du cartel vient de dévier.

Etrange Zachman, il fallait un code pour le décrypter... « dévier ». Est-ce que cela voulait dire que la guerre des tapis allait enfin commencer ? En ce cas, Maximilien Reiner aurait accompli sa tâche.

— Expliquez-vous plus clairement.

— Notre agent a découvert quelque chose, un trafic annexe touchant à la pornographie, des gosses y sont impliqués.

Barnes fronça les sourcils. Par les rideaux à carreaux qui recouvraient les vitres sales, il pouvait voir les toits maigrelets des pavillons de Levallois. Il avait plu au petit matin, le bruit des gouttes sur le zinc de la gouttière l'avait réveillé.

L'un des paysages les plus deprimants du monde. Les rares visiteurs s'étaient étonnés. L'homme qui gérait le plus gros budget d'un organisme clandestin international vivait dans trente-cinq mètres carrés entre un lit à la peinture écaillée et des pyramides de conserves pour les matous du quartier.

— Bien. Je vous rappelle dans quelques minutes. Raccrochez.

Barnes laissa l écho du combiné mourir à son oreille. Café d'abord. Ne rien décider avant d'avoir bu un café, c'était un principe que l'on devrait apprendre dans les écoles d'espionnage et de contre-espionnage. Il posa le bol ébréché sur la toile cirée et craqua l'allumette sous la casserole. Il pouvait en faire du frais mais il décida de finir celui de la veille.

Où avait-il fourré les biscottes ? Pas de beurre. Plus de trois grammes de cholestérol, on disait qu'il y en avait du bon et du mauvais. Gros à parier que le sien était du mauvais.

Reiner.

Il avait acheté Reiner très cher. Depuis sept ans, il

avait effectué un travail remarquable. Il était le patron. Il y avait eu une brèche, il s'y était engouffré... J'ai gardé le souvenir de notre rencontre. Amsterdam. Un des quartiers limitrophes avec plus de garages que de maisons. Il y avait une baraque un peu plus loin où l'on vendait de la méthadone. Des hommes y entraient. Ils marchaient bizarrement, les jambes serrées comme on se rend à une pissotière lorsque l'envie vous brûle la vessie. Une entrevue laconique sous la pluie de novembre, en Hollande... Une saloperie de soirée gadouilleuse.

Ils n'étaient certainement pas parvenus à croire, ni l'un ni l'autre, que, si le coup réussissait, des mômes de l'autre bout du monde plongeraient dans le bonheur... Il avait eu à cet instant des images idiotes de mauvaise pub : une armée d'enfants courant vers l'horizon mains levées et ouvertes, poignets libres et rires aux lèvres... conneries. Ce ne serait jamais ainsi mais tout de même, ce serait plus qu'un pavé dans la mare aux crabes noirs.

Pourquoi n'arrivait-il jamais à boire du café chaud? Toujours tiédasse, comme si le gaz ne chauffait pas.

Étrange... Il avait milité autrefois dans des mouvements révolutionnaires d'obédience marxiste pour l'indépendance du tiers-monde. Les guerres s'étaient succédé et aujourd'hui, pour que cesse l'esclavage, il fallait s'appuyer sur l'ennemi d'autrefois : l'Amérique, l'Europe de l'Ouest... le monde du capital... Il utilisait d'autres formes d'oppression, plus larvées, moins spectaculaires. Il en inventait sans cesse, d'autres naîtraient, il était sans illusions, mais ce monde avait des garde-fous, des lois, des principes, des institutions. Parmi eux, celui de l'enfance... L'image s'était façonnée peu à peu : fragile, modelable. Le fils de l'homme était un présent candide et pur, doublé d'un avenir meilleur... Mythe de l'amélioration. « Ils seront plus heureux que ce que nous avons été... » Le monde leur appartenait déjà plus qu'à nous. Nous avons fait de demain une réalité plus forte qu'aujourd'hui. Majoration du futur... Cela venait du Christ, du socialisme, Nietzsche avait mis les pieds dans le plat mais qui l'avait écouté ? Voilà où en étaient les vieux rêves : on voulait créer un nouvel ordre du monde et on finissait, tout en conservant l'ancien, par éviter que des mômes usent leurs doigts en tirant sur des fils de laine.

La biscotte se coupa en deux, lourde de liquide, une partie se détacha, iceberg flottant, spongieux, tristement tournoyant.

En plus, je n'aime pas les gosses. Ils m'exaspèrent. Ils courent avec des caddies dans les allées du supermarché, ils ont des casquettes idiotes et ne lacent pas leurs chaussures... Petits cons.

Reiner est seul.

Il est prévenu : lorsqu'il aura fait éclater la bombe, mon rôle sera d'en répandre le bruit. Rien d'autre. A quoi s'attend-il ? A rien sans doute... C'est ce qui m'a décidé à l'employer, il a le regard d'un homme qui ne s'attend à rien, donc à tout. Il savait que je ne l'aiderais pas et que, lorsqu'il allumerait la mèche, il n'y aurait personne derrière lui.

Pourquoi est-ce que les choses, lorsqu'elles se déroulent comme prévu, donnent une impression d'inattendu ? J'ai su depuis ce matin d'Amsterdam qu'un jour il tiendrait parole, ce jour est venu et me voici pris au dépourvu.

Pas de solidarité. Pas d'entraide. De toute manière, s'il se trouve au cœur de la bataille, il est brûlé. Malheur à l'homme qui ne sert plus à rien.

Ostrej Barnes se leva et alla rincer son bol dans l'évier. A travers la cloison, une radio lancée à fond vibrait de toutes ses basses. Eveil de banlieue.

Dans quelques minutes, il rappellerait Zachman et lui dirait de ne pas bouger.

C'était cela le commandement. On gravissait les échelons, on passait des épreuves, on devenait un chef, un responsable, et lorsque la bagarre se déclenchait, on retenait ses troupes. Ne pas bouger.

Les vainqueurs étaient immobiles.

La pluie venait de reprendre. Une chute liquide, régulière, elle s'installait pour longtemps, en habituée elle chercherait à noyer au-delà des périphériques le béton des cités, les meulières des pavillons étroits aux jardinets de mâchefer, les chantiers. Difficile de croire en quelque chose lorsque le matin commençait ainsi, des nuages de laiton réverbérés par le bitume mouillé... Comment les hommes pouvaient-ils vivre dans ces décors ? Qui avait eu l'idée de fabriquer de tels paysages ? Pourtant ils avaient une obstination lointaine, peut-être atavique, à se battre contre la lourdeur, contre le Mal... Le grand mot lâché.

Il était au Pakistan, le Mal, entre autres. Il était partout, mais là-bas surtout... Conception du Diable voyageur. Il régnait en maître et, par des souterrains infernaux, surgissait à un endroit de la planète. Il se répandait alors, installait le silence, la violence, la haine.

Reiner.

La fille était avec lui... morte peut-être déjà à cette heure. Il s'en remettrait. Cette race d'hommes se remettait de tout. Il fallait attendre encore. Juste un peu, mais encore. Il avait déclenché la tempête. C'était l'œil du cyclone... Serait-il suffisant pour tout bouleverser ?

Barnes, de sa manche usée, essuya la buée que sa respiration avait formée sur la vitre. Il était devenu si myope qu'il ne parvenait plus à voir le thermomètre extérieur... Un gosse courait sur l'asphalte en dessous de chez lui… Il semblait avoir froid, cela se voyait à la contraction des épaules, du cou rentré. Ce n'était pas un temps de saison.

Des cercles tournoient, rouges et blancs, comme des cibles de tir. Il est aveuglé mais ses mains s'appuient à la ceinture de Bahrun, son pouce effleure le fût de l'arme, l'autre retient la crosse, hurle, pivote, cherche la détente pour lui décharger ses chevrotines sanglier en plein visage. D'une torsion, Reiner retourne l'arme. Si la fumée retombe, Humayun va lui tirer dans le dos. Reiner tente le tout pour le tout, il lâche les canons du fusil et frappe en faucheur tout le poids dans l'épaule, le tireur prend le coup de karaté sur l'arête nasale qui claque comme un contreplaqué, son doigt crispé sous le choc broie la détente, et les plombs de la première cartouche tirée à bout portant à la vitesse initiale de mille quatre cents kilomètres-seconde pour une charge de quarante-six grains lui arrachent la cuisse droite. La poudre de l'explosion se colle aux muqueuses de la gorge et du nez.

Reiner dérape dans le sang et le hurlement du moribond n'a pas achevé de monter qu'il roule sur lui-même, atteint le bas des marches. Tandis que la première rafale du Nagant éclate bois et tapis, à trois centimètres de sa tête.

Dans la fumée, la silhouette d'Humayun surgit. Le cri d'Agnès couvre le staccato des balles blindées. La lépreuse tire à deux mains, penchée sur la rambarde, les épaules secouées par le recul. Agnès, libre un quart de seconde, se rue sur sa gardienne et plante ses ongles dans les paupières rongées, le canon du Nagant bascule et décrit un quart de cercle qui déchiquette les cloisons.

Reiner s'élance, les douilles éjectées rebondissent

contre les murs, il est à mi-hauteur de l'escalier, Humayun bondit, le coup de faux instantané du kandjar trace un éclair zigzagant, Reiner esquive, l'acier frôle son oreille et se fiche dans le mur, il se rue à droite, revient sur sa gauche et frappe à la volée. Humayun se plie, tombe sur les genoux et dégaine le Heckler dont la mire accroche la chemise.

— Tuez-les.

Le cri de Karko vibre dans la salle.

Bahrun ne l'entend pas, la mitraille a haché les chairs et les os. Une veine noire déchirée pulse encore, lâchant un sang tiède. Sa bouche a pris la couleur du mur de béton, sur lequel il achève de se vider.

Les poumons brûlés, Reiner jaillit sur le palier où les deux femmes se battent, sa main croche dans les cheveux sombres d'Altharas Minja. Le sari se déploie dans l'air, comme un voile, et la nuque de la femme craque sous l'avant-bras placé en porte-à-faux. Il propulse le corps encore vivant par-dessus la rambarde, vers le Chinois qui vient d'entrer en action.

Le chargeur du Stein tressaute sur le ventre musculeux. Le plâtre se soulève en une ligne continue au ras de la tête de Reiner qui, d'une main, empoigne le Nagant lâché par la lépreuse et, de l'autre, propulse Agnès vers la porte.

Sans viser, il écrase la détente. Oman plonge, écrase une table sous son quintal de muscles et, dans le mouvement, enclenche un nouveau chargeur. Au-dessus de lui, il peut voir Reiner jeter l'arme vide et entraîner la fille.

Oman sourit. Ils n'iront pas loin, ni l'un ni l'autre. Du bout de sa botte, il retourne le corps de l'Indienne. L'homme savait se battre, les vertèbres cervicales de la lépreuse semblent brisées net.

Il arma son P.M. et se tourna vers Humayun. Le Pakistanais semblait porter un masque, ses yeux s'étaient enfoncés dans leurs orbites et cerclés de noir… Un maquillage de souffrance. Il se releva, massant son ventre à l'endroit où Reiner avait frappé. Il arma le Heckler et retira la sécurité.

— C'est comme s'il était mort, dit-il.

Ensemble, ils se tournèrent vers Karko.

Lui n'avait pas bougé. Protégé par la mezzanine il n'avait pas été atteint par les éclats de la grenade, ni par les rafales des balles tirées.

— Ils sont dans un cul-de-sac, dit-il. La pièce où ils se trouvent n'a pas d'issue. Il y a une imposte près du plafond, elle ne mesure pas plus de quinze centimètres de large. Personne ne peut sortir.

C'était étrange ce silence soudain, après le déchaînement de la bataille.

Le regard de Karko passa d'un corps à l'autre.

— Deux morts, soupira-t-il. Cette visite nous revient cher… Il est temps d'en finir.

Humayun inclina légèrement le buste et gravit les trois premières marches de l'escalier.

— Attends, dit-il, on ne prend plus de risques. Tu ouvres la porte et tu balances une grenade. Tu refermes et tu ramasses les morceaux.

Humayun s'arrêta.

— Et toi ?

— On a oublié un détail, dit Oman. Il y a quelqu'un dehors avec eux. Je m'en occupe.

Les paupières de Karko se plissèrent.

— Un enfant, dit-il, c'est lui qui a jeté la bombe. Oman a raison.

Le Chinois sortit. Le pantalon conservait la perfection de son pli et le nœud de la cravate n'avait pas bougé.

Humayun monta les marches. La grenade n'était pas utile. Il avait un revolver, ce serait à la fois rapide et agréable. A chaque fois qu'il avait tiré sur quelqu'un, il avait aimé la sensation des balles entrant dans le corps, une musique, une sonorité qui ne s'oublie pas... Celle du triomphe.

Il arriva sur le palier. La douleur s'apaisait. Bon signe.

Il déverrouilla la sécurité de l'automatique et prit à deux mains la crosse noire. C'était un pistolet lourd et massif, un cracheur de mort besogneux, sans grâce, il sentit sous son pouce la série des numéros limés sous le pontet. Dix-huit balles dans le chargeur. Il choisit l'option au coup par coup et se campa. Le tonnerre lui broya les tympans à la première balle. La serrure pulvérisée s'arracha du battant, d'un coup de pied il l'écarta. Il les vit tous les deux, recroquevillés l'un contre l'autre, à l'opposé de la pièce.

Un instinct idiot les avait placés là : s'éloigner au maximum du danger, gagner des centimètres... rentrer dans le mur, s'incruster... Des oisillons. Reiner se souleva. Montrant ses mains vides.

— Epargne-la, dit-il, pas elle.

Humayun raffermit sa prise autour de l'arme. Sa première phalange se posa à nouveau sur la détente. Trop dure, lorsqu'il en aurait fini avec eux il l'adoucirait, il connaissait bien les armes.

— Je vais te dire le programme, dit-il, je te tue d'abord, je la baise et je la tue après.

— Rendez-vous en enfer, dit Reiner.

Humayun regardait encore les yeux de l'homme qui lui faisait face lorsque le sol monta vers lui. Il eut une nausée subite. Quelque chose ne collait pas. Pourquoi y avait-il soudain ce voile ? Et puis il n'aurait pas dû se trouver par terre avec cette fatigue qui montait, elle venait du fond de l'horizon comme un cheval rapide.

Il leva la tête et ce fut le plus grand effort qu'il eût jamais fait de sa vie. C'était la fille qui avait tiré.

Elle tenait encore le petit flingue dans ses mains.

Un Makarov 7,65. Quelque chose coulait chaud dans son oreille et sur ses mâchoires. Qui lui pissait sur la tête ? Il voulut se retourner mais n'y parvint pas. Ils parlaient. Elle d'abord. Cela résonnait comme dans une grotte.

— Il n'est pas mort.

— Quelques secondes, dit Reiner, on ne vit pas avec une balle dans la tête.

Du plomb en moi, oblong, gris et chaud. Ce n'est pas vrai, pas à moi, pas dans mon crâne… Revoici les cavaliers.

Nous venons te chercher, Humayun, nous sommes l'armée des morts et ce sont les os de nos doigts qui serrent la garde de nos sabres…

Comment a-t-elle eu ce pistolet ? Le gosse le lui a glissé par l'imposte… Bien joué. Il était inutile de la fouiller, le flingue était dans la poche de Ram.

Le guerrier de tête fonça droit sur lui, il vit la lame courbe se lever, accrocher la lumière pâle, arrachant une étoile au fil de l'acier.

Il hurla, épouvanté, la bête gronda comme un train, le squelette sembla se détacher de la monture et le coup de sabre partit, comme une lanière de jouet.

Humayun se souleva, le prit en plein front et entra dans le royaume rouge.

Reiner prit le Heckler entre les genoux du cadavre. Humayun avait commis l'erreur : il n'avait regardé que l'homme et en était mort. Un réflexe. Les femmes passent en second. Pas dans la guerre.

— Ne bouge pas d'ici, dit Reiner. Tire sur tout ce qui entre.

Elle fit un signe d'assentiment.

Il en restait encore deux et tant qu'un seul vivrait, il n'y aurait ni répit ni pardon.

Avec l'aide de Zachman, Barnes arriva, malgré les décalages horaires, à organiser, en trente-cinq minutes, une rencontre téléphonique. Elle regroupait les quatre responsables de l'opération. Deux de ces hommes étaient à la tête de trois des plus grosses fortunes du monde, le troisième vivait dans un atoll du Pacifique au cœur des îles Loyauté et régnait sur un empire informatique. Le dernier pouvait, d'une signature, plonger dans l'abîme financier le plus total les plus grandes puissances économiques du monde, Etats-Unis compris.

Deux d'entre eux ne s'étaient jamais vus. Les autres ne s'entendaient guère ; la guerre à laquelle ils se livraient était permanente, avant tout monétaire et technologique. Ils possédaient entre eux un seul point d'accord : une couverture philanthropique était nécessaire pour tout organisme à caractère international. Ils avaient choisi la lutte contre l'esclavage des enfants. Un « sujet porteur », avait dit l'un d'eux.

Barnes fit un rapide exposé des faits et posa la question : Qu'allait-on faire ? Soit on venait en aide à Maximilien Reiner, soit on le laissait tomber.

Barnes précisa que, dans le cas où la première solution était retenue, il pouvait envoyer un hélicoptère chargé de soldats pakistanais sur les lieux mêmes où se trouvait leur allié. Un bataillon, stationné dans la montagne, patrouillait à la recherche de contrebandiers chinois dans les passes. En moins de vingt minutes, ils pouvaient se poser à Malakali et intervenir.

Lorsqu'il eut terminé, Barnes enclencha le magnétophone. Il possédait encore une mémoire d'éléphant, mais il était bon de prendre toutes les précautions. Il ne restait presque plus de place sur la cassette mais il savait qu'aucun des hommes ne prendrait longtemps la parole. La règle était simple : chaque participant opterait pour une solution et ce serait tout. En aucun cas il n'était tenu d'en expliquer la raison.

— Je suis pour l'intervention.

— Moi aussi.

Il n'y avait pas eu d'intervalle entre les deux interlocuteurs, comme si le second avait voulu indiquer que sa position avait été prise aussi rapidement que pour le premier. Quelques secondes s'écoulèrent et le troisième parla.

— Intervenons, dit-il, Reiner le mérite.

Il ne restait plus qu'une voix.

Elle appartenait à Evans Burnfield.

— Je ne bouge pas, dit-il, désolé.

La pluie tombait toujours sur Levallois. Un jour la banlieue fondrait, définitivement, boues et brouillards... Entre les blocs de la cité qui s'élevaient sur la gauche, Barnes devinait quelques centimètres carrés du fleuve. Les berges de Seine... Il y avait eu de la couleur, autrefois. Des peintres étaient venus, une chanson bleue et verte, des guinguettes, des flonflons.

Il eut une fraction de seconde l'envie de plaider. Reiner mort, il ne serait pas possible d'introduire un nouvel agent dans le système. Echec total... Mais les directives étaient absolues. Il fallait l'unanimité. Ce n'était pas le cas.

Il s'éclaircit la gorge.

— Nous abandonnons, dit-il. Je vous tiendrai au courant des suites de cette affaire par les courants habituels. Je vous remercie tous d'avoir répondu à mon appel. Au revoir.

Il raccrocha.

Voilà. C'était fini. L'échec faisait partie de la vie. Reiner était mieux placé que quiconque pour le savoir. Lorsqu'il l'avait contacté, les choses avaient été nettes. Il ne bénéficierait d'aucun appui. C'était une condition sine qua non et elle avait été acceptée. Seul, Reiner n'aurait pas sollicité son aide, mais il y avait la femme et l'enfant.

Bien que l'on fût encore en automne, il sembla à Ostrej Barnes que le froid était venu.

16

RAM vit passer le Chinois à quelques mètres de lui. Il longeait le mur de la maison. Lorsqu'il fut parvenu à l'arrière, il leva la tête vers le filet de lumière qui naissait de l'imposte. C'était par là qu'il avait jeté le revolver à Reiner quelques minutes auparavant.

Le Chinois s'arrêta et plaqua ses épaules contre le mur de la villa. Il scruta la nuit. Ram le distinguait à peine. Le garçon cessa de respirer.

Etre un arbre, plus immobile encore que le tronc derrière lequel il se dissimulait... plus silencieux.

C'était quelque chose dont il ne s'était jamais aperçu mais son oreille, plaquée contre l'écorce, lui révélait un étrange et minuscule vacarme : craquements lointains, grattements d'insectes, plaintes enfermées et retenues, infimes glissements des mousses et des vers... Une vie enfouie, étouffée et bruyante.

Oman laissa ses yeux s'habituer aux ténèbres, la neige semblait phosphorescente. Karko avait parlé d'un enfant. Il fallait chercher des traces, elles devaient...

Il se recroquevilla imperceptiblement : le coup de feu qui venait de retentir à l'intérieur de la maison provenait de l'arme d'Humayun. La balle avait dû éclater la serrure. Une seconde détonation. Il y avait un autre revolver.

Un calibre plus faible. Un 7,65 au lieu d'un 11 millimètres.

Qui avait tiré ? Reiner ? D'où avait-il sorti l'arme ? Il s'écarta du mur, fixa à nouveau le rectangle de lumière. Un enfant avait pu grimper jusque là-haut en utilisant les aspérités du mur, soulever le cadre de la lucarne et, par l'ouverture, glisser un revolver. S'il en était ainsi, il ne restait plus, face au Blanc, que Karko et lui. Il fit brusquement demi-tour et se mit à courir en direction de la porte.

Ram relâcha l'air de ses poumons et, les jambes coupées, s'assit dans la neige. Ce n'était pas fini. Ce ne serait jamais fini.

Cette fois, il ne pouvait plus rien faire, il ne pouvait plus les aider, il avait jeté la grenade, glissé le pistolet... Il ne lui restait rien, ou alors lancer des boules de neige sur le mastodonte à la mitraillette qui venait de disparaître. Pas sûr que ce soit très utile. Il ne fallait pas se laisser engourdir. Surtout pas. On ne savait jamais, il pouvait peut-être encore trouver quelque chose, une combine pour les aider...

Il se releva, détacha la neige collante accrochée à sa parka et se mit à courir sur les traces du Chinois. Il pénétra derrière lui dans la villa.

Dans la salle près de la porte, le cadavre d'un homme s'était vidé, gorgeant de sang la laine du tapis. Au centre, sous la rambarde, une femme était couchée : une Indienne. Les cheveux dénoués cachaient le visage.

Des couloirs.

Reiner parvint à un embranchement. Il n'aurait jamais supposé que la villa eût tant de pièces. Des portes s'ouvraient en enfilade. Son bras gauche étreignait les épaules d'Agnès. Il tenait le Makarov de la main droite. Trouver Karko. Contre son flanc, il sentait la vibration du corps de la jeune femme. Elle tenait. Elle avait tiré droit, sans hésitation, les bras tendus, comme il le lui avait appris dans les matins roses de la Loire, et Humayun était mort.

Parvenu à l'angle du mur, il s'accroupit et passa la tête.

Deux portes. Elles se faisaient face. Celle qui se trouvait la plus proche, sur la partie droite, était entrebâillée. Vieille ruse, aussi ancienne que le monde. Elle prenait encore quelquefois, dans l'affolement.

— Ne bouge pas d'ici, chuchota Reiner.

Il se posta devant celle qui était fermée.

Il n'avait pas la place de prendre son élan. Il se sentit broyé, chacun de ses muscles criait sa révolte. Trop vieux pour jouer. Il fonça, pieds en avant, pulvérisa les deux battants et fusa dans la pièce sur les fesses. Il tira, sans cesser de glisser, dans le dossier du canapé qui lui faisait face, les quatre balles éclatèrent le tissu, projetant la bourre dans la pièce. La soie cramoisie flottait comme un drapeau. Il roula et se redressa. Il n'y avait personne derrière.

Agnès s'encadra sur le seuil. Elle courut vers lui et il la plaqua sur le sol, entre le mur et le divan.

— Ne bouge pas.

Il traversa la pièce et commit une erreur.

Au moment de sortir dans le couloir, il leva l'automatique, braquant l'arme sur la porte entrouverte.

Le canon du SIG parabellum tournoya dans la main d'Oman et la crosse plombée du PM éclata sur le poignet de Reiner. Il vit des torches illuminer le couloir. Dans un craquement, le Makarov tomba de ses doigts morts.

Le Chinois eut un sourire.

— Je gagne toujours, dit-il.

Reiner sentit le parquet osciller et la paume de son unique main valide heurta le bois. Il prit appui sur elle.

— Félicitations.

Il projeta sa hanche en danseur de tango.

Les deux pieds réunis décollent et fauchent les chevilles du tueur dont la chute ébranle la cloison.

Pas avec un seul bras. Tu ne l'auras jamais.

La crosse de l'arme du Chinois s'est bloquée entre le plancher et l'aisselle. La sécurité saute sous le choc.

Les quarante balles du chargeur défilent dans un fracas de marteau-piqueur, le canon se déplace sous les décharges successives et le tueur prend deux explosives sous l'oreille. La tête éclate comme une pastèque. La semelle de cuir vibre contre le bois de la porte, un tam-tam mortel scandant la mort soudaine.

Tout s'est tu.

Il reste Karko. Le dernier.

Reiner coince sa main morte dans sa ceinture et soulève le torse athlétique du Chinois pour dégager le SIG. Le sang a giclé sur le métal et y a déposé des gouttelettes rondes comme des bulles de mercure. Il extrait le chargeur. Il est vide.

Il se retourne, Agnès est près de lui. Son visage oscille, se déplace tandis que les lignes du couloir s'incurvent, s'étirent jusqu'à un horizon fuyant toujours plus vite, pourquoi tout bouge-t-il soudain... Cela part de sa main, un animal bouffe les chairs qui ont doublé de volume. La pointe d'un os soulève la peau comme le toit d'une tente.

Il reste Karko. Mais qui va le tuer? Ce ne peut plus être moi.

Il tente d'émerger du lac noir mais les eaux le submergent. Le fond est invisible mais, peu à peu, il s'enfonce dans une vase qui se déploie, monte en liquide fumé.

— Maximilien !

Il ne l'entend plus. Agnès gifle les joues pâlies mais il ne s'éveille pas. Il faut le sortir de là.

Karko a refermé derrière lui l'une des portes blindées. Il se trouve dans la dernière chambre de la villa. Circulaire, celle-là. Cela lui rappela les quelques livres d'aventures qu'il avait lus lorsqu'il avait quitté les sables du Cholestan et son école coranique pour l'université de Karachi. Il parlait d'un temps où l'Europe était pleine de châteaux et de seigneurs… Lorsque les guerres éclataient, on fermait les portes et si les assaillants arrivaient tout de même à franchir les douves, les créneaux et les différentes lignes de défense, alors on se réfugiait tout en haut, dans le donjon… C'est là où il se tenait en ce moment.

Il prit ses clefs et s'aperçut que ses doigts tremblaient. Il avait toujours détesté ses mains, courtes, boudinées, des doigts d'enfant obèse, des doigts d'infirme. Même dans les bordels de Francfort, la ville où il avait vécu quatre années, les femmes ne le regardaient pas. Il y avait dans leurs yeux, non le mépris qu'il avait surpris dans l'œil des musulmanes, mais une gêne… Un gros enfant vieilli qui avait conservé dans les mollesses de son corps quelque chose d'un bébé… C'était présent dans la bouche ronde, le ventre replet, le sexe. Cela surtout, bien sûr… cela surtout.

Il ouvrit avec une clef plate l'une des armoires métalliques. Elle contenait un râtelier de six fusils à pompe. Deux Remington 870 équipés de crosses repliables, un Hi-standat de police, un browning automatique à quinze coups et un Ithaca à balles rayées.

Il choisit l'Ithaca et vérifia le magasin : l'arme était chargée.

Il se baissa, prit dans un tiroir un revolver espagnol, un Llama à hausse micrométrique, et le glissa entre son gilet et sa chemise.

Il n'avait jamais aimé les armes à feu. On pouvait même dire qu'elles lui faisaient peur. Il avait appris à s'en servir, était même devenu un bon tireur mais n'en ressentait aucune gloire. Leur maniement était du domaine des hommes durs, les subalternes, il en avait employé durant sa vie. Aucun n'avait beaucoup de cervelle. Ils ne vivaient pas vieux.

Il fallait les tuer tous les trois. C'était l'urgence. Si Reiner avait fait un rapport, il pouvait encore arrêter sa divulgation. Il lui restait de l'argent, des appuis... Il referait surface et retrouverait sa place dans le cartel de Manghopi. Il manœuvra la culasse et eut la vision de la balle glissant dans la chambre de tir.

Ils étaient d'ailleurs sans doute morts. Il y avait eu une longue rafale tirée par le PM d'Oman. Il ne manquait jamais son coup. Il était plus habile qu'Andrew Maklo et qu'Humayun.

Il sortit, atteignit les premiers degrés et commença à monter. Il régnait une odeur désagréable de sang et de poudre. Elle stagnait dans l'escalier.

Il s'en sortait.

Il allait s'en sortir.

Dans dix secondes il serait dehors.

— Hadji !

La voix était forte. Il se retourna d'un bloc, canon braqué.

Le Chinois était là, cinq marches au-dessus de lui. Il semblait sourire.

Karko, sans le quitter des yeux, descendit trois marches à reculons.

Le pied d'Oman ne touchait qu'à peine le sol. Le genou gauche parut flotter. La tête tomba sur la poitrine et Karko put voir le trou béant, derrière l'oreille. Le sang se coagulait déjà. Une mascarade. Il avait failli s'y laisser prendre.

Le visage de Karko exprima la plus grande bienveillance.

— Qu'Allah te garde, Oman.

De l'index, il écrasa la détente et arrosa devant lui, éclatant le cadavre-bouclier à hauteur de la taille. Reiner sentit à travers l'édredon de chair l'impact des balles et, d'un élan, catapulta les cent kilos du Chinois dans l'escalier.

Karko vit le corps osciller et basculer vers lui. Il tira encore, arrachant au passage une poignée de viande écarlate et se colla à la paroi, évitant les cent kilos du tueur qui s'écrasaient en bas des marches.

Il arma à nouveau, l'étui de la dernière cartouche gicla par la fenêtre d'éjection : le magasin était vide.

Il dégaina le Llama mais Reiner était déjà sur lui et frappait.

Sa droite le cueillit sous la pommette, éclatant la peau. Le choc le projeta en arrière. Il lâcha l'arme et croula à terre.

Une ombre passa sous ses paupières mais, lorsqu'il les releva, son regard n'avait jamais été aussi aigu. Le monde était au sommet de la pointe d'une épée.

— Nous allons parler, dit-il, il y a trop de sang, il faut arrêter cela.

Derrière Maximilien, la femme se tenait debout. Elle serrait contre sa hanche l'épaule du petit.

Tout était parti de lui. La farce du destin... Un cadavre déterré et l'enchaînement avait suivi pour aboutir à cette désastreuse seconde.

Avec précaution, ses doigts effleurèrent la peau gonflée. Les chairs dilatées tiraient sur la lèvre, déformant les mots.

— Nous sommes intelligents... Nous n'aurions jamais dû nous battre...

Reiner ramassa le Llama. Il était lourd. Un des rares revolvers européens à être chambré en 357 magnum.

Il bascula le barillet et vérifia les balles : des demi-blindées à tête creuse.

— Le gosse décide, dit-il, tu as tué son ami. C'est à lui de choisir. S'il me dit de t'abattre, je le ferai.

Les yeux de Karko montèrent vers Ram. Il y avait quelque chose d'humiliant à dépendre d'un enfant, mais la vie tenait à cela parfois... Un regard, un caprice.

Ram avala sa salive. La main d'Agnès étreignait son épaule et il aurait voulu que ce contact ne cesse jamais. La tête coupée de Sawendi apparut. Elle emplissait le hall, énorme et douloureuse, elle avait pris toute la place... C'est au moment où elle allait dépasser les murs qu'elle devint transparente et s'effaça.

— Laisse-le partir, dit Ram.

La main était toujours sur lui, moins crispée, soudainement plus tendre.

Hadji Karko s'inclina. Sa main potelée se porta à sa bouche puis à son front en un salut déférent.

— Rien n'est aussi grand que le pardon.

— Je n'en suis pas sûr, dit Reiner.

L'explosion secoua le corps grassouillet. L'occiput heurta le mur et avant que le menton ne retombe sur la poitrine, Karko était mort.

Reiner éjecta la douille de cuivre et se tourna vers l'enfant.

— Tue tes ennemis quand tu le peux, dit-il, sinon ta vie risque d'être brève. Rappelle-toi cela.

— L'éducation par l'exemple, murmura Agnès, la pédagogie est l'une de tes vertus.

Reiner vint vers eux. Les doigts de sa main cassée avaient enflé, ils étaient livides aux jointures. Tout le reste, jusqu'aux ongles, était violacé.

C'était fini, à présent. Pendant quelque temps encore, des cassettes circuleraient, puis les circuits cesseraient d'être approvisionnés... D'autres crapules viendraient, sans doute, et reprendraient le flambeau noir des mains d'Hadji Karko.

Cette victoire n'en était pas une, juste un arrêt momentané dans la marche inexorable du Mal, haine et vacarme un instant suspendus... C'était pour cette halte fragile qu'il s'était battu.

Il vit le reflet dans le miroir brisé.

La lépreuse. Elle se tenait debout.

Il pensait l'avoir tuée. La tête dessinait un angle abrupt avec les épaules. Elle oscilla, tomba sur les genoux et tira, bras tendus.

Reiner hurla.

La rafale souleva le corps de Ram et le propulsa contre le mur, Agnès prit la dernière balle. Elle pénétra sous la pommette droite et ressortit dans l'occiput, pulvérisant le cerveau.

Althara Minja lâcha l'arme vide et bascula, face contre terre.

17

LONGTEMPS j'ai haï les roses.

Je resterai à Bellevent. Allons, cela s'est décidé tout seul, presque indépendamment de moi... J'ai senti cette certitude couler dans mes veines, un plomb qui me rendait plus lourd : je ne bougerais plus désormais.

D'ailleurs, si je devais partir, il m'en viendrait une tristesse : les gens du village me parlent, nous nous entendons bien... Pourquoi les quitter ?

Le froid vient peu à peu, les matins plus tardifs se recroquevillent. Il y avait un peu de gelée blanche autour des fontaines aujourd'hui, pour la première fois.

J'aime ces moments où l'hiver s'installe. Je rentrerai dans la grande maison, les cheminées brûleront et il me semble que rien ne bougera plus, que le printemps ne viendra jamais. J'ai fait rentrer du bois, ramoner les cheminées. C'est comme après une fatigue, un grand repos qui va tout prendre, les murs, les forêts, le fleuve et les gens... Tout va disparaître dans les brouillards. Mes yeux vont se fermer pour un long sommeil.

Ferlach a balancé l'histoire. Un papier de douze feuillets. Il est paru un jour de remaniement ministériel et a été amputé des trois quarts. Aucun autre journal n'a fait mention de l'information autrement que sous la forme d'un écho : un fabricant de tapis en gros impliqué dans la vente et la confection de cassettes pornographiques pour lesquelles des enfants étaient tués... L'homme a été abattu ainsi que ses gardes du corps, dans des conditions qui n'ont pas été élucidées. Le cartel de Manghopi s'est dissous, dans un premier temps, puis reconstitué. Tout continue comme par le passé.

J'ai marché une grande partie de l'après-midi... Je longe en général les rives mais j'ai voulu changer et me suis enfoncé dans les chemins de terre.

Coïncidence ? Peut-être pas. Est-ce cet endroit nouveau qui a permis cette idée nouvelle ? Il y avait une abbaye pas très loin... Une femme m'a dit que l'on pouvait entrer, bien qu'en cette saison il n'y eût plus de visites.

J'étais seul... Dans un des bas-côtés se tenaient deux gisants. La pierre s'était usée avec les siècles, les visages et les mains s'étaient creusés, perdant leurs détails.

C'est là que j'ai compris que toute l'affaire était trop simple.

Trop simple pour être vraie.

Pourquoi est-ce au-dessus de ces tombes de marbre que l'idée m'est venue ? Je l'ignore... Cela d'ailleurs n'a pas d'importance, une affaire d'imbrication de neurones. Dans le circuit compliqué des terminaisons nerveuses, une connexion s'est faite, à quel crédit la mettre ? Association d'idées ? Ruminations incessantes d'un soupçon remâché ? Je ne sais pas.

Peu importe.

C'est devant ce couple que tout s'est éclairé. Je portais en moi, depuis le retour de Malakali, une part de doute... C'était à certains moments de rêverie une forme noire et embrouillée qui surgissait. J'y prêtais le moins d'attention possible, je ne tenais pas à lui donner une quelconque importance.

Et là, dans les ruines de la chapelle centrale, les fils embrouillés de l'écheveau se sont dénoués. Je suis sorti dans le cloître et j'ai allumé une cigarette. Il faisait froid et j'ai senti, à travers l'épaisseur de ma veste, la rudesse glacée de la colonne contre laquelle je m'appuyais. Il me restait peu de choses à faire et cela n'avait vraiment aucune importance, mais tout de même, j'avais tellement de temps devant moi à présent... L'éternité.

Je partirai demain.

18

TOUT cela avait l'air d'appartenir à un monde très ancien.

Il avait traversé la région des tours. Béton et ferraille, il avait longé un cimetière de voitures, des carcasses s'entassaient en périlleux équilibre, et avait débouché dans les rues aux pavillons étroits.

Des vérandas surmontaient des perrons. Trois marches tristes pour arriver à la porte. Une entreprise dérisoire pour faire un peu chic, une volonté de majesté attendrissante et ridicule. Le soir, lorsque les hommes devaient rentrer du travail, les cailloux calibrés devaient, sous les semelles, produire le son roulé des vagues sur une grève... La banlieue aux maigres fusains.

Pourquoi Barnes vivait-il là ? Il y avait tellement de choses étranges dans la vie d'Ostrej Barnes. Il y était peut-être né, un garçon retournant au soir de sa vie retrouver les rideaux maternels, la cuisine aux toiles cirées désuètes. Le salon plaqué acajou, les chaises Renaissance–Lévitan, si dures, si encombrantes. Aux murs les souvenirs de voyages sages et courts : mont Saint-Michel, Rocamadour, forêts du Jura, Senlis... Des photos aussi que le temps délave. Que fais-tu ici,

Barnes ? Pourquoi ? Faut-il vraiment perdre la vie à l'endroit où l'on a vu le jour ?

C'était là.

Reiner s'arrêta. Deux fenêtres étriquées en façade. Barnes devait attendre derrière l'une d'elles que le jour tombe, que les jours passent. La télé peut-être. Les émissions du soir régulières, rassurantes, habituelles. Il avait dû se confectionner une retraite sans surprise, protégée par le retour obstiné des choses identiques.

Il appuya sur la sonnette de la grille et le déclic se produisit aussitôt. Il entra. Contre le mur, un chat s'étira.

Il franchit les trois marches et poussa la porte.

La maison se referma autour de lui. Il avait fallu, pour créer cette odeur épaisse, des accumulations de vies anodines, de manteaux mouillés, de soupes aux poireaux, de laines usées, de linoléums, de meubles cirés.

On distinguait mal. Il y avait des vêtements accrochés au portemanteau, un porte-parapluie en faux cuivre prenait tout le passage.

— Je suis dans la cuisine. A gauche.

Reiner obéit.

Formica. Assis sur une chaise en inox, Barnes épluche des carottes, il porte une veste tricotée et violine, des pantoufles épaisses. L'œil est clair et transparent, un raisin gelé.

Sur le fourneau à gaz, de l'eau bout pour les pâtes. Le bleu de la flamme est dans la pièce la seule couleur vivante.

— Je vous attendais.

— Je peux fumer ?

Barnes continue son travail avec précision. Quatre carottes s'alignent devant lui.

— Je n'ai pas de cendrier, vous pouvez mettre vos cendres dans l'évier.

Il regarde les légumes.

— Autrefois, je les râpais, dit-il, mais même pour une chose aussi simple, une lassitude m'est venue. Aujourd'hui, je les croque nature... C'est d'ailleurs meilleur.

Il n'y a pas de deuxième chaise. Sans doute pour la raison simple que, lorsque l'on est seul, on ne peut pas s'asseoir sur deux à la fois.

Reiner ouvre un placard. Il est vide.

— Tous sont vides, dit Barnes. Je possède une assiette, un verre, une fourchette et un couteau. Voulez-vous un peu d'eau ?

Reiner s'est assis de biais sur la table.

Par le rectangle de la fenêtre, la ville s'est éclairée, on devine à mi-hauteur la ligne des périphériques, une chenille lumineuse : c'est l'heure des retours, des embouteillages.

— Pourquoi ne m'avez-vous pas envoyé de l'aide à Malakali ?

Barnes a posé, parallèle aux autres, la cinquième carotte sur la table. C'est la dernière.

Il essuie le couteau et froisse le papier qui contient les épluchures.

— Je n'ai rien à me reprocher : je les ai tenus au courant de votre situation, il était alors possible de vous aider mais, lors du vote, l'unanimité n'a pas pu être faite.

On distingue vaguement la colline de Montmartre... Elle s'illuminera tout à l'heure, lorsque la nuit sera totalement venue.

— Combien de voix contre l'intervention ?

— Une seule.

— Laquelle ?

— Je ne peux pas vous le dire.

— Vous savez bien qu'il faut que je le sache.

— Pourquoi ?

Reiner actionna la molette du briquet. Depuis Malakali il était revenu à trois paquets par jour... Pourquoi pas ?

— Vous ne vous êtes jamais demandé si, vous comme moi, ne nous sommes pas fait piéger ?

— Expliquez-vous.

Reiner sentit une fatigue. Il n'avait plus envie de parler, d'expliquer à ce vieil homme maigrichon dont les omoplates saillaient et qui mangeait des carottes crues, seul dans son pavillon de fin de jour... Il fit un effort.

— Lorsque vous m'avez contacté pour l'opération, vous m'avez proposé d'être à la fois le réorganisateur du marché pakistanais des filatures et la bombe qui devait faire exploser l'ensemble. Vous l'avez peut-être cru et moi aussi, mais je pense que la vérité est ailleurs et qu'il y a une autre explication.

— Laquelle ?

— J'ai été choisi pour réorganiser vraiment le marché, le structurer, supprimer les rivalités et les surenchères, mais il était, dès le départ, prévu que, dès que j'attaquerais la deuxième partie de ma mission, je devrais disparaître. En fait, bien avant que n'éclate l'histoire du cadavre, ma mission était finie. On vous a roulé, Barnes, et moi avec.

Le vieux ramena ses jambes sous sa chaise.

— Je les ai rencontrés tous, tous les quatre, successivement, et tous étaient sincères.

— Ne soyez pas idiot, dit Reiner, l'un d'eux vous a roulé, il n'avait pas plus envie de supprimer l'esclavage chez les enfants que moi de bouffer vos carottes, et il est facile de savoir qui c'est.

Il jeta le mégot dans l'évier, un arc incandescent traversa la pièce, au contact de la faïence humide les deux hommes perçurent le grésillement léger.

— C'est celui qui possède deux caractéristiques, poursuivit Reiner : avoir refusé de m'aider à Malakali et être en contact avec les ténors de l'industrie pakistanaise.

Barnes hocha la tête. C'était possible. Très possible. Mais il ne parlerait pas.

— Je ne discute pas sur des hypothèses, dit-il.

Reiner s'étira. Voilà, la nuit était là, à présent, mais il n'aurait éclairé pour rien au monde. Une ampoule nue pendait du plafond et il en craignait la violence.

— Vous savez qui c'est, Barnes, et je veux le savoir aussi.

— Non.

Reiner fit jouer les muscles de son dos. Une douleur lui venait de plus en plus souvent avec la fatigue.

— Vous êtes vieux, Barnes, et vous ne tiendrez pas longtemps... Vous avez peut-être été un guerrier autrefois, mais ces temps sont révolus. Je crois qu'il vaut mieux que vous lâchiez le nom sinon vous allez avoir très mal. Si mal que vous souhaiterez mourir. Je vous tuerai alors, mais pas avant que vous n'ayez parcouru le long chemin de la douleur et, vous le savez, il est interminable.

Barnes se courba davantage sur la table.

— Je suis le messager, dit-il, je n'ai même pas à savoir si vous avez raison, cela n'est pas mon rôle.

Reiner se déplaça et vint derrière le vieillard, sa main droite se posa doucement, presque tendrement, sur celle du vieux, posée à plat sur la table. Il passa l'index de sa main gauche sous la première phalange du médium d'Ostrej Barnes et fit levier d'un coup sec. Le doigt se souleva perpendiculairement au dos de la main, et se déboîta à la jointure. L'odeur de sueur jaillit instantanément, une douleur liquide et brutale.

— C'est la première la plus agréable, dit Reiner. Personne ne peut s'imaginer ce que c'est après

Un sanglot cassa la voix de Barnes. L'odeur d'urine se mêlait déjà à celle de la sueur.

— Arrêtez, haleta le vieux, vous vous foutez des gosses, des tapis, du fric, de ces crapules, vous avez massacré tout le monde là-bas, vous ne cherchez plus rien, vous ne croyez plus en rien, alors pourquoi ce cirque ?

— Ils ont tué une femme, dit Reiner, la seule qu'il ne fallait pas. Le gosse aussi, mais la femme surtout.

Barnes avait un dossier complet sur elle, une artiste... Elle avait peint autrefois. Elle était avec Reiner depuis longtemps. Ils devaient donc s'aimer, cela pouvait arriver.

Les flux de souffrance s'accéléraient, montaient jusqu'à l'épaule, il allait vomir. Pas deux fois cette horreur.

— Le guerrier est mort, dit-il, il s'est pissé dessus. L'homme que vous cherchez s'appelle Evans Burnfield. Je ne vous répéterai pas son nom. Foutez le camp.

Reiner prit le doigt dressé et tira un coup sec, l'os réintégra l'alvéole.

— Vous auriez pu vous éviter cela, dit-il, prenez de l'aspirine, dans quelques minutes vous ne sentirez plus rien.

Derrière lui, l'eau s'était mise à bouillir et à déborder. Il coupa le gaz.

— Adieu, Barnes. Nous ne nous verrons plus.

Le vieux eut un geste vague dans l'obscurité.

— Qu'allez-vous faire à présent ?

Reiner colla son front à la vitre.

— On n'en a jamais fini avec le sang, dit-il. J'ai cru achever ma vie à respirer les roses, mais il n'en sera pas ainsi. Parmi les forces majeures qui hantent les pensées des hommes, les deux plus terribles, les deux plus stupides, sont la Vengeance et le Destin. Elles ne sont que le produit de l'entêtement et de la vanité. Je le sais mais, en fin de compte, je dois aimer cela. Croire que la vie a un sens autre que celui qu'on lui donne est une immense connerie, mais je n'en suis pas à une près : je vais tuer Burnfield.

Barnes eut un rire court.

— Vous n'y arriverez jamais, dit-il, personne ne peut y arriver.

Il y a bien des années, Reiner aurait répondu : « Si, moi. » Mais c'était il y a bien des années.

Il ressentait en cet instant l'étrange sensation de reprendre le harnais. La course continuait, elle ne s'arrêterait jamais... Ce n'était pas ce qu'il avait prévu mais peut-être était-ce mieux ainsi.

Dehors, la rue était vide. Il faisait froid. L'hiver approchait. Il remonta le col de son pardessus et baissa le rebord de son feutre.

Au carrefour, deux types en blousons bariolés et casquettes à visière longue bricolaient une Mobylette sous un lampadaire. Lorsqu'il passa devant eux, il eut l'impression qu'ils le regardaient comme s'il surgissait du brouillard, d'une autre planète. Il pensa qu'il ne devait plus être à la mode.

La lune au-dessus de lui était si verticale qu'elle ne dessinait aucune ombre.

Epilogue

On se lassait des hommes. De tous. Cela, il l'avait compris dès l'enfance. Les amis, les femmes, les enfants, rien ne tenait longtemps dans son cœur.

Il avait lu beaucoup. La plupart des livres étaient des tentatives pour s'accaparer l'éternité... Les poètes, les écrivains ayant atteint les sommets de la gloire étaient ceux qui avaient prétendu que la présence d'un unique être humain suffisait à remplir une vie. C'étaient les malins, les menteurs. Ils répondaient à une demande générale, profonde, ancienne.

Evans Burnfield savait que ce n'était pas vrai, il y avait un instant où l'ennui surgissait. Eva avait battu les records : elle avait tenu trois ans.

Un soir de plage, aux îles Caïmans, tout avait basculé en quelques secondes... Quelques secondes comme les autres mais, brusquement, il avait pris conscience qu'il ne l'aimait plus. Elle dormait sur le sable, c'était la même, rien en elle n'avait bougé, simplement elle avait cessé de posséder cette charge interne qui la rendait différente, elle avait regagné le rang des êtres ordinaires. Le lendemain, il l'avait expédiée à Rome, par jet privé, avec suffisamment de dollars pour y vivre la vie qu'elle aimait dans la ville qui était la sienne.

Il se détachait et n'essayait jamais, dans ces instants-là, d'attiser la flamme hier encore si vivace. Il n'y avait rien de progressif dans ces désaffections, cela venait d'un coup et c'était irrémédiable... Peut-être y avait-il là quelque chose de maladif. Il avait ainsi chassé des proches, des maîtresses, cela faisait plus de quatre ans qu'il n'avait pas revu son fils... Jamais il n'avait éprouvé le besoin de renouer le fil du passé.

Et la veille, il y avait eu le message d'Eva.

Elle voulait le voir. Elle savait qu'il ne reviendrait pas, elle était la mieux placée pour le savoir. Ils en avaient parlé quelquefois au temps de leurs amours.

Il devait y avoir autre chose. Un besoin d'argent ou un service à demander. Cela l'étonnait, elle n'était pas du genre à entreprendre une tentative de rapprochement. D'ailleurs la séparation datait de quatorze ans pendant lesquels elle n'avait pas donné signe de vie. Ils ne s'étaient jamais revus.

Il enverrait Nagy, le Hongrois saurait résoudre tous les problèmes... Il donnerait l'argent, se montrerait efficace. Lui ne bougerait pas. Temps perdu.

Il avait déchiré la toile entourant le tableau qu'il venait de se faire livrer dans son appartement du Trastevere.

Un paysage livide sous un ciel bas. Sur la droite, une femme attendait que l'orage se déclenche. Une date dans le coin gauche : 1497. L'antiquaire l'attribuait à Giorgione. Sans doute une étude préalable au tableau qui se trouvait à Venise au musée de l'Académie. Possible.

Depuis quelques années, il n'achetait plus que des œuvres modernes, des tableaux new-yorkais, des sculptures de Segal, l'école de Rauschenberg. Et puis la veille, sans raison, il s'était arrêté devant cette œuvre du Cinquecento. Qu'est-ce qui l'avait séduit ? Peut-être cette impression qui se dégageait d'une sereine fin du monde : lorsque la tempête éclaterait, la ville trop pâle se dissoudrait comme un morceau de sucre imbibé de pluie... Et la femme. En l'examinant de près, elle lui avait rappelé Eva Le même regard sage et la douceur des lèvres à peine incurvées par les brumes d'un sourire. Cela faisait beaucoup d'Eva soudain : Rome, ce tableau, le message. Il était rare que le passé surgisse. Burnfield ne croyait pas aux signes, mais il y avait là comme un entêtement du destin qui l'intriguait.

Par les baies, la ville filait vers le fleuve. Des nuages vers l'est s'étiraient sur les collines.

Il regarda le cadran de sa montre : dix-sept heures quinze.

Il appuya sur l'un des boutons de l'interphone. Immédiatement la voix de Nagy retentit dans la pièce :

— Monsieur Burnfield ?

— Prépare la voiture, je pars dans un quart d'heure.

— La protection habituelle ?

— Les Saoudiens seulement.

Il se contenterait des deux frères. Ils étaient discrets et souriants. Et il aimait leur eau de toilette.

La vie était étrange, on pouvait s'entourer de mille précautions, avoir les meilleures gâchettes de l'univers à son service et un jour venait où l'on choisissait des hommes parce qu'ils répandaient un parfum de cuir et de fleurs.

Il noua une cravate sombre qu'il n'aimait pas, enfila un pardessus mastic dont il boucla la ceinture et sortit.

Sur le palier de ses appartements, les deux frères l'attendaient déjà et lui sourirent synchroniquement.

Tous trois se dirigèrent vers l'ascenseur intérieur. Ils descendirent directement au garage. Evans Burnfield s'installa à l'arrière de la Bentley.

Perte de temps. Il allait passer une demi-heure avec une femme oubliée alors qu'il avait des dossiers à boucler. C'était stupide. Il contemplerait sur un visage les rides du temps, ne ressentirait qu'indifférence et penserait à autre chose. Aux montages financiers des holdings de contrôle qu'il était en train de mettre en place, par exemple. Un échafaudage périlleux et compliqué pour laver l'argent du Pakistan. Depuis quelques mois, il tentait d'installer des capitaux aux Bermudes et à Panama...

Arrivait un moment où il était plus difficile de prêter de l'argent que d'en gagner mais un jeu de sociétés-écrans facilitait bien des choses. Il y avait eu une alerte sérieuse cinq mois auparavant. Reiner avait failli allumer la mèche et pulvériser le cartel des tapis. Il avait cru à sa mission. Une mission humanitaire comme l'on disait aujourd'hui. Lui, Burnfield, ne pouvait pas se permettre de laisser aboutir l'opération : le gouvernement pakistanais se serait trouvé face à un scandale qui l'aurait affaibli et les autorités d'Abu Dhabi et des autres Etats du Golfe ne lui auraient pas pardonné d'avoir porté un coup à un Etat auquel les liait un nombre conséquent d'accords souterrains. Il avait voté la non-intervention et de ce fait condamné l'homme à mort, il s'en était sorti. Cela arrivait. Karko avait été tué mais il avait été remplacé, tout continuait comme par le passé...

Rome défilait derrière les vitres. Il avait plu la veille et les trottoirs étaient encore mouillés.

Pourquoi n'aimait-il pas cette ville ? On y venait des quatre coins du monde, des touristes cernaient le Colisée, montaient en caravanes au château Saint-Ange, se répandaient sur Saint-Pierre, et lui ne gardait au fond de sa mémoire qu'un goût de café trop amer, une angoisse diffuse, inexplicable... Rien ici ne lui était arrivé pourtant de désagréable, il y était venu quelquefois, il y avait traité quelques affaires, mais c'était plus fort que lui... Il s'était efforcé, certains matins, de marcher au soleil, longeant les fontaines, buvant aux terrasses, essayant de faire naître en lui un charme, une douceur venue des rues de l'été... Il n'y était jamais parvenu. Pourquoi la ville lui procurait-elle ce malaise ? Deux jours qu'il s'y trouvait et il ne rêvait que d'en partir. Il y avait rencontré quelques associés la veille. Il était venu pour eux. Il prendrait le jet dès ce soir.

Eva habitait, sur l'Aventin, une maison à colonnes, masquée par des cyprès. La voiture ralentit dans la montée et se gara à une trentaine de mètres de la grille. La ruelle était déserte; Les villas semblaient toutes abandonnées.

L'un des frères se retourna vers lui.

— Vous désirez descendre ou vous préférez que l'entrevue ait lieu dans la voiture ?

Evans laissa errer son regard sur la ville en contrebas, une rumeur lointaine, une brume de son et toujours cette angoisse... S'il avait cru à la réincarnation, il aurait pensé à une vie antérieure difficile. Le malheur avait fondu sur lui ici, autrefois.

— Ramenez-la-moi. Son nom est Eva Maldina.

Le Saoudien ouvrit la portière et ses pieds ne touchèrent pas le sol. Les deux canons sciés du Manlicher tonnèrent à bout portant, lâchant la double charge de chevrotines barbelées qui explosa l'abdomen. Le chauffeur prit une giclée de sang et d'os pulvérisés sur sa main droite et, de la gauche, dégagea le Diamond Back du holster. Le canon de l'arme n'était pas sorti du cuir que la lame courte et large du poignard de commando lui creva l'oreille, entrant dans le crâne jusqu'à la garde. Lorsque Reiner le retira, Burnfield entendit crisser l'os contre l'acier cranté.

Reiner sortit le torse de l'habitacle, referma la portière avant, ouvrit l'arrière et s'installa à côté d'Evans.

Burnfield décolla ses lèvres avec peine. La voix ne semblait plus lui appartenir.

— Pourquoi ? dit-il.

Reiner essuya le sang du couteau sur les coussins.

— Vous m'avez laissé tomber, à Malakali.

Burnfield hocha la tête.

— Ostrej a donc parlé... Vous avez tort de m'en vouloir, c'était la règle du jeu.

— Le gosse est mort, la femme aussi. S'il n'y avait eu que moi, je n'aurais pas cherché à vous retrouver

— C'est étrange, dit Burnfield, je n'ai jamais aimé Rome, je me suis toujours demandé pourquoi cette ville me causait un malaise... Je n'en trouvais pas la raison dans mon passé.

— Elle était dans votre avenir. C'est parce que vous allez y mourir. Une prémonition... Je ne crois pas en ce genre de choses, il existe simplement des coïncidences.

— On ne sait pas. Pourquoi Eva vous a-t-elle aidé ?

— Peut-être n'a-t-elle jamais admis que vous l'ayez renvoyée...

— Une question encore : savait-elle que vous vouliez me tuer ?

— Je ne crois pas.

Burnfield soupira. Une demi-trahison.

Le plus gênant, c'était toute cette salive dans sa bouche. Il en venait toujours, comme si ses glandes devenaient folles, il fallait cracher. Il sortit son mouchoir.

— J'ai beaucoup d'argent, dit-il.

— Je sais. Moi aussi !

Le spasme le colla au dossier et il se mit à vomir. Sa respiration s'emballa comme s'il achevait une longue course.

— Ne vous servez pas de votre poignard, haleta-t-il, j'ai horreur des armes blanches.

— Je n'en avais pas l'intention.

Reiner se pencha par-dessus le siège avant et dégagea le Diamond Back de la main crispée du Saoudien.

— Grouillez-vous, dit Burnfield, et pourrissez en enfer.

— Je vous y retrouverai.

Reiner tira quatre balles à bout portant entre les côtes, droit au cœur.

Lorsqu'il laissa tomber le revolver sur les genoux du cadavre, il sut que c'était la dernière fois qu'il s'était servi d'une arme.

Il sortit, manœuvra le zip du blouson et chercha les cigarettes dans sa poche.

Il serait à Paris dans la nuit et roulerait vers Bellevent. Il n'éprouvait rien, en cet instant. Il y avait dans l'air une promesse d'averse... La vie était finie. Quelques années encore... Il s'installerait pour toujours sur les bords de la Loire. Des étés viendraient, il regarderait couler le fleuve en respirant l'odeur des roses.

DU MÊME AUTEUR

Aux Éditions Albin Michel

LAURA BRAMS
HAUTE-PIERRE
POVCHÉRI
WERTHER, CE SOIR
RUE DES BONS-ENFANTS
(prix des Maisons de la Presse 1990)
BELLES GALÈRES
MENTEUR
TOUT CE QUE JOSEPH ÉCRIVIT CETTE ANNÉE-LÀ
VILLA VANILLE
PRÉSIDENTE
THÉÂTRE DANS LA NUIT
PYTHAGORE, JE T'ADORE
TORRENTERA
LA REINE DU MONDE

Chez Jean-Claude Lattès

L'AMOUR AVEUGLE
MONSIEUR PAPA
(porté à l'écran)
E = MC^2 MON AMOUR
(porté à l'écran sous le titre « I love you, je t'aime »)
POURQUOI PAS NOUS ?
(porté à l'écran sous le titre de « Mieux vaut tard que jamais »)
HUIT JOURS EN ÉTÉ
C'ÉTAIT LE PÉROU
NOUS ALLONS VERS LES BEAUX JOURS
DANS LES BRAS DU VENT

« SPÉCIAL SUSPENSE »

MATT ALEXANDER
Requiem pour les artistes

STEPHEN AMIDON
Sortie de route

RICHARD BACHMAN
La Peau sur les os
Chantier
Rage
Marche ou crève

CLIVE BARKER
Le Jeu de la Damnation

GILES BLUNT
Le Témoin privilégié

GERALD A. BROWNE
19 Purchase Street
Stone 588
Adieu Sibérie

ROBERT BUCHARD
Parole d'homme
Meurtres à Missoula

JOHN CAMP
Trajectoire de fou

JOHN CASE
Genesis

JEAN-FRANÇOIS COATMEUR
La Nuit rouge
Yesterday
Narcose
La Danse des masques
Des feux sous la cendre
La Porte de l'enfer

CAROLINE B. COONEY
Une femme traquée

HUBERT CORBIN
Week-end sauvage
Nécropsie
Droit de traque

PHILIPPE COUSIN
Le Pacte Pretorius

DEBORAH CROMBIE
Le passé ne meurt jamais
Une affaire très personnelle

JAMES CRUMLEY
La Danse de l'ours

JACK CURTIS
Le Parlement des corbeaux

ROBERT DALEY
La nuit tombe sur Manhattan

GARY DEVON
Désirs inavouables
Nuit de noces

WILLIAM DICKINSON
Des diamants pour Mrs Clark
Mrs Clark et les enfants du diable
De l'autre côté de la nuit

MARJORIE DORNER
Plan fixe

FRÉDÉRIC H. FAJARDIE
Le Loup d'écume

FROMENTAL/LANDON
Le Système de l'homme-mort

STEPHEN GALLAGHER
Mort sur catalogue

CHRISTIAN GERNIGON
La Queue du Scorpion
(Grand Prix de
littérature policière 1985)
Le Sommeil de l'ours
Berlinstrasse
Les Yeux du soupçon

JOHN GILSTRAP
Nathan

JEAN-CHRISTOPHE GRANGÉ
Le Vol des cigognes
Les Rivières pourpres
(Prix RTL-LIRE 1998)
Le Concile de pierre

SYLVIE GRANOTIER
Double Je

JAMES W. HALL
En plein jour
Bleu Floride
Marée rouge
Court-circuit

JEAN-CLAUDE HÉBERLÉ
La Deuxième Vie de Ray Sullivan

CARL HIAASEN
Cousu main

JACK HIGGINS
Confessionnal

MARY HIGGINS CLARK
La Nuit du Renard
(Grand Prix de
littérature policière 1980)
La Clinique du Docteur H.
Un cri dans la nuit
La Maison du guet
Le Démon du passé
Ne pleure pas, ma belle
Dors ma jolie
Le Fantôme de Lady Margaret
Recherche jeune femme
aimant danser
Nous n'irons plus au bois
Un jour tu verras...
Souviens-toi
Ce que vivent les roses
La Maison du clair de lune
Ni vue ni connue
Tu m'appartiens
Et nous nous reverrons...
Avant de te dire adieu
Dans la rue où vit celle que j'aime

CHUCK HOGAN
Face à face

KAY HOOPER
Ombres volées

PHILIPPE HUET
La Nuit des docks

GWEN HUNTER
La Malédiction des bayous

PETER JAMES
Vérité

TOM KAKONIS
Chicane au Michigan
Double Mise

MICHAEL KIMBALL
Un cercueil pour les Caïmans

LAURIE R. KING
Un talent mortel

STEPHEN KING
Cujo
Charlie

JOSEPH KLEMPNER
Le Grand Chelem
Un hiver à Flat Lake

DEAN R. KOONTZ
Chasse à mort
Les Étrangers

PATRICIA MACDONALD
Un étranger dans la maison
Petite Sœur
Sans retour
La Double Mort de Linda
Une femme sous surveillance
Expiation
Personnes disparues
Dernier Refuge

PHILLIP M. MARGOLIN
La Rose noire
Les Heures noires
Le Dernier Homme innocent
Justice barbare

DAVID MARTIN
Un si beau mensonge

LAURENCE ORIOL (NOËLLE LORIOT)
Le tueur est parmi nous
Le Domaine du Prince
L'Inculpé
Prière d'insérer

ALAIN PARIS
Impact
Opération Gomorrhe

RICHARD NORTH PATTERSON
Projection privée

THOMAS PERRY
Une fille de rêve
Chien qui dort

STEPHEN PETERS
Central Park

JOHN PHILPIN/PATRICIA SIERRA
Plumes de sang
Tunnel de nuit

NICHOLAS PROFFITT
L'Exécuteur du Mékong

PETER ROBINSON
Qui sème la violence...
Saison sèche
Froid comme la tombe

FRANCIS RYCK
Le Nuage et la Foudre
Le Piège

RYCK EDO
Mauvais sort

LEONARD SANDERS
Dans la vallée des ombres

TOM SAVAGE
Le Meurtre de la Saint-Valentin

JOYCE ANNE SCHNEIDER
Baignade interdite

JENNY SILER
Argent facile

BROOKS STANWOOD
Jogging

WHITLEY STRIEBER
Billy
Feu d'enfer

MAUD TABACHNIK
Le Cinquième Jour
Mauvais Frère

THE ADAMS ROUND TABLE PRÉSENTE
Meurtres en cavale

La composition de cet ouvrage
*a été réalisée par l'***Imprimerie Bussière,**
l'impression et le brochage ont été effectués
sur presse Cameron dans les ateliers
de Bussière Camedan Imprimeries
à Saint-Amand-Montrond (Cher),
pour le compte des Éditions Albin Michel.

Achevé d'imprimer en juillet 2002.
N° d'édition : 21059. N° d'impression : 023445/4.
Dépôt légal : juin 2002.
Imprimé en France